不喜欢一个人，自动远离就好，有谁像他们俩这样，明明互相厌恶，却还要不停地招惹并接触，不过是自欺欺人罢了。

有时候真相是残酷的，大多数的人学会了保护自己，于是他们拒绝真相，宁愿靠着模糊不清的想象安度余生。

写信跟她道别，那不是道别。

她觉得现在这样就已经很好了，人不能太贪心。再一想，
又决定贪心一回，
求一求释迦牟尼，让邓熙文能喜欢她。

春日挽歌

Love Is Over

爱格 编

Aigirl

CNS PUBLISHING & MEDIA 湖南文艺出版社
HUNAN LITERATURE AND ART PUBLISHING HOUSE

春日挽歌

Love Is Over

Aigirl
爱格经典短篇
小说集

目录

壹·春日老

• 致陆东青/卷耳白 002

• 致唐鸢/卷耳白 020

• 爱丽丝没有仙境/喜宝 039

• 爱人的眼睛是汪洋大海/吕亦涵 059

• 夜游/猫河 080

贰·晚风辞

• 今生已到不了乌斯怀亚/七微 097

• 尼莫西妮的来信/墨小芭 116

• 奇洛李维斯回信/朝歌 132

• 原谅世间无童话/小熊洛拉 149

• 天鹅挽歌/戴帽子的鱼 168

• 经过梦的第九年/明开夜合 184

{ 叁·柏舟梦 }

- 欢歌有时尽/沈鱼藻 201
- 明月将沉，岁月将瘦/火灵狐 217
- 桐花万里/章青定 236
- 画堂春/十三幺 250

Part 1

{ 壹·春日老 }

致 陆东青

我曾深爱你，就像在某个角落患过的一场伤风，
经久不愈，却终将痊愈。

文 / 卷 耳 白

1

致陆东青：

星期三晚上七点，我约了你看电影。

你这人挺有时间观念——除了对我。电影开场前一小时，我发短信给你，你没回；电影开场前十分钟，我发了第二条短信给你。你回我：开会，你看吧。

我被你放了鸽子，幸好不是头一回。我摸黑找到座位，这部名为《我的少女时代》的青春电影正当红。我隔壁是一对小情侣，没多久便缠到一块。而我，在言承旭出场时，终于哭得泪眼婆娑。我摸出手机打给你，抽泣着说："我想见你。"

你告诉我，会议还没结束。

电影散场后，我去地下车库取车。红色的甲壳虫很显眼，我从后备厢取出几颗钢钉，想也没想便往车胎上扎。之后拍了拍手又给你打电话："我的

车爆胎了。”

你沉默片刻后问我：“在哪儿？”

你来时，我已经在阴暗的地下车库站了一个小时。你的吉普“嗖”的一下停在我旁边，大长腿跨下来首先去查看我的甲壳虫。我心惊胆战却故作镇静，你蹲在地上捣鼓了半天，终于抬头瞥了我一眼。那一眼让我无所遁形。

你是如来佛祖，我是孙悟空。你看透我的小伎俩简直易如反掌。

我像个做错事的小孩，亦步亦趋地跟着家长上车回家。洗完澡出来，你正坐在沙发上看书。我穿着睡衣钻进你怀里，缠着你说：“今天的电影赚足了眼泪！

“竟然真的请到了刘德华！

“我的少女时代好像只有教务处跟小卖部。”

…………

最后我问你：“陆东青，你那会儿有没有什么刻骨铭心的回忆？”

你微微一僵：“睡吧，明天还要上班。”

后来我在月光下端详你的脸。你在睡梦中亦微微蹙眉，但这丝毫不妨碍你的英俊。真奇怪，这张脸我看了好多年，竟还未审美疲劳。就像这么多年我还要找千奇百怪的理由来吸引你的注意，跟我的少女时代一样。

陆东青，哪怕现在我跟你已是夫妻。

2

致陆东青：

大学室友薇薇安曾问起我跟你的爱情故事。其实我们的初遇一点儿也不浪漫。

我大三那年，因为偷溜出去唱歌被辅导员叫到办公室。辅导员表情严肃地对我进行了教育，从“女德”讲到“五讲四美三热爱”，最后他一脸沉痛地对新来的物理系助教说："小陆你看看，现在的女学生。"

被称为"小陆"的男人穿着深蓝的长风衣，高挑瘦削，胳膊内侧夹着一本书。朝我看过来时，细长的眼里含着笑意。当时你给我的唯一印象便是颜正腿长。之前他们说物理系来了帅哥助教，他们没骗我。

我特后悔当初没选修物理。

而我追你，花了整整三年时间。我曾贿赂某个男生，让他往你办公室的抽屉里塞情书。那些情书情真意切，但都石沉大海了。最终，我凭着一腔孤勇在学校的小花园里向你告白。我闭着眼睛视死如归，等到睁开眼，你正似笑非笑地看着我："回去吧，别又让你们辅导员逮到。"

那个笑容潇洒又宽容，之后的许多年我都不曾再看到。

我这人不撞南墙不回头，于是开始做你的小尾巴。我在校门口等你上班，我在汹涌的"吃饭狂潮"中帮你打饭，我甚至偷偷帮你修理过坏掉的自行车……我简直像个固执的疯子。

报应很快来临了。辅导员在与你谈话后将我叫进了办公室。你让我别被逮到，转身却去打小报告。我气急败坏地拦住你："陆东青，你卑鄙！"

你被我骂得莫名其妙。

几天后你在过道上等我。我面无表情地经过，你跟在我的身后："不管你信不信，唐鸢，我没向辅导员谈过你。"

后来我才知道，是那位"信差"出卖了我。我无比懊悔怀疑了你，以此为由请你吃饭。席间我滔滔不绝，你安静如听众。末了你对我说："唐鸢，你现在应该好好学习。"

挺标准的拒绝语，是我自己掩耳盗铃。

毕业那年，我去一家外企面试成功。我找你庆祝，你来了，对我说恭喜。我拉着你坐下，你摇头："唐鸢，别在我身上浪费时间了。"

我开始上班，成为一名标准的白领。我总会给你打电话，你也总是挂断。

工作第二年，我遭遇重大挫折。那晚我疯狂地打电话给你，不断地按着拨打键，直到你终于接起电话。你安静地听我说完，告诉我："这件事应该由你自己来决定。"

我固执己见："我想听听你的建议。"

你沉默了一会儿说："我已经有女朋友了。"

噩耗来袭，我简直有些站立不住。

我赌气从外企辞职了。我恨透了你，听到你的消息却不顾一切奔向你。他们说你因为女友远嫁英国，从学校辞职了。我赶到酒吧时你已酩酊大醉，我拖着你走，你甩开我，神情冷淡："走开。"

我们在黑暗里无声地拉扯，直至筋疲力尽。你蹲在地上抽烟，衬衫纽扣掉了一颗，头发凌乱，满身酒气。我的眼泪不争气地流下来。你自烟雾里眯着眼睛看我，最后倒是笑了："你哭什么？失恋的人是我。"

我哭，是因为我珍视至极的东西，却被旁人弃如敝屣。

"陆东青你看着我！"我丢掉你的烟，"你还有我！你还有我，陆东青！"

我跪在地上，虔诚地吻上你的唇。

你僵住，片刻后扣住我的后脑勺开始回吻我。那个吻狠狠的，带着宣泄的意味。你抵着我的额头，眉目深沉："去我那里，好吗？"

那晚在你的公寓里，我们如两头困兽。你的汗水滴在我的脸上，我闭上眼睛叫你的名字。我是风暴中的孤帆，你是沉默的海浪，一浪又一浪，将我高高举起又狠狠甩落，将我撞得支离破碎。

之后我们没再联系，我固守着最后的骄傲却还是失守了。几天后，我如丢魂般地给你打电话，你在电话那头长久地沉默，然后问我："唐鸢，你想结婚吗？"

2012年初春，我嫁给了你。

陆东青，哪怕很多年后有人问我，最骄傲的事是什么？我亦会毫不犹豫地告诉他，此生最骄傲的事——便是嫁给你。

陆东青，那天我骗了你。

我的少女时代不只有教务处和小卖部，还有你。

树是你，风是你，阳光是你，星空是你。

全都是你。

3

致陆东青：

从外企辞职，薇薇安介绍了她的大Boss给我认识。那位叫Adonis的英国男人年轻富有，有着亚麻色的头发和迷人的蓝眼睛。我们很聊得来，他请我做他的私人翻译。我和薇薇安由同学变为同事。

看完电影的那个礼拜，我忙得脚不沾地。那天上班，我蓬头垢面，泡凶猛的黑咖啡。薇薇安见到我后惊呼：“唐鸢，叫你们家陆东青悠着点。”

直到午休时我才反应过来薇薇安那句话的意思。她用一种“我懂”的神情瞅我，我要怎么解释我的疲倦与她想的压根儿不是一回事呢？

陆东青，那年春天，我与你的婚姻就这样猝不及防地开始了。没有婚礼也没有蜜月，我只跟你去了一趟民政局。

你在银行找到一份工作，我住进你的公寓。我在宜家重新买了床单与窗帘。最后，我看中了一盏吊灯。那盏灯就像一颗颗垂吊着的星星，在黑夜里美得像一个梦。我幻想着每个夜晚都能与你在那样的灯光下相拥相眠，开始我们的新生活。

然而想象总是太过美好。

婚后，你体贴细心。怪只怪我的第六感太厉害，与你相处越久，我就越了解你。比如我喜欢周杰伦你喜欢古典乐，我爱看韩剧你爱看新闻。比如你讨厌与人分享食物，那天下厨做了两份盖浇饭，你的海鲜饭太诱人，我刚伸出手，你便敲掉了我的筷子。最后你重做了一份，而我吃得太饱，胃直泛酸。

又比如，陆东青，我们已有多久未有肌肤之亲了？

我问薇薇安："男人到底喜欢什么样的女人？"

"白天还是晚上？"薇薇安恬不知耻地问我。

后来我在薇薇安的示意下，丢掉了那套Hello Kitty睡衣，换上维多利亚的秘密。

那天你很晚才回来。我跳到你身上环着你的腰，你在月光下看到穿着新睡衣的我，喜怒莫辨。我心一横，去亲吻你的脖颈。你毫无防备地被我推倒在地板上，突然翻身推开我："唐鸾，你要做什么？"

我穿着黑色镂空蕾丝睡衣，披头散发，像个神经病，在暖气里冷到颤抖。

第二天薇薇安问我战况，说她有好办法。陆东青，我竟傻到用那种方法去试探你。

薇薇安开始用各种借口接近你。我生日那天，你来的时候，我跟薇薇安都已喝得微醺。我从洗手间回来，看到你们在跳舞，她的脸贴着你的胸膛。我站在原地，直到你走出舞池。后来我们回家，你看着我换鞋、洗漱、上床。你在门口站了一会儿，说："不是你想的那样。"

我沉默。你走过来扳住我的肩："是薇薇安硬拉着我去跳舞的。"

"你在乎我的看法吗？"我仰起头。

不是质问，我问得很认真。你微微一愣，俯下身看我："当然，你是我的妻子。"

我赤脚跳下床抱住你："是啊陆东青，我们是夫妻。你让我住进你心里好不好？"

我的声音轻得像呢喃。

你叹息一声，轻轻摩挲我的头发："对不起唐鸾，对不起。"

该说"对不起"的人是我，我卑鄙到想用你一点点愧疚，换取你一点点的爱。

可是陆东青，我想听的分明不是这三个字。

4

致陆东青：

我们第一次吵架，是在婚后的第二年。

2013年夏天，你母亲由台中来广州看你。你正出差，问我能不能去接机。我向Adonis请假，花了一个下午的时间整理房间，还煲了汤。我紧张得一次次打你的电话，你终于失笑："别担心，我妈妈很好相处的。"

你撒谎。

那晚我手捧鲜花在机场等我素未谋面的婆婆。她戴着黑框眼镜，在人群里远远看到我，叫我唐小姐，礼貌而疏远。她打量我的样子让我想起中学时检查女生仪容的政教处老师。

我的成绩很烂，向来怕老师，除了你。

我将她接回家，躲进厨房做饭。她走进厨房看我，当我打碎第二个鸡蛋时，她终于忍不住皱眉，我觉得自己完了。吃过饭，我们一起看电视，她开口："唐小姐，其实东青这样草率地结婚，我是不同意的。"

我垂着眼睛想，终于开始了。

陆东青，我们的婚事是先斩后奏的，你母亲把满腔怨气出在了我身上。接下来的几天，我极力忍受着她的挑剔。她嫌弃我做的菜太咸，她还说我不爱看书。直到她慢悠悠地说："东青之前的女朋友我更满意些。"

我终于爆发了。我僵硬地转身，"砰"地关上门。

后来你回来了，走进卧室，静静地看了我一会儿："唐鸾，你对妈妈甩门了？"

我蒙着被子不说话，你抓住我的手，将我拖出被子："唐鸾，她是我妈妈。"

我冷笑："她是你妈妈，你们一样都对你的前女友念念不忘。"

我触到了禁忌的开关，你忽然沉默了。

"陆东青，你还爱着她吧？"我悲哀地将所有能够到的东西朝你砸去。

你迎着那些枕头、书、衣服，不闪也不避。直到"砰"的一声，一个玻璃杯从你的脸颊擦过，你的脸上冒出血来。你用手擦了擦，冷冷地回答我："那是我的事。"

那天晚上你睡在客厅，我坐在床上失声痛哭。

之后的一个礼拜，我们陷入了冷战。要不是后来发生的事，你大概也不会原谅我。

你出差的深夜，你母亲突发了心脏病。她在黑暗中倒地，我冲进她的房间，背着她下楼。开车时我不停地颤抖。那天广州气温高达三十五摄氏度，到达医院时我浑身都被汗水浸湿。幸好送医及时，她并无大碍。我在医院照顾她，替她擦身、喂她吃饭。那些事，我甚至不曾对自己的母亲做过。

你赶回来时，你的母亲已叫我小唐，她说，多亏了小唐。

医院过道里，我们一起吃盒饭。我已经好多天没好好吃饭了，简直是狼吞虎咽的。你看了我许久，眼睛湿润："谢谢你，唐鸢。"

我咽着米饭说："你说的，那是你妈妈。"

你站起来，走了几步又回过头："那天你问我能不能住进我心里，唐鸢，我在努力，我是真的希望能与你好好生活。"

这大概是我听到过最动听的情话了。

我捧着盒饭哭得泣不成声。他失笑："怎么还像小孩子。"

"我就想在你这儿做一辈子的小孩子。"我说。

陆东青，书上说，爱情中的争吵说明这段关系还有救。而对于这场争吵，我竟然窃喜，至少我们像普通夫妻一样吵架了，而不是抵足而眠却相敬如宾。

5

致陆东青：

我们之间亦有过甜蜜的时光吧？比如在莫斯科时。

年末，你供职的银行要在莫斯科开年会。临行前，我帮你准备好衣服、常用药、雨伞，甚至还有一根木棍。

你啼笑皆非："给我这个做什么？"

我向你举例，埃及军方逮捕民选总统，泰国反对党包围首相府……我煞有其事："外面的世界很危险。"

没想到我竟一语成谶。

你在莫斯科的第三天遭遇了暴动，地点就在你所在的酒店。我在电视上看到新闻，疯狂地拨打你的手机，而手机却始终无法接通。我做了一个连自己都觉得不可思议的决定——买了当晚的机票，只身一人飞往莫斯科。

我满脑子都是你，甚至都没有想过，到了莫斯科要怎样找你。

走出机场，我便直奔你的酒店。一路上有人游行示威，有警车呼啸而过，的士司机用英语告诉我，这里很不安全。

下车后我才意识到自己有多冲动，我站在混乱的人群中，看着那家被包围的酒店。人们用俄语高声呐喊，警察举着警棍维持治安，酒店四周拉着警戒线。我挤开人群走过去，一边企图跨过警戒线，一边拿出手机给你打电话。有警察来拉我，态度凶狠，电话却在那时接通了。那一刻我只想哭："陆东青，你在哪里？"

信号中断了，我握着电话被人流冲散，一抬头，却看到了你。你站在人群中，神情震惊。

那一刻，许多年后我依旧记得。像春暖花开，又像尘埃落定。我冲过人群奔向你，紧紧将你抱住。我埋在你的胸膛一遍遍地说："没事，你没事，陆东青，你没事。"

你愣了一会儿，回抱我，恶狠狠的，像要把我捏碎。

后来我问你如何逃出的酒店，你看着我说："我用你给的棍子砸了那人的头。"

我笑出了眼泪。

我们在莫斯科逗留了十天。白天，我们在红场漫步，在圣母大教堂祷告。夜晚，我们穿着长筒靴和银狐大衣，在俄罗斯朋友家中品茶。你送了我套娃，这叫玛特罗什卡的套娃是你送我的第一份礼物。

我们喝过伏特加，夜里走在莫斯科的街上。我拉着你的手唱《莫斯科郊外的晚上》，唱得太难听，你过来捂住我的嘴，我呵着白气大笑。

你叫我："唐鸢……"

我抬头，你说："你不怕吗？一个人来这里。"

我挺老实："怕。"

我怕再也见不到你。

我笑眯眯地说："我们下次再来好不好？北京有通往莫斯科的火车。"

你俯身吻了我的额头。

那晚，在一家小旅馆里，你的动作缠绵而温柔。最后，我忍不住哼出声。薇薇安说，男女只有做了这件事，才算真正在一起了。陆东青你看，这一刻，我们的皮肤与骨血，紧密相融。

后来我躺在旅馆洒满白月光的床上，想起我对你的爱由何时开始。

我爱上你，好像只用了短短一瞬。

那天的师生联欢会，我很幸运地坐在你身旁。联欢会冗长而无趣，我正打着瞌睡，听到有男生喊："顾思鲸出场了！"

那是我们英语系的助教顾思鲸，一票男生心目中的维纳斯。

顾思鲸演奏大提琴，美人音乐，赏心悦目。但不知哪里来的风，吹乱了她的头发。然后，我看到你站起来，走到角落，关上了那扇敞开的窗户。你侧过头，嘴角微微上扬。

阳光太温柔，你所有的动作轻而细腻，像一部无声的黑白电影，闪电般击中我的心。我想，我便是在那一刻爱上了你。

那时的我并不知道，我最初爱上的你的温柔，你并非谁都可以给予的。

6

致陆东青：

从莫斯科回来后，我好像才算真正嫁给你。

我会在下雨天打电话给你，问你有没有带伞；我会冒雨排队只为替你买久石让演奏会的门票。而你带我穿过小巷，寻找各种美食。你在我听演奏会睡着时没叫醒我，为我盖上一件外套。你会因为我在法国餐厅点餐时蹩脚的法语揶揄我，而我会为此与你赌气。最后你来哄我，我们重归于好……像所有小夫妻一样，我们共同经历着尘世中琐碎的事。

陆东青，有时我会想，倘若那个人没有再度出现，我们是否还在一起？

2014年初秋，Adonis成立了新公司。他开派对庆祝，准许我们携带家属。而我们亦将见到Adonis的夫人——那位神秘的老板娘。

最奇怪的是薇薇安，她居然一个人前来，穿得既性感又漂亮，好像要与谁一争高下似的。后来我的猜测得到了印证。我们被Adonis爽朗的笑声吸引过去，他向我们介绍他的夫人。我们曾许多次猜测过那位夫人的模样，却没想到挽着Adonis的胳膊出现的，竟是我大学时的助教，顾思鲸。

我惊讶极了："顾老师！"

她笑容得体："我现在已经不是老师了。"

薇薇安的酒杯不合时宜地插进来，她向顾思鲸敬酒，眼神古怪。Adonis微笑着挡开薇薇安的手："我太太不会喝酒。"

派对刚开始，薇薇安便已喝醉，拉着我骂三字经，最后我只好送她回家，将你一个人晾在那里。她在车上又哭又笑，问我："我不计名分地跟了他这么多年，我是不是傻呀唐鸢？”

我好像窥探到了某个秘密。我正为朋友感到难过，很快却轮到自己了。

陆东青，我回来时找不到你，最后走去了后花园。所有宾客都在前厅狂欢，这里很安静。我听到有人在哭，穿过灌木丛便看到那一幕——顾思鲸踮起脚抱住你，你冷冷地推开，反复几次，她仰起脸，哭着说了句什么，转身要走。而你，僵硬地站在原地，直到她越走越远，你却蓦地追上去，将她狠狠搂进怀里。

我像是看了一部狗血的韩剧，如行尸走肉般回到客厅。四周闹哄哄的，男人们在玩牌，穿比基尼的金发美女跳进泳池……我拿起杯酒，很快喝完，又拿了一杯。

Adonis朝我走过来，他喝高了，问我要不要去参观他的酒窖。我迷迷糊糊地跟着他穿过几道门往下走。他的蓝眼睛闪烁迷离，右手抚上我的背：“宝贝，你真是个特别的中国女人。”

我的大脑里一片空白。

真好笑，他的妻子与我的丈夫在花园幽会，他却对我说着滚烫的情话。我想躲，却忽然像是着了魔，仰起脸对着Adonis笑。这种笑就是一种鼓励，他变得更大胆，搂住我的腰，慢慢凑近我。

一切都脱离了轨道，混乱而复杂。

“砰”的一声，酒窖的门被推开，顾思鲸穿的高跟鞋在地板上发出清脆的声响。她以一种高傲的姿态看了我们一会儿，冷笑：“Adonis，你的品位越来越差了。”

我慌乱地转过身，便看到了你。你站在门口，身影沉在阴影里。我看不到你的神情，直到你走过来，拉着我往外走。

一路上你都沉默不语，车速表疾速上升。公寓楼下，你一个急刹车，深深吸了口气，对我说：“以后别喝那么多酒。”

我看着你，你的眼睛里全是压抑的怒气。你生气是因为我让顾思鲸难堪？我打开车门"噔噔噔"地跑上楼。

那晚你在阳台上抽烟，一支接一支。我躺在床上，想哭，却觉得眼睛又干又涩。

7

致陆东青：

我们再度陷入冷战，好像一个轮回。

我向Adonis提出辞职，他无所谓地耸耸肩："嘿唐，别当真。"

他是个花花公子，在他眼里感情一文不值。我却像个傻子，所有事我都当真了。

我走的时候，薇薇安来送我，她抽着烟问我："唐鸢，我是不是很贱？"

我不知该怎么回答，我自己的感情亦是一团糟，又如何评判旁人？

她开始絮絮叨叨地说起自己与Adonis的过往，最后面目狰狞地说："我知道Adonis对我虚情假意，但他对顾思鲸亦真不到哪里去。唐鸢，他们在闹离婚。"

关于他们的事，我一概不想听。

我回到公寓，收拾了几件简单的行李，去酒店开了一间房。我每晚都化着精致的妆容，喝到烂醉如泥。

陆东青，你找到我时已是一个礼拜之后。你把我从床上拖起来，我的酒劲还未过去，化着一脸浓厚的妆。你面色阴沉地将我拽进浴室，打开莲蓬头，水"哗哗"地洒下来。你按着我的头，直到我浑身湿透，露出素净的一张脸。

"醒了吗？"你问我。

我站起来，你说："我们谈谈。"

我摇摇晃晃往外走。你一把抓住我，话语从牙缝里挤出来：“你想做什么？打你电话不接，跑到这里来，你到底要做什么！”

这几天醉生梦死，闹也闹够了。我无比冷静地说：“我那天看见你了，在Adonis家的小花园里。”

你松开手，骤然沉默了。你总是这样，难以面对便以缄默对我。

“我饿了，去买点吃的。”我爬起来穿上外套，慢吞吞地走出去。

之后几天你没再来找我，我亦不再喝酒。我每天都睡到自然醒，去街上漫无目的地逛一圈，看着夕阳西斜，再回到酒店。那天不知道是不是吃坏了肚子，我忽然头晕目眩，蹲在路边干呕。

就是那会儿，我接到了顾思鲸的电话。她约我见面，开门见山地对我说：“我跟东青之间没人可以介入，所以，你也不必幼稚到去勾引Adonis。”

真是个奇怪的女人，一边嫉妒丈夫与旁人暧昧，一边又放不下旧情人。

陆东青，我不知怎么想起与你的初夜，你那发泄般的吻。我的婚姻是我最骄傲的事，而你的婚姻只是宣泄。

我朝顾思鲸微笑：“你以为Adonis只是勾引我吗？我不是第一个，更不会是唯一一个。”

我看到她嘴唇颤抖，忽然有种报复的快感。我甚至出卖了薇薇安，嫉妒会让人变成恶魔。

陆东青，要是知道后来会发生那些事，我大概不会那么做。

几天后，你来找我，我刚从医院出来。医生替我做了检查，我的肚子里有了一个小生命。但就在刚才，我放弃了他。我脚步虚浮地走在街上，一辆车停在我身旁，你下了车，抓住我的手问我：“唐鸢，你做过什么？”

顾思鲸被车撞倒，进了医院。监控显示，并非意外。

我抬起头，静静地看着你：“陆东青，我们的孩子没了。”

你的怒气是你以为开车去撞顾思鲸的人是我，或是因为我打掉了我们的孩子？我只觉得你整个人都在微微颤抖。我安静地跟着你回家，乖乖地躺在床上。你站在床边很久，久到快站成雕塑才开口，声音喑哑：“为什么不要他？”

“报复你呗。”我笑笑。

你扬起手，最终缓缓垂下，转身走掉。

8

致陆东青：

薇薇安被警察带走的那天，我在报纸上看到了她的照片。那么风情万种的一个人，那会儿却沉寂而绝望。顾思鲸找过薇薇安，两人起了争执，薇薇安忍无可忍，开车撞了她。

这一切都只是因为我的一句话，内疚与恐惧席卷了我。顾思鲸那么疯狂，有一天，我会不会也变成第二个薇薇安？

小产后我开始生病，你回来的时候，我正躺在床上剧烈地咳嗽。你走到床边替我盖好被子，自然地来摸我的额头：“怎么感冒了？”

“我沉冤得雪了？”我问你。

你闭上眼睛：“对不起。”

陆东青，你对我说过最多的三个字，大约便是“对不起”了。

我摇摇头：“没事，反正黑锅我不背。”

“唐鸢。”你望着地板，“你愿意听我说些事吗？”

那是你第一次说起与顾思鲸的往事，你们从中学相识相恋，爱得轰轰烈烈。原来你有过刻骨铭心的回忆的，你的回忆里都是顾思鲸。你叹息：“我对顾思鲸，大概是一种执念。”

那天晚上我开始发烧，清晨烧退了，却没胃口。你驱车去买虾仁烧卖，热气腾腾的，端到我的面前：“你最喜欢吃的。”

烧卖软糯，虾仁新鲜。但陆东青，现在的我只想喝一碗叫未来的热粥。

你静静地看我吃完，蹲下身，神情认真：“过去的让它过去，我们重新开始，好不好？”

我看着你，微微一笑：“好啊。”

日子好像恢复到从前的美好。下班后你回家，我们一起做菜，收拾房间，一起看电视。

你依旧很忙，时常加班。2015年的某个夜晚，雷电交加，大雨倾盆。我在公寓看电视，忽然所有灯都熄灭了，一片漆黑。我打电话问你：“停电了，有维修公司的电话吗？”

电话那头很安静，你安慰我：“不用找维修公司。”

我好像这时才想起你原来是物理学助教，这点事对你来说简直就是小儿科。

我按照你说的，关掉所有的电源开关，打开公寓的电源盒，按下那个蓝色的按钮，再打开空气开关。刹那间一片光明。我握着电话，是从未有过的心安。但就在这个时候，我听到有人叫你，在寂静的夜里格外清晰。她说：“东青，你是不是喝了我的果汁？”

那样一把清脆的嗓音，朗读英文诗歌特别好听。是我的顾老师，顾思鲸。

陆东青你看，原来你并非讨厌与人分享食物，你只是不爱与我分享罢了。

2016年1月，广州下了雪。好多人跑出家门，去迎接那六十年来的第一场雪。

我等你下班，百无聊赖，在你的车上堆了一个小雪人。你来时我的手已冻得又红又肿，你握着我的手放进口袋，看到那个难看的雪人，有些哭笑不得：“小心被交警骂。”

我们最后没有开车，沿着积雪一路走回去。白色的雪花落在你的鼻尖，我侧过头看你。你问我怎么了，我摇了摇头。

陆东青，广州都下雪了，可你怎么还没爱上我？

我将离婚协议书交给你时，是气温回升后的某一天。阳光透过玻璃窗照进来，暖洋洋的，你神情痛苦地问我："为什么？"

"没什么，陆东青，我累了。"我当时这样对你说。

几天后我搬出公寓，只带走了那盏宜家的吊灯。

后来我坐上北京开往莫斯科的火车，窗外大片的雪白飞快掠过。我想告诉你，陆东青，其实我骗了你。我并未放弃我们的孩子，而是我因为酗酒过度，没有福气留住他。

我放弃你，并不是我有多灰心，而是我突然体会到了你的执念——那种那个人像是身体的某一部分，融入骨血，只有得到他，此生才能圆满的执念。如Adonis之于薇薇安，顾思鲸之于你……你之于我。

我愿用我的残缺，成全你的完满。仅此而已。

我的感冒断断续续搞了好几个月。我坐在车上不断地咳嗽、流鼻涕，有个俄罗斯小男孩递给我一张纸巾。我拿着纸巾捂住脸，忽然有温润的液体滚落。

陆东青，我曾深爱你，就像在某个角落患过的一场伤风，经久不愈，却终将痊愈。

9

致陆东青：

陆东青，我曾去医院看过顾思鲸。她躺在床上，头上缠着的厚厚的纱布无损她的美丽。

临走前，我问她："我能不能抱抱你，顾老师？"

然后我走过去，轻轻地抱了抱她。松开手后，我对她说："谢谢，祝您幸福。"

直到现在我仍记得她当时错愕的神情。那一刻，我心里是从未有过的平静。

陆东青，我只是想抱抱她，抱抱你此生最爱的人。

就像拥抱我此生望尘莫及的爱情一样。

致
唐鸢

唐鸢，有多爱你，
我已无法丈量。

文／卷耳白

1

致唐鸢：

某个周末，顾思鲸在公寓楼下等我。

南方冬夜的风阴冷潮湿，我刚停好车就看到了她。她穿着长风衣，提着一个纸袋，高跟鞋踩在地上，发出有节奏的声响。披星戴月的样子像是很多年前下了晚自习，我在宿舍楼下等她时一样。

一切好像都没变。

纸袋里有一盒夜宵与一张电影光盘。我并不饿，于是我们一起看电影。电影叫《我的少女时代》，上映有段时间了。顾思鲸边将光盘放进影碟机里，边说："这部片子好红，我还来不及看……东青？"她回过头，"你到底有没有在听我说？"

"嗯，这部片子的首映日是2015年11月19日。"我说。

她细细打量我："你看过了？"

“没有。”电影的首映日，我爽了约。

这是一部青春题材电影，讲述90年代的台湾高中校园里，平凡女孩林真心与徐太宇的初恋故事。我不太感兴趣，但顾思鲸看得挺认真。看到一半时，她轻轻靠过来，身上有玫瑰香水味。我没动：“怎么不看了？”

“骗小女生的电影。”她说。

这是我认识多年的顾思鲸，永远理智，偶尔失控亦能极快恢复。四周的空气潮湿而暧昧，我站起来：“去抽烟。”

我在阳台上吞云吐雾。梧桐树的影子轻轻晃动，像一个寂寞的手势。我不知怎么看得入了神，手里的火星一下灭了。顾思鲸推开门看着我：“我要回去了。”

“我送你。”我弯腰走进去。

“我自己回去。”她指指桌上的纸盒，“排了好长的队才买到的，别浪费了。”

我点点头，门合上的那一刻，她站在阴影里说：“东青，我跟Adonis分居了。”

我在原地站了一会儿，将夜宵放进冰箱里，关了灯倒在沙发上。唐鸢，那一刻，我不知怎么会想起你。

2015年11月19日，你约我看电影，我失了约。从影院回来，你穿着睡衣钻进我怀里。你的身体很暖和，有着牛奶沐浴乳的味道。你兴奋地说：“今天的电影赚足了眼泪！竟然真的请到了刘德华！”

“我的少女时代好像只有教务处跟小卖部。”

最后你问我：“陆东青，你那会儿有没有什么刻骨铭心的回忆？”

…………

屋子里漆黑一片，只有电视屏幕微微闪动。电影快结尾了，有个女声在唱：“与你相遇，好幸运，可我已失去为你泪流满面的权利……”

某一刻，我的心轻轻一沉，沉到无边无垠的深渊里。

2

致唐鸢:

我从薇薇安那里得到你的消息。她在监狱里瘦到脱形,我问她你的消息,她笑得有些狰狞:“陆东青,你现在后悔是不是太迟了?”

我沉默。临别前,她面无表情地报了个地址给我。

那地方很偏僻,我找了好久才找到。那是一所幼儿园,我在围栏外看到你,你正给一个小女孩换尿湿的裤子。那是我们分开三个月后的首次重逢,却好像隔了很久。你的目光越过人群望着我,当我以为你会转身走掉时,你走了过来:“陆东青?”

“路过……正好看到你。”我说。

你的眼神落在我身后,那是一片荒芜的田地,没有普通人会“路过”。我的借口太拙劣,你却点了点头:“哦。”

“在这里当老师?”我问你。

你纠正我:“是保育员。”

“有时间吗?”我顿了顿,“我们谈谈。”

一群小孩好奇地跑过来,尿裤子的小人精问我:“你是唐老师的男朋友?”

我没开口,你蹲下身拍拍她的脸蛋:“是唐老师的朋友。”

“哦——”小人精意味深长地应答。

他们嬉闹着跑掉,你站起来说:“我还要上班。”

我认识的唐鸢把喜恶都挂在脸上,高兴时会笑,难过了会哭,气极了会扔东西。我想起临别前,薇薇安恶狠狠地对我说:“这里要不是监狱,陆东青,我真想替唐鸢甩你一巴掌。”

我真希望你能打我一巴掌,但你脸上没有任何情绪。我深吸一口气:“下班以后呢?”

“也没时间。”

你转身要走，我忙说：“今天没有，也许明天会有。明天没有，以后总会有。”

你睁大眼睛看着我。有人走过来，停在你身边：“有事吗？”

清俊斯文的男人，眼神落在我身上，温和而审视。

你摇头：“开会了吗？”

“还有十分钟。”

你回头看了我一眼，好像想说什么，最终却什么也没说。

我坐在车里等你，直到天黑都没看到你。隔天我来找你，门卫告诉我你请假了。我摁灭烟头，驱车离开。

唐鸢，你在逃避我。但有些事总是避无可避的。

周三的傍晚，顾思鲸约我吃饭。吃饭前，我们一起去接她的侄女麦麦放学。我留意到幼儿园老师的名字，唐鸢，那么巧。更巧的是，我并非第一次见到麦麦——小人精被你牵着走出来，你脚步一顿，喊顾思鲸顾老师。

顾思鲸一怔，抬起下巴笑：“现在你当了老师，我们算不算身份互换？”

“我还不是老师。”你也笑着说。

自始至终，你都没看过我一眼。

后来顾思鲸陪麦麦去玩滑梯，陆续有家长来接孩子。我站在角落里静静地看着你，直到大厅变得空荡荡的，才问你为什么请假。你没说话，我低头看着地面：“唐鸢，你不用躲我。”

你依旧沉默。

“我没有恶意。”

“你想聊什么？聊完之后呢？”你终于开口，“聊完之后，你打算做什么？”

我被问得哑口无言，我要做什么？好像习惯的某件事骤然而止，让我无所适从。那种情绪连我自己都解释不清。我苦笑：“想知道你过得好不好。”

“和你有什么关系？”

这句话从你嘴里轻轻吐出来，我有一瞬的茫然，直到顾思鲸从身后挽住我，麦麦像发现新大陆般地喊：“原来你是姑父！”

我看向你，你微微一笑：“我们已经离婚了，陆东青。”

3

致唐鸢：

我们的婚姻只维持了三年零四个月。

那时我刚跟顾思鲸分手，成天在酒吧里醉生梦死。你来找我，我喝得烂醉如泥。你把我拉出去，突然哭了。我醉醺醺地问你：“你哭什么？失恋的人是我。”

你跪在地上吻我，片刻后我开始回吻你。后来在公寓里，我进入你，没有温柔，没有怜惜。你微微颤抖，显得青涩而僵硬。隔天醒来，你背对着我，我闷闷地说：“对不起。”你摇头：“是我自愿的。”

之后我们没再联系，很久以后你打电话给我。我问你：“唐鸢，你想结婚吗？”

那年初春，你嫁给了我。

很多年后，有人问我为什么会娶你。我感觉就像冥冥之中有一双手指引着我一样。

从幼儿园离开，麦麦一路喊我姑父。我告诉她我不是，顾思鲸深深地看我一眼。我一直以为我是了解顾思鲸的，她理智、冷静，但越理智的人，就越疯狂。

麦麦出事是在一周后，她在洗澡时被发现手臂上有好多红痕。麦麦的父亲愤怒地找到幼儿园，同去的还有顾思鲸。最后麦麦指着你说：“唐老师说，我再尿裤子还会打我。”

唐鸢，这些我都是听顾思鲸说的。她说：“我也不愿意相信，但小孩不会撒谎。”

当晚，我打电话给你：“我在楼下，直到你下来。”

我在车里一支接一支地抽烟，深夜两点，你披着一件外套走下来，身影单薄。你问我：“你是来替顾家讨公道的？”

“会受什么处分？”我自顾自地说。

“被辞退，或者还要坐牢。”

我握着方向盘的手一僵，发动引擎：“去顾家，看能不能私了。”

你没动：“这算什么？”

从顾思鲸那里知道你的事之后，我焦灼、烦躁，迫切地想见到你，还没来得及思考就已经在这里了。我沉声道：“唐鸢……”

“不是我做的，我说过，黑锅我不背。”你打断我。

这时你的电话响了，你接通后说：“嗯，我没事。”

挂断电话前，你不小心按了免提键，一个男声在寂静的夜里显得格外清晰：“我会处理的，你好好休息。”

那是我第二次听到这个男人的声音。当时我不知道，他是幼儿园园长徐琪琛。

周末，我约顾思鲸带麦麦去游乐园。两个人时，我问麦麦：“真的是唐老师打你？”

最后，她终于告诉我：“是姑姑让我说的。”体罚麦麦的其实另有其人，最终也受到了应有的惩罚，可顾思鲸却让她说了谎。

我拉着麦麦站起来，顾思鲸从几米开外的地方跑过来抱住我：“东青……”

我轻轻掰开她的手：“我要带麦麦去幼儿园。”

可唐鸢，我还是晚了一步。我遇到徐琪琛，他告诉我体罚事件已经查清楚了。他问我："今晚幼儿园聚餐，要不要一起？"

我沉默了一会儿，说："不用了。"

但后来我还是神使鬼差地去了你们聚餐的那条街。一群人从饭店出来，你与徐琪琛并排走在中间。我的车正好停在你们面前，徐琪琛笑道："陆先生，真巧。"

"不是巧，我是来接唐鸢的。"我与他对视。

就像是一场无声的较量，我在他眼里看到某种坚定，然后听他对你说："有事打我电话。"

只剩我们两个人时，我看着你："你喝酒了？"

你脸色绯红，步态踉跄，绕过我往前走。我拦住你，你用力推开我："滚开！"

我好像又看到了从前的你，肆无忌惮地生气。我竟然微微笑了："我不滚，我送你回家。"

我来拉你，你退后，弓着身，像一只发飙的猫。我一把将你横抱起来，你被吓到，终于偃旗息鼓。我们开着车绕着这座城市一圈又一圈，不管你在没在听，我都说："我带麦麦去过幼儿园，顾思鲸让麦麦说体罚她的人是你，我带她去说清楚。"

很久以后，我听到你低低地、恶狠狠地说："陆东青，你是不是犯贱啊。"

唐鸢，我大概真是犯贱。我大概真的，疯了。

4

致唐鸢：

我们为什么会走到这一步？

婚后，我逐渐冷静下来，我开始后悔草率地与你结婚。我做不到跟你像普通夫妻那样，所以只好逃避。我不想伤害你，更无法让你快乐。我不想骗你，也骗不了我自己。

除了结婚前的那一夜，我们之间几乎没有任何亲密举动。那晚我加班回来，你穿着新的睡衣，跳到我身上。我被你猝不及防地推倒在地，翻身推开你，问你到底要做什么。关门的时候，你眼底的光芒一点一点黯淡下去。而我站在门口，好几次想推开门，却连一句“对不起”都说不出口。

唐鸢，我曾对你说过无数次对不起，但你偏偏那样倔，就像一个勇士，披荆斩棘，毫不畏惧。直到我母亲来广州小住，半夜突发心脏病。你背着她下楼，送她去医院，又不眠不休地照顾了她好多天。

我赶回来时，你正在医院的走廊里狼吞虎咽地吃盒饭。唐鸢，那一刻，我是真的想抛开一切，和你重新开始。

与顾思鲸在游乐园分别后，我们没再联系。临近春节，我接老太太到广州过年。从小到大她都很少骂我，当时我告诉她我们离婚了，她赶过来，知道再没有转圜的余地，狠狠地骂了我一顿。

可我知道，她一直还抱有希望，希望我们能重新走到一起。她很快便付诸行动——除夕夜，她告诉我，叫了你一起吃饭。老太太拉着我去接你，你在楼下等我们。上了车，老太太看着你那栋旧楼直皱眉：“小唐，我让东青给你另外找个地方住。”

“那里挺好的，离我上班的地方近。”你说。

老太太推了推我，我沉默着开车，她狠狠白了我一眼。快到家时，老太太说时间还早，让我们去逛逛花市。我无奈地看着你，你低着头，半晌才说：“好啊。”

羊城人过年喜欢逛花市、牌楼和各色的地方小吃摊，还有学生租档口摆卖年花或工艺品的。以往每年春节，你都会陪老太太去逛一逛。我们并排走，我说：“我以为你不会来。”

“我不想伯母不高兴。”

你向来如此，大大咧咧却心细如发，容易感动也容易满足。就这样毫无预兆地闯进来，等回过神，已霸占我生命的每个角落。我停下脚步："唐鸢……我们好好过个年吧，就当陪陪我妈。"

冬日的阳光洒在你的肩上，你回过头："不是要去买花吗？"

那天最后，我们买了金橘与水仙。粤语里，"橘"与"吉"同音，水仙则象征着富贵。

回到家，你先把花插起来，然后去厨房帮忙。乳白色的蒸汽里，你一边切菜一边跟老太太说着话。老太太端菜时被烫到，你赶忙丢下手里的东西跑过去："没事吧，妈？"

老太太定定地看着你，一时间忘了手疼。你终于意识到自己的口误，看向我，显得慌乱又窘迫。我站起来，这时你的电话响了，你接起来——

"新年快乐。"

"你也是，早点睡。"

从未有过的陌生情绪堵在我的胸口，我重新坐回沙发上。

吃完晚饭，我们去楼下放爆竹。你不喜欢焰火，觉得太短暂，你喜欢爆竹，热闹干脆。震耳欲聋的爆竹声中，我低声说："记不记得去年禁放爆竹，你说没有过年的气氛……"

你背对着我，仿佛没听到。我走到你跟前，你的睫毛上覆着一层白霜："陆东青，我已经很努力，请你……"

下一刻，我几乎没有任何思考就抱住你。你瞪大眼睛，一动不动，让我想起在莫斯科遭遇暴动时，你穿过混乱的人群将我抱住。

唐鸢，或许我早已爱上了你，只是我不愿意承认。

生命曾坚不可摧。唯有爱上一个人时，盔甲才会龟裂，露出柔软的灵魂。而我透过那道细微的裂缝，看到那样一个你——不完美却独一无二的你。

那一刻，我知道，我再也没有退路。

5

致唐鸢：

除夕之后，我没再见过你。我怕我太急切，你会逃掉。

某天，顾思鲸来找我，委屈地说："打你电话，伯母说你不在。"

我不想跟她解释老太太的心思，她径自打开冰箱："东青，我给你买的夜宵你没吃？"

夜宵是陈记的酒酿圆子，我跟顾思鲸曾经都很爱吃。但没有什么是亘古不变的，酒酿圆子散发出腐坏的味道，我把它丢进垃圾桶："我已经不爱吃了。"

她僵住，轻声说："我不是故意那样做的，可我一看到她就觉得讨厌。东青，一想到她曾嫁给你，我就控制不住。"

她在解释诬陷你的事。我看着她，良久才说："顾思鲸，当初放弃的人是你。"

她脸上的血色褪得一干二净，我不忍去看："不是因为麦麦那件事，而是……"

"而是你爱上了唐鸢？"她打断我。

四周寂静一片，我抿着唇，良久后开口说："对。"

她蓦地退后一步，闭上眼："如果那天重遇后，我就离开Adonis回到你的身边，现在我们是不是已经重新在一起了？"

唐鸢，从前，从莫斯科回来，我就渐渐习惯有你在我身边。我们开始像普通夫妻那样生活，直到在你公司的聚会上重遇顾思鲸。世界真小，她是你老板Adonis的妻子。后来我们在花园里重逢，我转身离开时，她突然说："东青，我很想你。"

她的声音是那样哀柔，那一刻，我心里五味杂陈，将她拉进怀里。这一切却正好被你看到。

从回忆里抽身，顾思鲸走到我的面前："我已经和Adonis离婚了。"

我注视她很久，久到让她有些不安。

"思鲸，我们有过很开心的时候，但那些已经过去了。我们不要再见面了。"

门"砰"的一声被甩关上，顾思鲸走后，我开始胃痛。几年来抽烟酗酒，这已是陈年旧疾。我一直常备胃药，当时却翻箱倒柜亦找不到。我打电话给你，身体蜷曲，脸色苍白："是我。"

"你怎么了？"你听出我的不对劲。

"没事……早点睡，晚安。"

准备挂电话的一刹那，你问我："陆东青，你是不是胃痛？"

你来时我正蜷在沙发上，你从卧室的抽屉里取出一颗胃药递给我，沉默而迅速。吃过药，我终于缓过来，你冷冷地问我："你不知道药放在哪里？"

"一直都是你放的。"我苦笑。

我早已习惯你把一切都收拾妥帖。哪怕分手后，我的惰性也还在。

一句话，你突然沉默了。片刻后，你站起来，我问你："去哪儿？"

"约了人。"

"徐琪琛？"

你抿着唇不说话，我撑着沙发站起来："别走，唐鸢。"

我踉跄着拉住你的手臂："不要去找徐琪琛。"

病痛让人蛮不讲理，你不可思议地看着我："发什么疯啊你！"

"我就是疯了。"我眼底跳动着炽热的火苗。

"你有什么资格！你有什么资格对我这样说！"你也气极了，朝我大吼。

"我没有，我没有资格。"我哑声说，"这只是……我的心里话。"

你睁大眼睛，胸口剧烈起伏。

那天晚上你没走，手机屏幕上"徐琪琛"三个字跳动了好几次，最后你干脆关了机。

我们坐在地板上，我抽出一支烟，没点燃，拿在手里："我和顾思鲸不是你想的那样。无论从前，还是现在。"

"无所谓了。"你淡淡地说。

"你爱徐琪琛吗？"我低垂眼睑。

"我们是朋友。"沉默片刻，你说。

"唐鸢，你能不能……再给我一次机会？"我在黑暗里问你。

6

致唐鸢：

我开始每天等你下班，你依旧躲着我。我每天给你发短信，你几乎从不回……唐鸢，你曾经奋不顾身地靠近我，现在，这件事，换我来做。

就这样过了好久，某天，你终于走到我的车前："陆东青，你那天说的话，是认真的吗？"

你卸下之前所有的冷漠，注视着我，眼神清澈而宁静。

"我说过，那是我的心里话。"我说。

你看了我好久，终于问："你想带我去哪儿？"

"吃饭了吗？"我问你。

你的肚子"咕咕"叫了两声，算是回应我。我低头笑了："想吃什么？西餐还是中餐？"

"想吃肯德基。"你说。

等你下班的时候，我就站在围栏外看着你和小朋友一起做游戏，你在他们中间看起来就像个大孩子。我想起那天在监狱，薇薇安嘲讽地问我："陆东青，你大概从来不知道唐鸢很喜欢小孩吧？"

我从来不知道。但唐鸢，我们曾经也有过一个孩子。

还记得那场公司聚会之后，你搬了出去。我再度找到你，因为顾思鲸被车撞了，我竟以为那是你安排的。而你却告诉我，我们的孩子没了。回到家，我在床边站了很久，问你："为什么不要他？"

"报复你呗。"你说。

我扬起手，最终缓缓垂下。

我以为我会很平静，我们的婚姻源于冲动，我也并不太喜欢小孩。但唐鸢，那一刻，我竟然感觉到痛，像冬天饮雪水，凉意由四肢百骸往五脏六腑蔓延开来。我想，如果当时我能分清自己的感情，我们俩大概不会变成现在这样。

幸好，你又回到了我身边。

我每天接你下班，很快你的同事就认识了我。那天徐琪琛的车经过，他摇下车窗对我说："唐鸢这段时间很开心。"

我没吭声，他看着我，就像初见时，眼神温和而笃定："别再给我机会。陆东青，下一次，我不会放手。"

那天送你到楼下，我说："我们再去一趟俄罗斯吧。"

我记得在俄罗斯时，你说过，北京有开往莫斯科的火车。

你凝住，半晌才说："我已经去过了。"

你独自坐上那趟从北京开往莫斯科的火车。你轻声说："那段路，我用来忘记。我想在那之后，就该彻底死心了。"

我的心像被什么刺了一下，轻轻抱住你，头埋在你的胸口："不要忘记，唐鸢，不准忘记。"

半晌，你叹息一声："陆东青，你这个无赖。"

我们没去莫斯科，但我有几天假期，让你陪我去上香。你错愕："你从前不信这些的。"

"现在信了。"

当珍视的东西失而复得，人总会患得患失，依赖信仰。

寺院里，我们并肩跪在蒲团上。我侧过脸看你，你双手合十，静谧而虔诚。走出门，我牵住你的手，这一次你没有挣脱。清风徐徐，这条山路仿佛没有尽头，直到我看到顾思鲸。

7

致唐鸢：

顾思鲸是一个人来的。

她站在石阶下，我和你站在石阶上。她的目光落在我们交握的手上，瞳仁漆黑，脸色苍白。她走上来，在我们面前站定："为什么不接我的电话，东青？"

我察觉到你的手微微一紧，抬头对她说："那天我已经说得很清楚了。"

我牵着你从她的身边走过，她的声音从身后传来："你真的爱她吗陆东青？只是习惯而已，过不了多久，你又会厌倦。真爱是不需要努力经营的，就像我跟你，而不是你跟她。"

我没有回头，直到再也看不见顾思鲸，你才松开我的手说："回去吧。"

之后的一段时间，你又开始习惯性地逃避我。你不肯见我，我就去找你。我在楼下等你，你走下楼，我替你把垃圾丢进垃圾桶。你沉默地看我，又回到我们刚重逢那会儿。就像一只小小的蜗牛，探出头来，又缩回壳里。

"你在意顾思鲸说的话？"

你没有否认。我沉声说："这个周末我约顾思鲸出来，我们当面说清楚。"

我突然想起某个停电的夜里，你打电话问我有没有维修公司的电话。顾思鲸在身后问我："东青，你是不是喝了我的果汁？"

你不知道，那时我去找顾思鲸，其实是想跟她说清楚的。可我怕你不信。

“周末幼儿园要去梅雅湾度假。”回过神后，我听到你说。

“徐琪琛也去？”我的嘴唇抿成一条线。

你默认。

“我也去。”我不知道自己要去做什么，话已经脱口而出。

那天清晨，你的女同事看到我，取笑你：“分开一天也舍不得？”

你没说话，遥遥望了我一眼，弯腰去拿行李。

之后我没有打搅你，就像个单身游客。梅雅湾是海滩度假村，入夜时有一场海边派对。我去的时候，你们一群人正在喝酒聊天。那位女同事朝我招手：“一起玩啊。”然后又对徐琪琛说，“没事吧，园长？”

徐琪琛笑笑：“一起吧。”

你们在玩骰子游戏，点数最小的人必须回答一个问题，否则要罚酒。轮到我时，那位八卦女同事问：“陆先生，你爱唐鸢，到什么程度？”

脑海中蓦地万籁俱寂，我将杯中酒一饮而尽。

一瞬的寂静后，又恢复了热闹。你对徐琪琛说：“我去透透气。”

我站起来，跟着你。你一直往前走，直到听不见喧哗声才停下脚步，对着虚无的空气说：“跟着我干什么？”

“怕你生气。”

“我没生气。”你咬着唇冷冷地说。

“你生气时喜欢咬嘴唇。”

你张了张嘴，突然望向我身后。我回过头，看到了徐琪琛。他看着我：“陆先生，我说过，别给我机会，否则我不会再放手。”

他拉起你的手，而你怔怔的，任由他牵着离开。

一种陌生的感觉灼热而鲜活，充斥着我的胸膛。天上下起小雨，潮水漫上来又退去。有一瞬，我几乎无法思考。然后，我看到一个小小的身影朝着我跑来。

你跑得很快，头发被雨打湿，人字拖提在手里，光着的脚上沾满了沙泥。你在离我不远处蓦地停下，望着我，胸口剧烈地起伏。

脑中有什么东西轰然炸开，我冲过去紧紧抱住你，并找到你的唇。你回应我，我们就像两个窒息的人妄图从彼此嘴里获得空气。喘息间，我声音嘶哑地说："那个问题我回答不出。"

唐鸢，有多爱你，我已无法丈量。

你没说话，再度吻住我。这一次轻柔缠绵，耳边只有海风与潮汐的声音。

8

致唐鸢：

后来我问你为什么会跑回来。你说，好像有一种力量，推着你前行。

"徐琪琛呢？你对他说了什么？"

"对不起。"你说，"原来那个时候，我能说的也只有这三个字。"

从梅雅湾回来，我开始了一种崭新的生活。每天七点准时起床，吃完早餐去上班。下班后我们一起吃饭、散步，偶尔看一场电影。周末你陪我去了一趟医院，检查结果说我有轻微的胃溃疡，医生嘱咐我戒烟、戒酒。

回来的路上，你将琳琅满目的药塞进我的包里，眼睛盯着我："陆老师，你准备什么时候戒烟、戒酒呢？"

你已经好久没这么叫我了，我都差点忘了你曾是我的学生。初夏的风吹过，细碎的往事缓缓掠过脑海。我放低声音说："那你答应我一件事，跟我回家吃饭。"

我们都明白这顿饭的意义。饭局定在周末的晚上，得知消息后，老太太满面红光。那时我们都不知道，意外即将来临——老太太买菜时突然晕倒，被送进了医院。短短三天，病情急剧恶化。

最后一刻，她握住你的手说："小唐，你们俩要好好的。"

走出医院时已是半夜，我问你："能不能抽支烟，一支就好。"

我蹲在马路上，点烟的时候手控制不住地颤抖。你沉默地抱住我，我闭上眼："搬回来住，好吗？"

入秋的时候，你退掉出租屋，决定搬家。一个星期后，薇薇安出狱，我跟你一起去接她。她提着箱子站在监狱门口，你们紧紧拥抱。看到我时，她说："唐鸢，我们都一样傻。"

你低声说："陆东青不是Adonis。"

薇薇安笑出声："但愿如此。"

国庆假期，我去出租屋帮你收拾东西。你还是孩子脾气，爬上凳子拆窗帘，说是要带走。我把你抱下来，你不肯，我们俩一起倒在地上。我低头吻你，伸手去解你的纽扣。你突然抓住我的手，小声说："等一下，陆东青，再给我点时间。"

我微微喘息，将你拉起来。我以为我们还有大把的时间，却没想到结束来得那样快。

唐鸢，为什么我们之间总在最接近终点时骤然而止呢？

在宜家买家具时，我接到顾思鲸的电话，她呼吸急促："东青，我屋里进了小偷。"

"你现在在哪儿？"我皱眉。

"在卧室……东青，他还没走，他还在客厅，看起来好凶狠……"她的声音压抑而恐惧。

"顾思鲸？"我挂断电话后，你猜到了。

"唐鸢，我要去一趟。"我看着你说。

"如果我不让你去呢？"你咬着唇。

"我只是去看看，确定她没事就回来……"

"她有没有事和你有什么关系！"你突然提高音量。

商场里的人朝我们看过来，我去拉你，你退后一步：“薇薇安说得对，你和Adonis都一样！”

我最后还是去了顾思鲸家，房间被翻得乱七八糟的，她坐在地上。我扶着她站起来，她哀求我：“别走，东青，陪陪我。”

“报警吧。”我对她说。

唐鸢，之后我再也找不到你。你不接我的电话，退了出租屋。我去幼儿园等你，却看到你上了徐琪琛的车。我追着车不知跑了多久，车停下，你下车对我说：“别追了。”

“跟我回家。”我固执地看着你。

你摇了摇头。

“唐鸢！”

“你走吧。”你平静地说。

“唐鸢……”我的眼眶又酸又胀，“我们那么辛苦才在一起。”

你轻声说：“顾思鲸说得对，真爱无须努力经营。我们在一起那么辛苦，也许真是不适合。”

“你和徐琪琛在一起了？”我的胃又开始痛了，弯下腰，用仅存的力气问你。

“被爱，大概会比爱要轻松一点。”很久以后，你说。

9

致唐鸢：

我最后一次见你，是在百货公司。

你和徐琪琛站在一张柔软的沙发前，低着头看得很认真，抬头的一刹那看到了我。是工作日，百货公司门可罗雀，我们就这样避无可避地相遇。我走到你面前，问你：“买沙发？”

“不是我。”你指指徐琪琛。

“我去结账。”徐琪琛对你说。

只剩我们两人时，我艰难地开口：“你好吗？”

你好吗，对不起，我爱你……原来爱情里来来回回不过这几个字。

你点点头：“你呢？”

“老样子。”

“我的卡是不是在你包里？”这时，徐琪琛叫你。

你略微歉疚地朝我笑笑：“先走了。”

我望着你的背影，目送你走到徐琪琛身边。离开时，你的头发钩到货架，徐琪琛低着头细心地替你解开。

走出百货公司时，晴空如洗，就如同我们一起去上香那天一般的好天气。那天我跪在菩萨面前，在心中默念：如果真有神灵，能否让你永远留在我身边？

那一刻，你又是否曾与我有过同样的心愿？

我站在门口抽了一支烟。风很轻，阳光很好，街上的人川流不息，可是再也没有你。

唐鸢，跨过时间的河流，我们终于还是在彼此的生命中走散了。

爱丽丝
没有仙境

他像个失去了心爱东西的孩子，
无声地哭得那样伤心。

文／喜 宝

1

王邈听说宋爱儿这个名字，是2008年北京奥运会之前。

那会儿实行机动车单双号限行，王邈原先自己开着几辆车，为了投资一项能源生意，把车折了现，一时间手上只有一辆布加迪，这辆布加迪的车牌是单号，而偏偏那一天，是双号通行日，所以王邈坐的是秘书丁大成的车。

那天丁大成像往常一样开往4S店，准备洗车，忽然想起车上还有个正主，下意识地扭过头。

王邈对他说，没事，你洗你的呗。

他话刚落音，丁大成这头就接到了一个电话，支支吾吾地哎了两声。

王邈问他，怎么了？

丁大成说，家里孩子病了。

丁大成之前有个女朋友，给他生完孩子后，就转而嫁给了别人。

王邈这个人，虽然做事心狠冷酷，可对小朋友还是有一点爱心的。他想了想，说，还等什么呢，快去照顾孩子吧。

丁大成连忙下车，自己随便招了一辆的士就急匆匆走了。

4S店就在拐角口，寂寂寥寥，没有几个人。

王邈将车开过去，停车的时候，电话响起来，他接了没说几句话，车窗上传来轻轻敲击的砰砰声。

他不理会，依旧和那头慢吞吞地说着话。

车外那人消停了，耐心地等着。

等王邈终于打完了电话，降下车窗，第一眼看见的便是弯下腰问他的宋爱儿。

那天傍晚宋爱儿穿的是一件紧身的工作服，领口压得很低，笑容很干净，笑起来时，眼睛弯成了两道浅浅的月牙儿。

她像往常一样打着招呼："丁先……"

王邈怔了一怔。

宋爱儿已经换下了甜甜的笑容："你是……"

"洗车。"王邈开门见山。

宋爱儿"哦"了一声，神色里有明显的失落，态度也冷淡下去。王邈看在眼里，跨出车，一手撑在车门上，斜倚着，笑眯眯地望她："小姐，你叫什么名字？"

宋爱儿答得简单："我姓宋。"

"哦——"王邈长长地拖了一声："宋小姐。"

宋爱儿在一旁洗车，王邈袖手旁观，怡然。

大约是气氛太沉默，最后她终于忍不住问他："你是丁先生的秘书吗？"

王邈愣了一愣，笑容可掬："对对，我是他秘书。今天他开会，我替他过来洗车。"

宋爱儿沉默着，不知过了多久，才小声地问了一句："丁先生是不是很忙啊？”

“管着一个大公司，手底下几亿的生意呢，能不忙吗？”王邈认真地替丁大成感慨着。

宋爱儿听到了自己想要的答案，没有了和王邈继续谈下去的欲望。反而是王邈，抱着胳膊搭讪：“怎么，对丁总感兴趣啊？”

“我可高攀不上他。”

王邈笑了，身体不知不觉地探近她，几乎要贴到了一起。她在弯腰洗着车，王邈轻轻地吐出炙热的气息，鬼魅一般萦绕在她的颈上：“给哥亲一下，就告诉你他的号码。”

宋爱儿握紧手中的喷头，垂下眼，漂亮的脸上没有任何表情。她心里厌恶这样一无所有还想装金主左拥右抱四处占女人便宜的穷男人。

然而，他是丁大成的秘书。

捏紧的手指渐渐松开，宋爱儿转过头，又露出干净甜美的笑容：“好啊！”话未落音，她抱住王邈的脖子，踮起脚，飞快地亲了一下他的侧脸。

王邈还有浅浅的络腮胡没剃干净，宋爱儿没嫌弃，眉眼弯弯，像个害羞的小姑娘似的：“号码呢？”

王邈是说话算话的人：“给我你的手机。”

宋爱儿装作没听见，从侧袋里掏出一支笔，递给他：“用这个吧。”

王邈又笑了，看着她伸来的手腕：“这么急？”

“我怕写纸上弄丢了。”

她的手腕很细，白如新藕。王邈在上头龙飞凤舞地写下一串号码。宋爱儿仔细辨认了片刻，问王邈：“你不会坑我吧？”

“其实4S店也有顾客的登记资料，你上那里找不比我这方便？”

“丁先生是VVIP。”

王邈明白了，他最疯的时候，有十几辆车，每回从车库倒车都觉得费劲。这户头4S店不敢得罪，只能供着。

“你来这多长时间了，怎么从前没见过你？”

宋爱儿敷衍了几句，显然是不愿和他有过多纠缠。

王邈却忽然来了兴趣：“我的号码呢，你不留一个？”

宋爱儿说：“你是丁总的秘书，我找你还不容易吗？”

王邈被她冷淡回绝，也不生气。他是顺风顺水地过了二十几年的人，被女人宠出了毛病，脾气很大，圈子里有不识相的姑娘头一回接触就敢要号码，一准被弄得下不了台。宋爱儿这种只认钱不认人的现实性格，他头一回见，心底还是有些失落的。

“不打一个试试？”

“你不是说丁先生正在开会吗？”

“会早开完了。”

“不了。”

王邈猜到她心里打的算盘，笑了笑，没有再继续说下去。

这天宋爱儿不断地看着手腕上的号码，不知默记了多少遍，终于在下班前，拧开洗手间的水龙头，将这些字迹彻底冲洗干净。

出了店，是夏天的傍晚，天边云蒸霞蔚，燥热让人渐渐失去了梦幻的心情，宋爱儿把头发扎成一束马尾，换上黑底碎花裙子，一路飞快地走着，额角渗出细细的汗珠。

她走过拐角不远，就听见后头有按车喇叭的声音。

宋爱儿扭过头，这个刚认识不久的年轻男人，从车里探出头：“载你一程？”

虽然并不愿和这人有太多纠缠，但她是一个现实的人，看了看远处交叉口汹涌的人潮，想着那列很难挤上的地铁，宋爱儿退了回来，拉开车门：“送我回家吗？”

“先吃饭。”

料到他会这么说，宋爱儿拉开高仿的爱马仕鸵鸟皮包，从里头取出一个正版的LV钱包，扒拉了一下钱："我请你吧。"

王邈笑了，表现出一个穷苦小子面对白富美时的样子，仰视："好啊。"

2

宋爱儿带他去的是一家高档餐厅，一股浓浓的外行法式装潢风迎面袭来，人很少，环境也不错。王邈只看了几眼，没发表评论。宋爱儿自己点了几样常吃的，又问王邈："你呢？"

王邈看了一眼价钱："这得是你小半月的工资了吧？"

宋爱儿说："这是我一个姐姐开的餐厅，自己人。"

宋爱儿没有再理会王邈，拿出手机开始拍，拍完了餐具，再拍壁景。王邈看着她一会儿嘟嘴，一会儿伸出V手，正看得起兴呢，她忽然把手机递给了他："哎，那个谁，你给我来一张。"

王邈答应得很好："好嘞。"

他甚至给出了一些非常专业的意见："这样不行，你这样……对，脸再往下，下巴戳儿到这，对，这个好！"

宋爱儿起先还半信半疑，等看了照片，显然还是有一点高兴的："看不出来啊你。"

王邈没法给她说，自己浸淫这个圈子已久，就宋爱儿的手段来说，略显老套幼稚，可面上他仍是微笑着："你自己也生得好看。"

宋爱儿对这些人的赞美是无动于衷的，她忙着上传图片。过了一会儿，菜上来了，王邈吃得很慢，而宋爱儿则完全忙着拍照了。两人刚说了一句话，远处走来一个女人。

一见到宋爱儿，就把手搭上了她的肩膀："怎么上这来了？"

宋爱儿说："请人吃饭呢。"

王邈站起身，客套地伸出手："你好。"

他难得这样有礼貌，对方却不搭手，只微微笑着：“你好呀。”

宋爱儿没介绍他，女老板就不打算和他搭腔了，两女人自顾自聊着。

“你这个店装得真不错。”

“都是真金白银下的料。”

“老蒋真舍得。”

“谁叫他自己搭了股在里头，不然哪舍得多出半毛钱。”

王邈等她寒暄走了，才笑问：“亲姐姐？”

宋爱儿白了他一眼。

王邈没生气，他看女人的眼睛很毒，因此对于这个叫杜可的女人是个什么货色，心里一清二楚。宋爱儿虽然势利了一些，身上却没有杜可那股子风尘气。

因此他也就格外真心地劝了她一句：“这姐姐不好，尽带你往歪路上走，得换一个。”

宋爱儿笑了：“不往歪路上走，还能让你得手？”

3

宋爱儿把王邈压在墙上时，房里没开灯。

王邈没见过这种十几平方米就住人的房间，他提议了一句：“去酒店？”

宋爱儿扯开他的领口，没说话，缠缠绵绵的吻就亲了上来。这一亲，王邈没把持住，气息渐渐急促，理智还是让他一把捉住她的手，压低声：“跟我，图什么？”

“你说呢？”

世上最讨厌的就是这句话。

可是王邈没恼，只是借着劲，狠狠地压住她乱动的手，黑漆漆的眼珠子盯着她，半边脸隐在晦暗中，看不清神情，笑着："说说呗。"

"你帮我和丁总牵个线。"

"不是已经给了你号码？"

"他忙，不见得记着我呢。"

"多聊几次，下回洗车时他就认得你了。"

"你混蛋！"宋爱儿恼羞成怒，原先爱抚的手立即变作巴掌要扇过去。

王邈是从小学柔道的，力气大得很，握住她就跟握一只小鸡似的："混蛋？你心里知道我说的都是实话。"

宋爱儿的胸口起伏着，气息久久不能平。

王邈终于慢吞吞地出声："帮你，可以。不要后悔就是。"

宋爱儿没明白他话里的意思："我不做后悔的事，做了的事也不后悔。"

"小姑娘口气真大啊。"王邈一边叹着气，一边捧住她的脸，恶狠狠地汹涌澎湃地吻上去。宋爱儿几乎被困在了他的气息里，挣扎着，手指抓紧又松开，松开又抓紧。

王邈第二天起来时觉得身上被压得很死。原来宋爱儿大半个身子赖在了他身上，直接就把他当布绒熊似的抱住。她睡着的样子，看着挺小的。王邈心里一动，撩开垂在她额前的头发。宋爱儿有光洁饱满的额头，衬得脸巴掌大小，眼睛和眉毛都透出亲切。

她要是对一个人刻意讨好，大多数男人不一定能挡得住。

王邈又替她把长发捋到了耳边，想进一步观察一下宋爱儿的脸，她却忽然睁开了眼："你干什么呢！"

"醒了不说话，装什么呢。"

"不想起床，行不行？"

"哟，这可不行，我一早还得开会呢。"

宋爱儿仿佛想到了什么："丁总的会？"

"早上八点，丁总这个人一贯很勤快的，最讨厌别人迟到。"

宋爱儿这次真蹦起来了，推着他，把昨天晚上扔得满地的衣服一件件丢到他身上："换上快滚！"

"宋爱儿，这是你对老公的态度啊？"

"你起不起啊！"

"我起。"王邈慢吞吞地穿好衬衣，凑近她时，低下头，又想亲一下，给她躲开了："你答应我的事别忘了。"

王邈心里觉得有一丝扫兴，脸上仍保持着微笑："我记着呢。"

很久后被逼到穷途末路的宋爱儿仍然记得这个清晨王邈站在透着阳光的窗帘下的微笑，懒洋洋的，眼角微垂，面容显出无端的柔和，像老照片上打着一层浅浅的光。

后来他再也没有这样对她笑过了。

4

这天王邈到公司特别早。

一个人坐在空旷无比的会议室里，转着椅子，长腿交叠地搁在了桌上，认真地折着一架纸飞机。折好，又拆开，拆开，又折好。

等王邈第十二次折完纸飞机时，总务小姐推门进来了："王……王总？"她吓了一跳。

王邈笑眯眯的，心情不辨喜怒："这么早？"

会议室的钥匙有两把，一把在总务小姐手里，另一把在王邈自己这儿。因此总务小姐定了定神，也就开始像往常一般准备着开会的文件。

这头正忙着呢，王邈忽然冷冷地问了一句："丁秘书平常什么时候来？"

"丁秘书来得挺晚的，王总，您找他有事？"

王邈笑了笑，没有答话。

九点半后，陆陆续续有人推门进来。原先三两说笑的项目经理一进门，见到坐在上头的王邈，都变脸噤了声。

王邈不以为意："你们这怎么了，就不兴我勤快一天啊？"

一个项目经理说："王总，您今天要亲自来坐镇，怎么不早说啊？"

王邈虽然名义上掌管着这项生意，一年里差不多有八个月天南地北地胡混，一般的会议都由丁大成负责传话。

偏偏这一天丁大成是最后一个进入会场的。

丁大成进门才发现会场异常寂静，抬头看去，王邈手插在裤袋里，整个人仰躺在转椅上，轻轻笑了一声："丁秘书，你排场很大嘛。"一边说，他顺便就将那架纸飞机投向他，纸飞机落在了丁大成的怀里，他脸色白了一下，才镇定地喊他："王总。"

一散会他就立即跟到了王邈的私人办公室。

王邈的办公室在顶层，一整层都被开辟成私人的卧室、健身房、花室。指纹验证后，丁大成很快地跟了进去。王邈没搭理他，就仿佛这个人是融于空气中的一团透明。

丁大成尴尬地站在他的身后。

王邈背对着他，手指搭在一排书架上，沿着书脊一本本飞快地跳过，最后停在了最厚的一本硬壳典籍上。抽开一看，竟然是围棋综述。

丁大成这才迟疑开口："王总——"

王邈转过头，朝他笑了一下，拿着书走近，敲打着他的肩膀，低声说："丁大成，你开着我的车去骗小姑娘啊？"

丁大成茫然片刻，明白过来他的意思，脸"唰"一下白了。

王邈往后退了几步，靠在书架上。然后，手里的厚壳书狠狠地砸去，丁大成偏开头，堪堪躲过。王邈随手抓起一本书，又砸了过去。

这次丁大成没有躲。

王邈看着他额头上流下的一丝血迹，这才觉得略有解气。

丁大成抹掉额上的血，摊开掌心看了一眼，又慢慢合拢五指，苦涩出声：

“王总，别为难她。”顿了顿，说，“她就是一个不明白事的小孩儿。”

“这事儿你说了算吗？”王邈笑了一声，“看上我的车，又图你的人，天底下哪有白捡的便宜？”

丁大成没有再多说什么，低着头说：“是。”

5

过了几天丁大成开着王邈的那辆布加迪，又去了一次4S店。

天气热，宋爱儿穿着短吊带和热裤，被一件大大的工作服松松罩着，衬得整个人玲珑可爱。她才十九岁，巴掌大的脸，笑起来眉眼弯弯的，像一个邻家小妹妹。

迎上来，宋爱儿靠着车门：“丁先生，我的短信你看到啦？”

丁大成没作声。

宋爱儿又说：“我打你电话你怎么总不接啊？”

丁大成看着她甜美的笑容，眼神很专注，看了一会儿才问：“今晚有时间吗？”

宋爱儿呆了一下，大概没想到他这么快上钩，一怔过后，她立刻说：“好啊。”

“有个朋友的派对，你请个假早点下班吧，我带你挑几件衣服。”

没注意到丁大成异常的沉默，宋爱儿蹦蹦跳跳地去找店长签字。丁大成把车开远了一些，停在拐弯口，点了一支烟，慢慢地吸着。

宋爱儿走近，弯下身，轻快地敲了敲车窗。

丁大成降下车窗，看着她笑得像月牙儿一样弯弯的眼睛，总觉得喉咙像被什么堵住：“快上车吧。”

他带她去了几家常去的旗舰店。宋爱儿之前陪杜可来逛过几次街，每次只有在一旁看的份。这回丁大成就坐在沙发上，看着她一件件地换裙子，头顶的水晶灯聚光强烈，照得人一片眩晕。

宋爱儿觉得自己就像沐浴在一片光泽中。

她挑了很久，最后才选中一条浅紫的小裙子，粉蓝丝巾，因为皮肤白，天然一种风情。

丁大成只见过她穿工作服的样子，像个小妹妹。直到这时才意识到，宋爱儿也是一个女人了，一个会让男人怦然心动的女人。

他站起身："我们走吧。"

开派对的地方是王邈的私人别墅，离市中心很远。

宋爱儿坐在副驾驶座上，一路轻快地哼着歌。

丁大成斜瞥了她一眼："一个小姑娘，人生地偏的，就不怕我把你给拐走了？"

"你看着不是坏人。"

"是我看着不像坏人，还是开布加迪的人看着不像坏人？"丁大成笑她。

"都不是。"宋爱儿也笑，"丁总，你怎么老开玩笑啊？"

丁大成转方向盘的手顿了一下，正是上山的拐弯口，这一片山头都被王邈买下了，除了别墅、警卫亭没有其他建筑。直到转上半山，他才慢慢开口："我没有开玩笑。"顿了顿，说，"还有，我不是丁总。"

山脚的一片繁华明灯，恍如隔世。

宋爱儿的丝巾被风吹得轻轻扬起，她"咦"了一声，刚想问，你说什么？丁大成已经踩住刹车："到了。"

6

王邈的山中别墅建造得十分别致。地势好，坐山观水。露天的停车场，每周固定时间雇人打理的草坪，泳池碧蓝澄澈的水波。还没走近就隐约听见了女人们的笑声，男人的低语。草坪上一群人正围着在烧烤。

丁大成一路领她进去时，似乎没人注意到他俩，甚至也没有人客气地打声招呼。

宋爱儿闻见了烧烤的香气，夹着女人们浓郁的法式香水味道，熏得人有些脑子晕。夜风呼呼地吹来，不知从哪里袭来清凉的细水花，溅在人的肌肤上，隐约还有哗哗的水声。

她往旁边看去，才发现旁边就是一个私人水库。

夜色方启，丁大成推着她："上楼去吧。"

王邈正和几个人在一间房里打麻将。

房间里没有女人，因此宋爱儿进去时，所有男人都抬头朝她看了一眼。

王邈把她晾着，低头摸着手里的牌，不慌不忙地打完了几圈，才笑眯眯地撂了手。

旁边一个人忽然说："王总，这谁呀，把人叫上来干晾着？"

那一声王总确是在叫王邈无疑。

宋爱儿脑中"轰"的一声，一路上坐在丁大成身边的忐忑欣喜忽然变成了一种实实在在的嘲讽。她试着扯动嘴角，想露出一个好看的笑容，脸部的肌肉是僵硬的，唇在发抖，耳朵也红烫得厉害。

王邈把她的窘迫收在眼底，忽然说："过来帮我摸把牌。"

见她发呆，他又问她："摸牌会不会？"

宋爱儿这才回过神："会一点。"

她像个被人牵动四肢的木偶娃娃，动作全然不似平常灵巧可爱。走得离王邈三四步远，忽然被他一把拉进了怀里。宋爱儿坐在他腿上，伸出手，镇定了一下情绪，才看清牌桌上的局势，就势摸了几张牌。

王邈起先还悠闲地抽着手上的一根烟，等看见了宋爱儿摸出的牌，倒是怔了一怔。

宋爱儿紧接着很快地替他出牌，她一个小姑娘，手法却十分老到。

桌上另几个虽然都是老手，一时间也没能占去她半点便宜。

她替王邈打了一圈，点到为止地收了手。王邈吹出一个个烟圈，全数喷在了她妆容好看的脸上："挺厉害啊。"

"以前玩过。"她说。

接下来仍是王邈在摸牌，大约手气不好，输了不少钱。

王邈心情渐渐变差。

其中一人看见这祖宗的脸色，也不怯他，把成捆的人民币往底下的小屉一扔，寂静中只听那"啪"的一声分外清晰。那人又把抽屉拉开，对着宋爱儿说："妹妹，你来替咱们王总把钱赢走吧？"

宋爱儿应了声好，正要去摸牌，被那人按住手。

"打牌多没意思啊。"那人笑嘻嘻，"这样，亲一个，拿走一捆。"

这次宋爱儿是真的怔住了。

接话的是王邈："成啊，把这钱赢来，全是你的。"

屈辱是如此突如其来。

很久后宋爱儿还记得那天的每一个细节，她发烫的脸颊，无措地握紧的手指，王邈那饱含嘲讽的温和的笑。

僵持良久，还是那人先把牌一把摔在了桌上，伸了个懒腰："不玩了。美女不乐意亲我啊，那咱们去吃烧烤去。"

王邈揽着她起身："走吧，愣什么。"口气仿佛什么事也没发生过。

泳池被人倒入冰块，溅起的水花惊得站在近处的美女连声惊叫。有人喝醉了，有人还清醒着。五光十色的浮华世间，王邈是中心，每个人都捧他，爱他，图着他一些什么。

宋爱儿就站在他的身旁，却仿佛离他那么远。

"后悔了吧？"

"下回得练练眼力。"

"怎么就把正主弄错了呢？"

发怔间耳边忽然传来几声轻啧，是王邈贴上了后背。

宋爱儿说："王总怎么老爱开玩笑啊。"

王邈瞧着她瞥来的盈盈一眼，哈哈大笑。借着酒劲托住她的下巴，凑近，似乎就要吻上去。

宋爱儿于是闭上眼。

下一秒，脚下一滑，揽住的腰忽然被人松开。扑通一声，冰凉入骨的水花溅满了她的脸。宋爱儿整个人跌在了泳池里。

她像一只可怜的鸭子扑腾着手臂半浮在倒满冰块的泳池水面上，头发湿漉漉地耷拉着，脸上妆花了，样子狼狈又可笑。

周围没有人伸出手来拉她。

女人们轻轻地捂着嘴低笑，王邈也在一旁抱着胳膊看。

最后来拉起她的是一直沉默旁观的丁大成。

上岸后宋爱儿觉得自己全身冻得发抖。没有毛巾，她用手背擦干脸上的水迹，胸口起伏着，站在王邈面前，几次想扬手，最终懦弱地握紧手指，转身离开。

王邈站在她身后说了一句："留下吧，给你准备了房间。"

宋爱儿停住步。

王邈的声音诱惑如魔鬼，一字一句："有些机会，只有一次的。"

半山的凉风吹来，脚下是浮华的万家灯火。宋爱儿像是想到了一些更久之前的事，僵住的脸上极力扯出笑容，转过身："好啊。"

7

人人都知道王邈新近同一个小姑娘在交往。

宋爱儿有一双弯弯的眼睛，一笑，仿佛雨过天晴般的美好。她再也没有对王邈露出过那种头一次见面的不客气，而王邈也再也没有过那样的不愠不恼。

那时候，谁都没想到宋爱儿会跟着王邈这么久。

王邈这个人脾气很坏，大约也因为年轻气盛，做什么事都要把人逼到绝境。商场中旁人顾忌他的家世，不敢直露怨色。他得罪的人越来越多。

宋爱儿悄无声息地在一旁看着，从不插手他的世界。她跟着他的时候，就是陪他玩。王邈玩得很疯，也什么都敢玩。有次宋爱儿被他强迫着灌酒，他醉了，把她压在床上，一只胳膊狠狠地压住她的脖子，勒得她几乎窒息。宋爱儿的长发像海藻般铺开，艰难地喘着气。

"喝不喝！"

王邈用手大力地掐住她的下巴，迫使她张开嘴。

宋爱儿呛得厉害，牙关紧闭，他于是用力地掐着她的脖子，红酒从她的唇角流到了发上。他瞪着她足足有几分钟之久，忽然间松开手，宋爱儿侧身蜷缩在床单上，像小虾米一样地颤抖着，咳嗽了几声，然后起身冲向厕所，跪在马桶边抠喉。哗哗的水声让王邈一下子静了下来，他靠在门边，面无表情地看着她。

宋爱儿咳到眼圈都红了，才起身，口气很平静："还玩儿吗？"

她用一种异常坚韧的方式在他身边扎下了根。

王邈有时候想，与从前那些跟过他的女人相比，宋爱儿不是最好看，也不是最放得开，但她就是有一种狠劲，像是孤海中好不容易抓住一块浮木，咬牙求生。

他有时喜怒无常，打骂也是常有的事。她一开始就是因为钱才跟的他，他心里明白，所以下手也无所顾忌。

然而这些都是外人并不知道的事。外人眼里，宋爱儿就像忽然交上了天大的好运，搭上了圈子中最大方却又出了名的挑剔男人。她陪王邈去澳门，去云顶，王邈输了不皱眉，赢了就全给她。

8

王邈带她去了不少地方。大多数是因为商务需要，王家的产业遍布了世界各地，他又从小在英国念书。外人眼里，王邈是独子，也是长房长孙，所以他是代表身后的这个家族出面的。

王邈在人前一向装得很好。他甚至和宋爱儿说起过，大学同学中不乏俄罗斯巨贾的女儿和欧洲小国的伯爵。他会说一口流利的伦敦腔，也曾度过牛仔帽和马靴的西部岁月。他是宋爱儿当初一旦犹豫就无法再在人海中轻易找到第二个的人。

宋爱儿自从和王邈在一起后，就没有再上传过任何图，消失在了从前的圈子中。一半是因为王邈的警告，一半是她发现自己不需要再炫耀。

只有一次，他去日本谈一门生意，宋爱儿自己一个人逛街。她在人群中走了很久，忽然在一家小店前停步。这家别致的小店只卖八音盒，四处垒得像小山一样，爱丽丝梦游仙境中的兔子八音盒，胡桃士兵的八音盒，甚至是哆啦A梦的八音盒。

宋爱儿弯下腰，轻轻地碰了一下兔子的耳朵，这只八音盒叮叮咚咚地旋转起来。她于是侧着耳朵听了很久，唇角微抿，眉眼却弯了起来。

拿出手机，上传了一张图到微博。

八音盒忽然停住了声音。宋爱儿抬头看去，是丁大成。

“王总和山本先生去打高尔夫，给我放了半天假。”他看着她，眼神很温和，“怎么还像个小孩子似的。”

宋爱儿于是停住手，笑了一下：“我请你喝咖啡？”

他们所坐的窗前枫花正红，因为是深秋，路上的人穿着厚厚的衣服。丁大成自从那次之后很少和宋爱儿再说话。

他忽然问她：“这么过日子，开心吗？”

宋爱儿笑了：“如果我说，我想要的更多，又会怎样呢？”

丁大成微诧："还不满足吗？"

宋爱儿说："有件事，我从没和别人讲起过。我是一个私生女，我妈妈年轻时喜欢上一个人，两个人在一起，可是后来这个男人另攀高枝当了上门女婿。八岁前我活在外婆的打骂中，活在别人的白眼里。八岁那年妈妈病死了，外婆说养不起我，把我送到了那个男人的家门前。那是90年代，他们家条件可真好，住的是小别墅，车库里停着宝马。我在大门前坐了很久，后来下起了小雨，没有伞，身上被打湿，狼狈极了。再后来，一辆车停在了门前，车窗降下，有个漂亮的小姑娘从车窗里探出头，问男人，爸爸，她是谁呀，怎么坐在我们家门口。"

"那是我同父异母的妹妹，我永远也忘不了她趾高气扬的样子。"

"她过得像公主一样。能吃自己想吃的，穿自己想穿的，买自己想买的，甚至连念书，她都可以一句话就去了奥地利学画。"

"我想过这样的日子，想像公主一样地被人宠，想做自己喜欢的事。"

"其实……很可笑吧，明明被人像一件玩具一样地任意地打骂发泄，还想着要一点尊严。"宋爱儿渐渐地停声，丁大成并不是外人，知道她和王邈相处的每一个细节，"为了不再过这样的生活，才决定背叛他，就像你也收下赵君先的支票一样，不是吗？"

丁大成垂下眼："是啊，我们这样的人，不看紧自己的每一步，随时都会从天上掉回地下，然后，就没有了翻身之日。"

赵君先就是那天别墅牌桌上对宋爱儿发难的男人，也是王邈很多生意上的伙伴。

王邈的脾气得罪了不少人，赵君先不想做合伙人，只能抄底。最先被买通的就是丁大成。丁大成只有一个条件，让赵君先给自己办好加拿大移民，得罪王邈的下场他比谁都清楚。

宋爱儿却似乎没有给自己想过退路。她只要钱，很多很多的钱。

赵君先提醒她，宋小姐，你不妨给自己想好出路，赵某力所能及，一定会办到。

而丁大成也问她："拿了这么多的钱，你要做什么呢？"

"去学画。"

异国深秋的咖啡店，她沉默良久："我要去奥地利学画。"

"王邈不会放过你。"

"我知道。"她起身，很疲倦地对他微笑，"按照计划，今天他回来后我会偷出那份私账。赵君先说，他差不多把现在能流动的所有资金都赌到这块地上了。你办完事就从日本转走吧，多伦多的机票订好了吗？"

丁大成看着她，忽然想起第一次见到她的样子。那会儿宋爱儿真是个天真无邪的小姑娘，穿着热裤，很用力地拿喷头洗着车。大约是没想到车里有人，她用手指蘸着水，在车窗上画出一个大大的笑脸。

车窗忽然半降下，里头探出一张脸，是开王邈车来清洗的自己："画得不错啊。"

宋爱儿没忍住，两腮微微鼓起，笑了。

两人在街头分手时，预料到这大概是此生最后一次见面，丁大成忽然认真地抱紧她："有一件事，我也没和别人说过。我有一个女儿，我曾经很爱她的母亲。可是后来有一天她告诉我，她喜欢的是王邈那样一掷千金的男人，能被那样的男人喜欢，一定很幸福。"

"那么下次你可以告诉她，她错了。"

这天宋爱儿回去得很早，甚至替王邈叠好了一件件的衣服。

王邈回来后醉意中拥着她："怎么突然这样贤惠，想做我老婆啊？"

"想也是痴心妄想。"她笑。

"你倒是明白。"他亲了一口她的脸，忽然又说，"想想也不是不行。"

宋爱儿说："还是把你留给那些名门小姐吧，我可消受不起。"

王邈听了哈哈大笑。

直到他昏沉沉睡去，按照约定，她把私账发给在美国的赵君先时，宋爱儿犹豫了一下，她闭了闭眼，最终鼠标点在了“NO”字上。

她拖着行李离开时，又转身回来，将一样东西轻轻地放在他的床头。爱丽丝仙境的兔子八音盒，兔子的嘴巴咧得很大，笑得开心。指尖轻轻碰触着兔耳，黑暗中，叮叮咚咚的细微乐声响起。

她赶到机场，上了去维也纳的最后一班飞机。这班机的乘客不多，飞机在万米高空平稳地飞行着。宋爱儿忽然想起，她刚来北京的那年，站在地铁站，人潮涌动。那么多人，仿佛哪怕奔向死亡，也要拥挤着前进。卑微的人想生存下来，实在太难。只能舍弃一些并不那么重要的东西，比如尊严，比如爱情。

可直到此刻，她才终于明白，很多东西，自己并没有办法舍弃。可再不舍，又有什么办法？他们之间，从一开始，就那样不堪。

忽然，机身剧烈地颠簸起来，沉睡的乘客尖叫成一团。没多久，轰隆一声巨响，世界一片黑暗……

9

王邈是拿着一个被摔得四分五裂的八音盒走进这家店的，老板是个温和的日本老人，戴着眼镜，正修理着细碎的零件。

“摔得太坏了。”老板看了一眼，低下头，重新摆弄着自己手里的东西，“恐怕不能修好。”

王邈生硬地用日语说了一句：“不行。”

面对着这个偏执又没有礼貌的客人，老人没抬头，咕哝了一句：“既然是珍惜的东西，为什么要将它狠狠摔碎呢。”顿了顿，说，“就算是一件东西，也会像人一样，有自己的生命呀。”

漫无边际的话忽然出现在他耳边——

“怎么突然这样贤惠，想做我老婆啊？”

“想也是痴心妄想。”

“想想也不是不行。”

…………

毫无预兆地，王邈突然说：“她飞机失事了。”

“嗯？”老人停住修理东西的手。

“走得很突然，连一句话也没留下，只有这个东西。”

“给我看看吧。”老人瞪着摔得四分五裂的八音盒，声音渐渐变小，“唉，很久没有修过这样的玩意儿了呀。不过，爱丽丝仙境兔子的八音盒，真是很美好的愿望呢。”

“什么？”

“找寻绝境的出口，拼命想要看见光明。”

王邈一怔。

他忽然想起，他第一次见她的那个初夏傍晚，天气很热，车窗半降下，是她笑得弯弯的眉眼。掉入泳池中，浑身湿透地狼狈起身，却还记得扯出一个难看的笑容。甚至是被强灌的红酒呛到跪在马桶边呕吐，抬起头来时也不忘对他勉强一笑。

是这么一个女人，自己刻意羞辱不愿承认爱上的，原来是这么一个女人。

修着八音盒的老人，忽然抬头，若有所思地望着眼前年轻的客人。

只见他捂住脸，踉跄着半跪下身，像个失去了心爱东西的孩子般，无声地哭得那样伤心。

爱人的眼睛是汪洋大海

爱人的眼睛是汪洋大海，只是在这片海里，
我始终找不到自己的倒影。

文／吕亦涵

记录之一

我之所以会采访苏冉，原因有三：第一，她在去年的音乐盛典上以三十三岁的年轻姿态夺下了终身成就奖；第二，她曾在一场奥斯卡颁奖礼上同时夺得最佳配乐和最佳女主角；第三——

周暮过世。

相信除了我，再也没有人会在这个关头去采访她。周暮之妻，之母，之叔，周家每一个显赫的传奇人物都将是采访跟踪的对象，可我，却通过过往无数的报道和资讯，找上了苏冉。

住宅坐落在郊外，一栋从头白到尾的房子——这地址费了我多少心力才获取，我不想赘述，可令人惊喜的是，来开门的就是苏冉本尊。门铃响过十分钟，里头的琴声才告一段落，然后，一张脸，一张没有多漂亮却干净得出奇的脸，出现在大门口：“哪位？”

“苏女士，我是《BEST MUSIC》的首席记者……”

门很快就不留情面地关上。

我趁着脚步声未远去时添一句："周暮过世了！"

脚步声戛然而止，整整两分钟。

两分钟后，这张脸才又出现在我面前。她没有说话，只是打开门，沉默地看着我。许久后："你想问什么？"

声音干净，清澈，如同她的脸，她的眼，却平缓得没有一丝起伏。

我说："苏小姐，我很好奇十五年前的那一次，你为什么会上周暮的车？"

因为这个问题，我喝到了她亲手泡的茶。

在当年让苏冉摘得影后头衔的电影里，男主角将车停在女主角补习的教室外，满世界都是暴躁的滂沱雨，唯有他闲适地降下车窗，问她："你喜欢勃拉姆斯吗？"

很多人都没有注意到，那时副驾驶座上还搁着热红茶和芝士，于是所有人都理所当然地认为就是这句颇具韵味的话，打动了女主角——这是1999年，爱情电影里对初遇和一见钟情的完美诠释。

"其实这情节是属于我和周暮的，而事实上，那时我很饿很饿，所以看着热红茶和芝士，我上了车。"

那是1999年的南加州。

华裔留学生苏冉被热心的同胞拉着说"送你一程"——这同胞便是周暮的妹妹周早。

那日她穿着普通的衬衣牛仔裤，走在美艳的周早和另两个白人同学中间，平凡得可以忽略不计。周暮是怎么看上她的呢？这问题直到最后她也不知。

只记得一上车周早就说："哥，小冉刚从中国过来，还得上口语补习班呢，咱先送她过去吧。"

周暮抬眼在后视镜里睨了她一下，那双彰显着东方血统的黑白分明的眼，就像蓄满了多情春水：“小冉？很眼熟。”

周早嗤他一记：“少把魔爪伸我阵营里！”

苏冉只是微微笑，不去细嚼这对兄妹话里的潜台词。

很明显周暮是个好看的男子，更明显的是，是个好看得极有自信的男子。可她呢，地点一到就下车，她想，这男子至多也只会是“同学的哥哥”。

可没想到的是，两小时后，当苏冉从补习班走出，正惆怅着这满世界大雨时，竟又看到“同学的哥哥”——就在补习班门口，见她出来，周暮摇下窗，一双盛满水的桃花眼望进她的眼睛里：“要不要进来避避雨？车里有音乐，还有芝士和热红茶，对了，你喜欢勃拉姆斯吗？”

车里播放的竟然就是她最爱的古典乐，苏冉有点错愕地眨了下眼。

后来周暮说，她那时无辜又懵懂地眨着眼的样子，在南加州凶悍的大雨中就像只可怜楚楚的鹿，看得他心一动，忍不住就用了诱哄的口气：“红茶还热着，乖，上来吧。”

苏冉顺着他的话看进去，就见副驾驶座上正腾着袅袅热气。她的肚子忍不住随着那热气“咕”一声。

然后，她上了车。

记录之二

“真是高手中的高手，第一次见面就知道你喜欢勃拉姆斯。”

“后来我问他是怎么知道的，他说‘It’s a secret’。”

别墅干净如同她的脸，除了一张白色的长形桌之外，还有很多乐器。

苏冉起身为我添茶时，我走到一架老式的钢琴旁，那里有一个淡绿色的剔透玻璃缸，刚刚我就一直被这精美的小缸吸引，可走近一看，却忍不住笑了——呵，剔透玲珑玻璃缸里，装着的竟全是吃完的甜点盒。

“那个缸是周暮送的，”我错愕地转过脸，就看到苏冉站在身后，“他说，我适合洁白，和剔透的绿。”

那时她总是穿白衣，他大概也没见过她穿洁白衣服之外的样子。白衬衣，洗得发白的牛仔裤，皮肤更是白得惊心动魄。

那透绿玻璃缸本是周暮用来装车内DVD的，苏冉好奇，拿起来看，却被他盯着看了许久：“这颜色和你很配，剔透的绿加上洁白。”

这话说完，车子已经开到了她的住处。可周暮却没让她下车，只是将DVD全拿出来，又从后头的小冰箱里取出一块芝士——和方才苏冉吃过的一样的芝士——放进绿缸里，递给她说：“你的晚餐。”

苏冉有些错愕又有些想发笑：“我吃饱了。”

“看来你没懂我的意思，”他故作苦恼地叹气，“给你这缸，是想让我有机会再见你。”

“嗯？”

“我想追你。”

她呆住。

男人追求女人的方法有无数种，含蓄的、暧昧的、直白的、热烈的，可苏冉从来没见过像他这么快就步入正题的。

她像是怀疑自己听错般眨了眨眼，老半晌才挤得出一句“为什么”。

“为什么？”周暮微笑，那双眼深深的，带着让人看不清内里的水汽：“好问题。”

可他始终也没回答这个问题。

第二天周早就拉住她：“我哥是不是想追你？千万别答应啊，那家伙换女朋友的速度完全不输给我叔。”周早的叔叔是好莱坞最负盛名的花花导演，周早说，“而且我哥才分手没多久，那前女友难搞着呢，你千万别去蹚这浑水啊！”

可眼一抬，停在校门口的不就是周暮的车吗？

周暮追女孩子，向来是不铺垫也不手软的行动派。看到周早在，他只拨了通电话，便有周家司机将车开上来：“大小姐，少爷让我来载你去化妆，晚上的酒会请了周导的整个剧组。”

“整个剧组？Leo也会来吗？”周早一听让她脸红心跳的人也要来，哪还顾得上再提醒苏冉什么？

于是周暮便在家妹退下时踱步上来：“你呢，有兴趣吗？”他扬着邪魅的笑站在她面前，高大的身躯在夕阳下拖了好长的影，“车里有热红茶和香橙核桃仁。这样吧，我请你喝下午茶，你陪我出席今晚的酒会，如何？”

记录之三

“我知道那场酒会，全加州最轰动的一晚，苏小姐，没记错的话，你就是从那晚开始走进公众视线的。”

“是，周暮让我在酒会上弹一首自创的曲子。”

“然后对着全加州的人说：‘这是未来的创作天才，独一无二的天才’。”我微笑，看着她也沉沉地陷入了回忆。

“这是未来的创作天才，独一无二的天才。”她都不知道他是如何得知自己是曲作者的，只知那时，他宽厚的手掌轻贴在她肩上，般配的宝石蓝礼服将两人尚不明朗的关系直接过渡成了情侣。第二天，整个加州都流传着苏冉的名号。当然，依附于周暮之下——

加州富商周暮携新欢苏冉参加晚宴。

富商周暮将新欢苏冉介绍给家人。

周暮领新欢苏冉面见导演叔叔，疑欲促成作曲天才与周导的合作。

周暮载新欢到福利院，无疑新欢是善心天使。

最后一条消息十分钟前才自Facebook上出炉，而此时苏冉还在福利院。她完全没想到周暮会带她来这里——这外表优雅却永远散发着邪魅气息的男子，怎么看也不像善心人士呀。

福利院的老老小小们看到他俩在一起，都吃了一惊："阿暮，你怎么和小冉一块来啦？"

更吃惊的自然是苏冉——阿暮？

男子漾着水的桃花眼也默契地对上她的："华人在加州还是生活得挺困难的，就算是在福利院，也时常会受到排挤，所以我在办这所福利院时明文规定，重点是接收华人。"

"这是……你办的？"

他微微笑："你怀疑？"

她真的怀疑，周暮这人怎么看也不像是善心人士。只是这福利院里的老老小小对他都比对她还热络，即使苏冉刚来南加州时便随姑妈暂住在这里——姑妈是长居于此的华裔老人——而后也时常过来给老人们弹琴，可，所有人爱周暮更甚于她，苏冉再不敢置信，也只能相信。

男人抡起衣袖下厨时，她的错愕更上升了一个等级——这人那么高，可在狭窄的厨房里却游刃有余，所有食材一经他的手，全都鲜活了起来。

"小冉啊，阿暮可会做饭了。"连姑妈都这么告诉她，随后人们开始七嘴八舌欢声笑语。突然间，在这片笑语中，有一道清脆的声音插进来："你是阿暮的新欢吗？"

说话的是一位极漂亮的女子，虽然来过这数次，可苏冉却没有见过她。这女子有一双极大极亮的眼，修长的身材，五官立体而柔媚，只是那面孔上盛载的天真憨傻，却是严重低于其年龄的。

"汀汀，不准乱说话！"一位阿伯拍了下女子的脑门，姑妈也忙用动作告诉她："这孩子的脑袋有点毛病。"

原来如此。

可脑袋有毛病的女子却很认真：“可是阿暮哥哥上次带来的女朋友不是她啊，是一个很漂亮的姐姐！”

“汀汀！”周暮就在这时走出厨房，一眼瞥到苏冉的尴尬。

汀汀很委屈：“本来就是嘛，每次都带不同的人来，还不准我说！”她怨怼地瞪他一记，瞪得一屋子的人全都讪讪然。

一场本该热闹欢喜的聚会就因这句话，再热闹，也只能成为表象。回去的路上苏冉一直没说话，周暮突然抽出一只驾着方向盘的手，揉揉她发丝：“生气了？”

“气？我气什么？”话说回来，他们还什么都不是呢。

可周暮却突然停下车，英俊的面孔蓦地凑到她眼前。

苏冉吓了一跳：“你……”

“不气？不气嘴翘那么高做什么？”他故意取笑，看着她瞪大眼，更恶劣地笑道，“晚上还吃那么少，做什么？减肥？还是嫌我做得不好吃？”

“……”

“哦，我看是醋喝太多，吃不下了，是吧？”

“周暮！”

“嗯？”他挑起一边眉，刀削般立体的面孔在月光淫浸下，那么好看。

等到苏冉发觉氛围不对时，已经太迟了，那只英挺的鼻已经贴上了她鼻尖，周暮又回复到那天在大雨里诱她上车的男子，带着诱哄的口吻，他说：“来，吻我一下，我就给你讲一个所有人都不知道的秘密。”

记录之四

“那你吻他了吗？”

“嗯。”

我眼前的女子，白衣白裙，陷在白色的沙发里，明明是34岁的年龄，却有着18岁少女干净清澈的眼睛。

“如果我没猜错，”不知不觉地，我也跟进了她的甜蜜里，“那晚你们就确立关系了吧？”

“不，没有。”

周暮的秘密漫长而悲摧，让身旁女子从心底泛起微微的疼。

它是这样的——

“你知道我的初恋女朋友为什么追我吗？”

“为什么？”

“为了查我妈和我叔叔，你知道的，他们一个是制片人一个是导演，而那女子是个记者。”

“……”

“第二个女朋友，知道为什么追我吗？”

“为什么？”

“为了绿卡，她是个没户籍的华人。”

“……”

“第三个女朋友，知道为什么追我吗？”

“为了报复，她曾在试镜时被我叔叔拒绝。”

苏冉的细眉已经开始拢起，眼中盛满了不赞同。可他还在继续：“至于我的‘前任女友’，为什么接近我你知道吗？”

“为什么？”

“还是为了我叔叔。”

“啊？”

“想进好莱坞想疯了。”

“……”

一个女人对一个男人的爱，或者从崇拜开始，或者从心疼开始。真奇怪，她爱上叱咤全美的周富商，竟是后面这原因。

可很快美好氛围又被打破了——当周暮的车一停到苏冉住处，焦躁的拍打声就从车外传来，苏冉脸一抬，就见一名极美极艳的金发女子站在主驾的车门外："周暮！周暮，你下车！"

苏冉疑惑，可目光只在女子与周暮间徘徊过一回，便明白了大概——是，周早口中"难搞的前女友"，她来了。

你听，金发碧眼竟操着一口流利的中文，在周暮下车时，激动地揪着他的衣袖："你说我利用你接近你叔叔，可我是被冤枉的，暮，我真的是被冤枉的，我这样爱你……"

苏冉端坐在副驾驶座上，有些恍惚地看着方才刚同自己接过吻的男子，隔着一片玻璃被另一名女子纠缠着。

他蹙着眉，看上去冷酷又不耐烦，薄唇轻轻地吐出了句什么，使得女子疯狂地大吼大叫："No! No No No! "

可他却只是淡淡甩开，冷酷的表情和之前那诱哄自己的男子，那么不相像。

可明明，还是同一片月光。

那晚在周暮摆脱"难搞的前女友"之前，苏冉已经神不知鬼不觉地离开了。她回到住处，将手机调成静音，第二天依旧去口语班学习。

周暮来接她下课时，口语班里正在进行联系——老师让每人说一句自己最熟悉的英文，轮到苏冉时，这口语奇差的女子憋了半天，也只憋出了一句最常见的"I love you"。

所有人都"轰"的一下笑开了，可就在这片欢笑里，一口纯正流利的美语却从后方传来："May I have a talk（我能说一句吗）?"

满室惊愕雀跃，而开口人却只是盯着那唯一没转过身来的、僵住了的背影，声音那么低："I love you,too."

苏冉的心突然和眼泪一起，沉入这句低低沉沉的“I love you”里。

这天周暮一直牵着她的手，开车时仍是一只手开车，一只手握着她。而苏冉也温驯地任他牵着，只字不提昨晚的事。

原来女人的心如此容易被打动，无须剧情轰动，无须烟花绚烂，甚至不去探究更深层的原因，不过是一句半戏剧化的“I love you”，发生在脆弱的当时。

车子快驶到苏冉的住处时，周暮突然又变了主意：“要不去我家吧？”

苏冉吓了一跳：“去你家？”

他家里全是大导演大制片大人物，她就这么突兀地插进去，合适吗？

可周暮却只是笑，一副理所当然的样子：“不早点让你安下心，下回再有‘前女友’出现，你又得抛下我自己走人了。”

苏冉脸一红：“我哪有？”

“没有吗？”他浓黑的眉挑了挑，桃花眼轻睨她一记，便优哉游哉地数起来：“让我算一算吧，昨晚给你挂了三通电话，早上八点两通，九点两通，十点两通……”

“闭嘴！”苏冉不好意思得耳根都红了。

车子却倏然停下，就在这句“闭嘴”落下后。苏冉吓了一跳，然后，就见这张英俊的脸朝自己压来：“亲我一下，我就闭嘴。”

他笑得有些赖皮，寻常人哪能看到优雅得体的周先生有这模样？还有那双眸子，剔亮得如同天上的星。

等苏冉脸红心跳地覆上他的唇后，才听到他同样剔亮的声音：“亲完后，我带你回家……”

这回再也不是上次的晚宴，一切简单太多了，在周暮和苏冉出现之前，餐桌上只有四个人——周太太，周导演，周早，还有周早的双胞胎弟弟周迟。

可正是这表面上的简单，让聚餐的实质更显郑重。一路上，苏冉列出了各种可能性，包括：“你家人会不会不喜欢我……”

可周暮却一言堵死她所有的借口：“我爸死了，我妈是最开明的意大利人，我妹——周早还不够喜欢你吗？”

也的确，周家人都很喜欢她。不知这和苏冉上回在酒会上弹琴有没有关系，反正对周叔叔来说，一定有关系——这倜傥的大导演向来最爱才女，那晚苏冉的琴声响过一段，他便问：“这是阿暮的女朋友吗？不是的话我可要出马了。”

而周妈妈——在好莱坞同样大名鼎鼎的制片人，本该对苏冉平凡的出身挑剔一番的，却也超乎寻常的热情友善。无数年岁后，苏冉也忘不了那夜周妈妈紧握她的手，用蹩脚的中文告诉她：“真不容易，终于等到了阿暮交女朋友。”

口吻里有千帆过尽后的疲倦，和无奈。

苏冉眉一皱——周暮……之前没有女朋友吗？

人人都说：有，太多了。

记录之五

“那周妈妈为什么会说那句？”

第一次，她没有回答我的问题，任由录音笔停在空气中。白色的屋子里缓缓淌着红茶香，洁白中的一点绿，依旧优雅地伏在那里。

我转开话题：“那个‘难搞的前女友’呢？当真被周暮的一句威胁搞定了？”

“当然不。”

“难搞的前女友”第二次出现在苏冉面前，是带着强大的气场和某些确凿的证据的。

彼时周暮正窝在苏冉住处，狭小的房间被他高大的身躯堵成了满堂的亲密，房门却“砰”地被推开，前女友气势汹汹地闯进这片亲密里——很显然，不明所以的房东给她开门了。

苏冉急忙要拉开周暮缠着自己的手，可周暮却不依，这场景看得前女友更怒，手一甩，便将一个文件夹往苏冉脑门上砸去。

“Shit！”资料在苏冉脸上响亮地炸开，周暮藏在儒雅表皮下的残暴也立即炸开，他揪住女人的手，将她扯出房间。

整个公寓立即灌满前女友歇斯底里的哭叫声：“我真的是被冤枉的，你看，照片拍出来了，当时我根本就不在场，和你叔叔暧昧不清的人根本就不是我……”

砸在苏冉脸上的是金发女子正在美容院洗脸的照片，那女子在外面哭哭嚷嚷着：“照片是从监控里洗出来的，时间就是那时，你冤枉我了……”

男人没什么感情的声音传进来：“那又怎么样？”

苏冉手中的文件，就这么掉到地上。

那又怎么样？

那又怎么样——不就是因这样，你才同她分的手吗？

女人那天是怎么离开的，苏冉到现在也不得而知，只知她从此自南加州消失。

而她与周暮的亲密却还是与日俱增着。

周暮天天送她上下课，两人一旦得空，便手牵手去福利院，他做晚餐，她弹琴，老老小小们已经习惯了他们俩出双入对，甚至连上回那漂亮的弱智女孩也像是接受了苏冉，开始在苏冉进门时憨憨地对她笑，在苏冉弹琴时坐在一旁凝神听，在苏冉跑进厨房亲密地替周暮打下手时……跟着她跑进去：“不准玩亲亲！”

漂亮的汀汀瞪大眼，死死盯着周暮：“少儿不宜！”

而在周暮没注意到时，她与苏冉的距离越来越小，渐渐的，苏冉出现在哪里，她便出现在哪里，用低低的、说悄悄话的声音凑近她耳朵：“小冉要小心哦，阿暮的前女友们都很厉害哦。

“她们很漂亮哦。

“她们随时会回来的哦。

“她们回来了，你就要小心了哦。”

“为什么呢？”漂亮的大眼狡黠地眨呀眨，那一瞬，竟不像痴儿：“因为呀，你——真的不怎么漂亮呢。”

“看来汀汀还挺喜欢你的。”而听不到这些声音的周暮说。

苏冉凝起神，但笑不语。

记录之六

“为什么是但笑不语，难道你不觉得汀汀喜欢你？”

现在，她又但笑不语了，许久之后，录音笔里才又收到苏冉的声音，带着一点点疑惑，一点点讽刺：“你觉得……女人之间会有真心的喜欢吗？”

我怔了一下。

“不，不会。就像男女之间，永远也不会有纯洁的友谊。”

周妈妈对苏冉有多喜欢，可以从她唤苏冉回家吃饭的频率里看出来。

1999年，那个鹅毛雪纷飞的平安夜，屋子里绕着烤鹅的香，壁炉里的火烧得很热很热，周妈妈将周家最重要的家长周爷爷请来别墅里，郑重地拉着苏冉的手，说：“这是阿暮的女朋友，我很喜欢，招来当媳妇儿可好？”

苏冉完全没想到她会来这么一出，错愕地看向周暮时，就见他也错愕地瞪向自己的母亲。

爷爷笑眯眯地看着苏冉，再看看周妈妈：“好、好，我一向最信你的眼光。”

一只玲珑剔透的玉镯，就这么套到了苏冉手腕上。

苏冉完完全全被吓到了！不知所措地看向周暮，眨着眼想让他说些什么。周暮收到她的眼神后，就像一下子回过了神来，又恢复回一贯的儒雅状，亲密地拍了拍她脑袋："你不是怕'前女友们'会回来闹吗？有了这个，我想借她们十个胆，也没人敢在你面前大声说话了。"

"这……是什么？"

"周家女主人的象征。"

因为这句话，苏冉一整晚都罩在巨大的压力里。要回去时周暮站在门口，将手往后摊了整整一分钟——这是他的习惯，总喜欢在一起出门时先她一步，然后将手往后一送，让她牵上去。可今晚，这只手已经在空气中停了一分钟了，苏冉还是晃着神，没有握住。

"怎么？高兴傻了？"周暮取笑她，用的还是宠溺的口吻。

苏冉摇摇头，说不出心中的怪异。

太快了，两人不过相识三个月，她就拥有了这个价值连城的手镯，太快太快了！

周妈妈即使再喜爱她，也不必这么急迫吧？周爷爷呢？不过见她一面。

直到周暮将她送到住处楼下，苏冉还在云里雾里，上了楼要开门时，才发觉钥匙连同包包全落在了周暮车上。

于是连忙又打了的，回周家。

绕着烤鹅香的别墅这一刻竟不再温馨了，苏冉走到大门口，就听到待她温和的周妈妈尖着嗓门："为什么不行？现在不行你想拖到什么时候？"周暮在里面不知说了句什么，周妈妈的怒气更明显地迸出来："娶谁都比娶那个傻子强！你马上给我结婚，别让那傻子再痴心妄想！"

"啊——"一旁的周早突然惊呼一声，打断了周妈妈的怒气："小冉……"

众人慌乱地回头，就看到苏冉眨着那双迷惘的眼，似乎想听明白周妈妈那些又快又急的话。

于是一秒钟还不到，所有人的慌乱又全退去——是，他们说的是英语，可门口那女子还在上口语班呢！

苏冉有点儿不好意思："我的包落在周暮车上了。"于是周暮便结束对谈，带她去车上拿包，送她回家，轻吻她脸颊——一切如往常。

更如往常的是，第二天圣诞节，周暮左手牵着苏冉右手牵着礼物，来到福利院里。满院热闹温馨，依旧是他下厨，她弹琴。一曲完毕，老人们还在乐呵呵地分享着周暮的礼品，苏冉已悄悄地离开大厅，走进了厨房。

那里面，高大的男子正躬着身做蜜汁烤鹅，十二月的厨房被烤箱的光映得柔和而温暖。苏冉走到他身后，不等周暮回过头来，便环住他的腰："周暮。"

"嗯？"

"周暮。"

"嗯？"

"我爱你。"

伺候着烧鹅的那双手突然停下，苏冉将脸轻贴到他宽阔的背上，便感觉到他胸腔处传来的轻微振动——他说："我也爱你。"

"I love you."她又说了一遍，转成英文，转成那日在补习班里的场景。

周暮低沉的声音添进了笑意："I love you,too."

她微微笑，转过脸去，如愿看到了门口那双怨恨的眼睛。

记录之七

"那双怨恨的眼难道就是……"

"汀汀的。"

我的脊梁骨不禁凉了一截，屋里的空调明明开得恰到好处，可我却忍不住打了个冷战，抬头一看，苏冉的脸和眼都还是干净的，干净里盛着淡淡的笑。

是，你们想象得到这个故事了——就像此刻的我，脑袋里有一大堆荒谬的念头，杂杂乱乱挤挤攘攘，最后却只得一句："我想，我大概能猜得出你口中的'汀汀'是谁了。"

"是，你们杂志上个月才采访过她，不是吗？"

我苦笑："那时我真的以为，坐在我对面的女人是善良而纯真的。"

一个女人是否善与真，那时我不知，原来该看的是她的眼睛。

想必男人们和我一样，并不看女人的眼，他们看的是什么呢？美貌，身段，和医学测试所得出来的智力高低。

很明显，汀汀属于低智力。

圣诞节后，苏冉来福利院的频率越来越高，她总来给老人们弹琴，手腕上的翡翠玉镯随着音符跳动，让汀汀看得移不开眼。

那天，记得是一个放晴的周日，苏冉来得早了，福利院的老人们都在午睡，周暮还没过来，整个大厅里只有汀汀陪着她。

"你渴了吗？"汀汀问她，她说"渴了"。"我们喝点茶吧？"汀汀问她，她说"好"。

于是热腾腾的红茶不一会儿便被送上，苏冉沉默地盯着那两杯茶，看着汀汀笑盈盈地拿起其中一杯——一切就在这时候转变，一切就在这时超出控制——

当汀汀咽下第一口红茶时，她惊恐地瞪大眼，指着苏冉："你、你……你换了茶？"

紧接着就是剧烈呕吐的声音，呕得肝肠寸断呕得整个福利院的老人全被她吵醒。

几分钟不到，周暮连同救护车气势十足地抵达。

“阿暮，小冉不知给我喝了什么，肚子好疼！”

“啊——”整个福利院都疯了，一只手迅速、愤怒、恨意盎然地架到她脖子上，苏冉眉一皱，电光石火间，泪水全数滚出。

那是周暮的手，那只温暖的熟悉的手。他说你怎么敢？该死的你怎么敢这样对她？！

救护车的声音响彻这方天地，而他手掌再缩一寸，便会出现另一名女子的生命危机。苏冉已经说不出一个字，只泪水纷乱地涌出，她的喉太痛了，她已经喘不过气来了，她一定会比汀汀先死……

她晕了过去。

桌子上的两杯茶还停在那，没有人去理。警方在苏冉清醒时推门而入：“苏小姐，你涉嫌谋害王汀女士。”满室面无表情的白人，说着不带感情的话，将她带到警局。

1999年，她只身，华人，身上只剩100元，连给白人警官们塞牙缝都不够。

那一个放晴的周日，她被拘留了。

而周暮，从头到尾都没有出现过。

周妈妈来看她时已经是事发后的第八天，面有愧色的周早也跟来了。她们很轻易就将她带了出来，一路上，周妈妈一直握着苏冉的手，高挑的白人女子握着纤细的东方少女，而周早始终沉默。

直到来到她住处，周早才突然激动地上前握住她的手：“小冉，对……不起。”她的眼泪滴下来，印证了苏冉的所有猜想。

记录之八

“猜想？什么猜想？”

“周早念的专业是文学，她曾经写过一个故事：十五岁那年，男主角的青梅竹马在一辆疾驰的汽车前推开了他，结果自己被撞成了痴儿。她骄横，带着原始的恶毒，仗着低智力伤害了很多人。她有亦黑亦白的庞大家族背景，又这么嚣张跋扈，所以男主角的家人始终无法接受她。”

“可他爱她，十五岁之前爱她，十五岁之后带着愧疚感爱她。为了让家族接受这个恶魔，他想方设法制造了更多恶魔：后来交往过的女子，一个被诬赖成工于心计的记者、一个被诬赖成为绿卡出卖感情的华裔、一个是为了进好莱坞脚踏两条船的恶女……”

我惊呼：“这不就是《女配》的剧情？”

洁白的屋子里，唯有苏冉轻声的叹息。

是，让苏冉拿到最佳配乐和最佳女主角的电影，叫《女配》。

周叔叔找上苏冉的那一次，原是为了请她替自己的新电影配乐：“我相信你的才华，一定会助你摆脱厄运，颠倒众生。”然后他讲述了自己的剧本，慢慢地，将周暮的故事，那个与她也曾息息相关的故事，摊到苏冉面前。

“可以，但我有一个条件。”

“什么条件？”

“你的女主角定了吗？”

“定了。”

“撤掉她。”

周叔叔瞪大眼。

可事实上这建议这么好，以苏冉为女主角的戏拍得出人意料地顺利。那日南加州倾盆大雨，明明扮演的是女主角，可苏冉却先于所有人杀了青。在最后一幕里，她对着屏幕里的空白，说：“爱人的眼睛是汪洋大海，只是在这片海里，我始终找不到自己的倒影。”

多久了？五个月了。五个月里，她不曾再见过周暮——她知他的人生已经发生了翻天覆地的改变：他的青梅“醒来了”，她“突然间”不痴不傻了，他们结婚了。

而那叫“苏冉”的女子因完成了自己的使命，已从他生命里消失——甚至还来不及问一声：“那个汀汀，真是个傻子吗？”

直到《女配》的首映礼，因为制片方正是周家人，周暮也出席了。他携着自己不痴不傻的娇艳新妻，坐在台下的贵宾席上，眼一抬，看到了台上的她。

彼时苏冉正与制片方站在一起，有记者问她：“苏小姐，听说剧中最出彩的那句‘爱人的眼睛是汪洋大海’是你自创的台词，能谈谈怎么会有这灵感吗？”

她微微一笑，依旧是昔日温文干净的女子，用流利的美式英语说：“入戏太深，情难自禁。”

“却成就了经典。”周妈妈风趣地接下去。

然而谁也看不到，就在众人鱼贯下台时，制片人走到女主角身边，轻轻握住了她的手：“其实王汀从来都不傻，只是，她有无人控制得了的狠和势力。”

可苏冉却只是笑笑：“不关我的事了。”

是，不关她的事了。

首映礼持续了整整三个小时，结束时苏冉去了趟洗手间，在深长的走廊里，遇到他。

“你的英语什么时候这么好了？”擦肩而过时，周暮开口。

这是两人最后一次会面了，可苏冉却只是淡淡一笑：“再见，周公子。”

她从来没告诉过他，其实早在平安夜之前，她就已经能说流利的美语。可有什么关系？她与他之间，再也不会有交集了。

记录之九

采访已接近尾声，我问了最后一个问题："什么时候开始怀疑周暮的用意的？"

"他追我的第一天。"

我握着录音笔的手一顿，看着她清澈的眼，再也发不出声音——

"爱人的眼睛是汪洋大海，只是在这片海里，我始终找不到自己的倒影。"

原来——原来！原来片中女子在说出这句话时，带着的竟是这样的心情——我无法信你，可我却也无法控制自己，含着泪沉沦下去。

我走出这栋洁白的屋子，感觉一个世纪已经过去。踏出大门那一秒，有句奇怪的话突然蹿上我脑海："我突然想起来，周暮食物中毒后王汀就疯了，听周家的用人说，她一直重复着一句话。"

苏冉的手开始颤抖，从听到"食物中毒"四个字起，她问我："什么话？"

"她说：'你不舍得让她死，我就让你死。'听用人说，王汀这十五年里，曾有三次说过这句话。"

洁白的大门缓缓地软软地关上，里头再也没有声音。直到我走到停车库，才有悠扬琴声又传出来，伴着纯属于苏冉的干净的嗓音："安睡吧，安睡吧，窗外夜已黑……"

那是勃拉姆斯最负盛名的《摇篮曲》。十四年前我甫参加工作，正值周暮新婚，《女配》问世，带着一腔文艺和热血，我在采访时问这位名贯全美的周富商："你喜欢勃拉姆斯吗？"

那时的他微微笑："某一刻。"

"嗯？"

“某个星期二，月朗星稀的夜晚，月光透过落地窗照在福利院的琴房里，弹琴女子会唱很好听的《摇篮曲》，以至于我以为看到了天使。”

那时我以为他说的是自己天使般的妻子，如今方知，原来那天使，指的并不是他的妻。

这晚我将这陈旧的故事书写成文，文档最上方却空了一行。

该用什么标题呢？在南加州深沉的黑夜里，我脑中总会响起那把干净的声音，想起《女配》里，男女主角相遇的那一次——

满世界急躁的滂沱雨，他降下车窗，对她微笑。车内有红茶、芝士，他薄唇里有一句“你喜欢勃拉姆斯吗”。

苏冉永远也不知，其实这并不是他们的初遇——真正的初遇，是“某个星期二，天朗气清的夜晚，月光透过落地窗照在福利院的琴房里”，名贯全美的周公子，遇上了他弹勃拉姆斯的天使。

一周后，《BEST MUSIC》的头版被我的新采访《你喜欢勃拉姆斯吗》占满。我拿了一份，想送给那住在白色房子里的干净女子，可是我晚了。

还未到门口，便见警方和救护车将整栋楼围得严严实实。

第二天，报上传来轰动整个南加州的消息——

“2014年6月6日，音乐才女苏冉于家中自杀，享年三十四岁。”

是，终生守洁的天使，已随她的周先生而去。

夜游

她早早就下过决心，决定以后如果要爱，
就爱一个活在蜜罐里的人。

文 / 猫 河

1

平乐只睡了几分钟，却做了一个很长很长的梦，横贯生老病死，虚幻的真实比清醒的假象还累人。

一睁眼，是凌晨三点半，他坐着伸了个懒腰，把背伸抽筋了，“哎哟哎哟”地呻吟了一阵。空荡荡的家里无人应答，只有他自己的回音。

摘下耳机，关掉电脑，他特意洗漱了一番，还换了身干净衣服才出门。目的地是家门口两百米处的24小时便利店，平时他都是随便穿件外套、趿拉着鞋就过去，但今天不一样。

他推开店门时是清晨四点，独自上夜班的女店员抬起头，嗓音微哑，正衬这温柔夜色：“还是热美式？”

平乐点头，把积分卡拍在桌上。温暖的大杯热美式被递到他手中，女店员拢了一下鬓边的头发，拿出印章，弯腰盖在积分卡右下角最后一个格子里。

平乐啜了口咖啡，偷偷清了下嗓子：“就是今天了吧？”

女店员朝平乐默契一笑，从收银台后走了出来，像是忽然解锁了身份，有了自己的人格，不再只是个游戏里的NPC。

她上下打量平乐一番，挑了挑眉，她今天也特意化了淡妆。

两个人在便利店门口的台阶坐下。春寒料峭，看到女孩被冻红的指节，平乐把咖啡递给她焐手。

“这么快就一个月了。”平乐酝酿着开场白。

一个月前，平乐凌晨来便利店买咖啡，遇见了女店员。他一直不太清楚自己喜欢什么样的女孩，但看到女店员的那一刻，他就清楚了。他毫不犹豫地向女店员表白，很幸运，他没被毫不犹豫地拒绝。

女店员说，再等等吧。

他问，等多久。

她说，一个月。

一个月之后呢？他又问。

到时候，我们再互诉衷肠。她说。

他没记错，她说的是“互诉衷肠”，这个很书面的词。浓重的夜与浓烈的疲惫是最好的氛围，盖住矫情与做作，发酵成文艺与浪漫。

“我叫平乐，平安的平，喜乐的乐……”平乐总是这么介绍自己的名字，讨喜的拆解配上他的一双笑眼，任谁都会觉得他生来无忧。但其实平乐的“乐”应该读作音乐的“乐”，他爸姓平，他妈姓乐，父母为他命名的初衷和平安喜乐并没有太大关系。

一个月，足够平乐为衷肠打好腹稿，他决定从三个方面阐述——我是谁，我是做什么的，我们为何会相遇。

“我是个足球解说员……”确切地说，平乐是个网络足球主播，并不是电视台那种专业的体育解说员，却也很有自己的风格，在圈内影响力不小。

第三个方面才是重头戏，平乐顿了一下，深吸一口寒风：“我入这行是因为我妈……”

小孩没爹，说来话长。平乐从有记忆起就和妈妈相依为命，妈妈文化水平不高，只能靠四处打零工维持生计，却从未亏欠平乐分毫，能给的她都尽量给了。三年前，平乐读大二，妈妈骑电瓶车送外卖时遭遇严重车祸，经抢救捡回了半条命——说半条都多了，妈妈与植物人唯一的差别就是偶尔还能痛苦地呻吟几声，一切维持生命的本能都需要外力辅助。家里没钱让妈妈长期住院，平乐退了学，把妈妈接回家照顾。那个从前连买本足球杂志也会被妈妈念叨“不懂事、乱花钱”的兴趣爱好终于起了懂事的作用，他在网上找到一份足球解说的工作，能在家里直播，不耽误照顾妈妈，也总算能有点收入，不至于卖房卖肾。

一年后，平乐在圈内闯出了点名堂，开始有自己的粉丝，偶尔还能在社交平台上接点广告，工作也自然忙碌了起来，有时一天要解说多场赛事，从清晨到半夜。他利用比赛的间隙伺候妈妈吃喝拉撒，监视那些从医院租来的昂贵医疗设备的运转，即便在直播中，一听到妈妈的呻吟他也会立刻上前去查看，为此错过了几次精彩进球，被平台罚了不少钱。

妈妈风中残烛般的半条命没能燃烧太久，车祸后的第二年年底，某天凌晨，平乐直播完巴塞罗那与皇家马德里的国家德比，发现妈妈已经停止了呼吸。

“妈妈生命的最后一刻，我却在为胜利欢呼。”

平乐从那天起开始失眠，后来他索性只解说午夜开赛的西甲比赛，也没有再回学校读书。

“这一阵不是开始踢欧冠预选赛了嘛，我解说完西甲还要解说欧冠，连轴转有点撑不住，就想出门买杯咖啡撑一撑，然后我就遇见了你。”说完这一句，平乐才惊觉，关于“我们为何会相遇”其实他只需要说这一句。这些年，就连在网上被喷得体无完肤时，他也从未提过半句家里的情况。他是想向这个女孩卖惨吗？他自觉还没这么卑微。

“今天没欧冠比赛吗？”确定平乐已经讲完了，女店员把咖啡递还给他，问道。

“有，我推掉了。”还是一场很重要的比赛，但没他认识这个女孩重要。

女店员搓了搓手，揉了揉已经冻僵的脸：“我叫卞幻，卞之琳的卞，如梦如幻的幻，我还在读书，之所以会上夜班是因为……”

叫卞幻的女孩说到这里顿了一下，那双被浓密睫毛覆盖的总是疲惫地半睁着的眼睛忽然睁大，失焦地望向远方，同时，嘴角扯出一个突兀的笑容：“因为我男朋友是个程序员，经常加班，他下班的时候正好可以接我下班。”

说着，卞幻站了起来，向马路对面一个发际线稍高的年轻男人跑去，亲昵地挽住了男人的胳膊。

一阵强风袭来，吹起了卞幻刚才垫在台阶上的一张纸，正好吹到平乐的膝盖上。他低头，那是一张便利店的内部通知，上面写着，如果能让客人连续三十天打卡购买咖啡，该店员可获得两百块奖金。

原来，平乐的衷肠只值两百块。

平乐掸掉那张纸，把已经凉透的咖啡浇了上去。他觉得，自己起码值二百五。

2

目送平乐愤恨地走远，卞幻松开了年轻男人的胳膊。

“大早晨的，抽什么风？”年轻男人叫六子，是前来交接班的同事。

卞幻自觉理亏，帮六子把店门口的咖啡擦干净才解下围裙交班。

“被骚扰了？”六子问。

“没，我就是不想招惹那种人。”

“哪种人？”

卞幻没答，骑上自行车走了。她要赶回去喂继父吃饭、吃药、处理他的排泄物……忙完她还要去学校上课，中午再回家照顾继父，然后再去上课，再回家，再来上夜班。

她每天的生活都是这么“充实”，但刚才听完平乐的话，她决定不再上夜班了，要去找份白天的兼职。

卞幻是十一岁那年成为孤儿的，年龄太大了，一直没人领养，在福利院住到十七岁快成年才被继父领回了家。继父的年龄足可以做她的爷爷甚至是太爷爷，领养她就是为了让她给自己养老送终。作为交换，他会供她上大学，如果她表现得好，还会把遗产留给她。

卞幻觉得这个交换很公平，她想上大学，想有个好前程，尽量活得体面一点。但不料她刚考上大学，继父就病倒了。卞幻尽心地伺候着继父，可继父那点微薄的退休金补了东墙就补不了西墙，勉强只够买药和交学费，生活的其他开销还得靠她打工来挣。她选择上夜班也是因为每天只有继父睡着的那几个小时她不用时刻看护，可今天听了平乐的故事后，她发现那几个小时才是最重要的——

继父还没有立遗嘱，如果像平乐的妈妈一样在夜里忽然去世，那她这个才领养了几年的便宜养女到最后可能什么都拿不到。其实继父唯一能留下来的遗产也就是那套建于二十世纪九十年代初的老楼一居室，但她真的不想再无家可归了。

卞幻白天还要上课，只能找那种能灵活调班的小时工。面试了几家后，她觉得最适合她的就是学校门口的那家咖啡馆。本来她已经和老板说好了，第二天就去上班，谁知转天她一走进咖啡馆，就见到了面有难色的老板和一个熟人。

说熟也不算太熟，只认识一个月，但她对这个人的了解可能会胜过很多人。

平乐和老板面对面坐在餐桌前，老板看看门口亭亭玉立的女大学生，又看看面前笑颜和煦的帅气男孩，陷入了两难之中。

平乐也是来找工作的。母亲去世后，平乐一直惯性地延续着之前的生活状态，走不出来。但前几天被卞幻“耍”了以后，他发现自己能抬起脚了。卞幻的出现就像一把破冰镐，一镐下去，平乐的旧世界秩序分崩离析，他决定要重新走回白日之下，不再做见不得人的小可怜。

当然，以平乐如今的收入，他完全不用找兼职，坐吃山空也能吃个几年。但天生穷命的底子让他没安全感，一天不挣钱他就会恐慌一天，还是好歹找份工作更踏实。

卞幻略有些尴尬地倚着咖啡馆的门框，朝平乐看了一眼。其实只是普通的一眼，可看在平乐眼里却信息量巨大，饱含着挑衅与勾引，他笃定卞幻又在试图用美色达成目的。

他不能再当一回二百五，凑成伍佰他也唱不好*Last Dance*（《最后一舞》）。

“对了，忘了和您说了，我勉强在网上有点影响力，今后店里如果有什么宣传需要，我也可以帮忙。”平乐即刻重拳出击，亮出了他百万粉丝的微博界面。

这家咖啡馆的老板是一位温柔得几近优柔的中年女性，眼下她倒更像一个应聘的打工仔，被双面饼铛反复煎熬。

“你让我考虑一下，你也是！”老板朝平乐和卞幻各扔下一句话，落荒而逃进了后厨。

尚未开始营业的咖啡馆里，只剩下平乐和卞幻两个人。卞幻找了把椅子坐下，背对着平乐。

平乐又从卞幻的背影中读出了很多信息——她在和我赌气，想让我过去哄她，想让我把工作机会让给她，我偏不。

“两百块钱奖金不是已经拿到手了吗？还不够花啊？”平乐尖酸刻薄地嘲讽道。

卞幻没听懂，却也随口“嗯”了一声，只想尽快结束话题。平乐是她避之唯恐不及的那种人，她不想与他再有交集，可她也做不到因此放弃竞争这个兼职，“放弃”这个词是至少有点什么的人才有资格说的。

半小时后，老板从后厨走出来，交出了天秤座的标准答案：两个人她都喜欢，那就都来上班吧。

卞幻笑着，脸上堆满感激，心里却默默叹气。

而平乐的笑眼里毫无笑意，倒是战意十足。他决定把卞幻当成一种病毒，此后每天少量地沾染一点，就像是注射疫苗，让自己形成免疫，再也不会对她心动。

呵，女人。

3

在这家咖啡馆打工着实很方便，下了班走几步就可以去学校上课，下了课又可以回来上班。对卞幻来说，唯一的不方便就是经常要和平乐大眼瞪小眼。

她知道平乐和她结下了梁子，自己那天的行为确实有些过分。但她不懂的是，平乐如果讨厌她，不理她或恶语相向就好了，为何还在有意和她接触，时不时还会挑起个新话题，浅尝辄止聊几句，像是在做什么试验。

“他肯定还喜欢你啊，这叫撩拨，你懂吗？就是要挠得你痒痒的，让你也慢慢动心。”恋爱大师六子为卞幻解惑。

“那我找个时间和他再把话说清楚些吧。”卞幻皱眉道。

上班时是不可能聊这种可能会引起情绪大波动的话题的，周一这天，卞幻准备下班后和平乐聊聊，换个衣服的功夫却发现平乐已经走了。

每周一下午有班会，班主任会出席，不能逃掉。卞幻回家照料好继父就赶回了学校，踩着上课铃声进了教室，找座位时发现班里多了一个人。

“店里出事了？”在学校里见到平乐，卞幻以为他是来喊自己回店里救急的。

平乐也一惊，卞幻竟然也在这个班？难道真的是他这次用情太深，非得和卞幻朝夕相处打个加强针才能免疫？

不等两个人再做反应，班主任说话了：“今天有件事要和大家宣布，班里来了个新同学，先做个自我介绍吧。”卞幻的班主任是铁娘子风格，不爱说废话。

平乐话倒是挺多，毕竟是靠嘴上功夫挣钱的，侃侃而谈：“我叫平乐，平安的平，喜乐的乐……”

他这次也是从三个方面做自我介绍——我是谁，我在休学期间做了什么，我为什么选择重回校园。

多巧，平乐和卞幻读的竟然是同一所大学同一个专业，这糟心的缘分。

“虽然我年长几岁，但以后大家都是同学，有事别客气，互相帮助嘛。”

一番插班生的自我介绍被平乐讲出了苹果CEO开新品发布会的效果，在座本来就有几个同学是平乐的粉丝，想到日后能和大神同班，都兴奋不已。

卞幻看到她的同桌女生已经亮起了“星星眼”，心想，如果之前平乐对她说的也是这番话，她可能也会是这种反应——刚才，平乐一个字也没提他家里的事。

平乐说完，班主任就宣布散会，留下卞幻交代了一下助学金的事。班主任说完走了，教室里就只剩卞幻了。她发现平乐的背包还在座位上，就想等他回来拿包时正好和他把话说清楚。等了大概五分钟的样子，她听到走廊传来脚步声，正要起身，再听，却是两个人的脚步声。

一个轻，一个重，两个脚步声同时在教室门口停下了。

“你终于回来了，好久不见。”先开口的是女声，卞幻认得这个声音，是辅导员简老师。

“嗯，好久不见。”平乐的声音响起，比往常要低沉。

卞幻在心里算了一下，简老师还在读研，应该和平乐同龄，说不定两人之前还是同学。

之后二人的对话印证了卞幻的猜想，而且随着话题深入，她听出两个人不仅是同学，还曾经是恋人。

“你现在……还一个人吗？”简老师问。

平乐“嗯”了一声。

“我也还是一个人。”

简老师的暗示很明显，平乐只要再接一句两个人就有复合的可能。但平乐好像没听懂的样子，一直沉默着。

隔墙偷听的卞幻比走廊里的两个当事人还紧张，她感同身受到了平乐的抗拒与为难，于是拎起平乐的背包走出去，把包朝平乐一扔：“干吗去了？快走，该上班了！”然后她才假装偶然碰到了简老师，笑着朝辅导员挥手跑远。

平乐借坡下驴，也跟着卞幻跑远，一直跑到学校门口才停下来，弯腰扶着膝盖喘气。

“你都听见了？”他问卞幻。

卞幻不置可否，继续朝咖啡馆走。平乐追上来，和她道了句谢。

“不问点什么？”平乐很好奇卞幻为什么一点都不好奇。

卞幻不感兴趣地摇了摇头，平乐刚才怎么想的她一清二楚——他不想把话挑得太明，伤了女孩的面子，也丢了自己的体面。

“哦，对了，咱们俩没可能的，你别再撩拨我了。”卞幻却一点不怕伤平乐的面子，顺口把话挑明了。

平乐被气笑：“谁撩拨你了？你不要太自恋，我是想多和你接触一下，等审美疲劳了，我也就不喜欢你了。”

卞幻停住了，平乐本以为她要反唇相讥，却见她只是提了一下滑落的内衣肩带。

略有些不雅的一个动作，却让平乐也停下了脚步，因为他忽然懂了自己为什么会对卞幻一见钟情了。

毫无疑问，卞幻是漂亮的，配得上“天生丽质”四个字。但天生丽质之外，她身上有很多小毛病，暴露了她的贫寒出身和修养不高。平乐反而是被这堆小毛病吸引的，当然前提是她美。其实简香雪也很美，但他却从未这么心动。

简香雪的美太规整了，她有配得上她美貌的家世与修养，但卞幻的美却是憾然的，让人总觉得“她如果再怎样一点，就更完美了”。平乐爱的就是她的不完美，他当初一眼就看出了她是和他一样的人，在卞幻面前，他无须强撑体面，因为他们天生都不体面。

4

想明白了的平乐不再给自己打“疫苗”，开始正正经经地撩拨卞幻。但人只要一正经做什么事，就会发现自己其实并不擅长。

总有人比他更擅长，比如经常光顾咖啡馆的那个男人，能变着花样夸卞幻的五官，文采斐然。

“罗本今天怎么没来？”男人脱发严重，神似荷兰球星罗本，平乐偷偷给他起了绰号。

卞幻正拎着手冲壶泡咖啡，停住水流，笑了：“我和老板说了他的事，估计老板警告他了吧。”福利院只有一台电视机，长年被几个大男孩霸着看球赛，卞幻也认识几个球星。

“你知道我说的是谁啊？”平乐嘴角上扬。每每找到和卞幻的共同话题，他都会内心狂喜。

“对了，今天正好满一个月了吧。他要是不来，你岂不是拿不到奖金了？”平乐忽然想到了这个问题，这家咖啡馆也推出了打卡奖励，之前罗本为了接近卞幻，办了会员充了钱，每天一杯最贵的咖啡，出手很是阔绰。

卞幻不屑地摇了摇头：“应付他累得很，为那点奖金不值得。”

平乐等来了这句话。越接触卞幻他就越觉得她不是那种会为了两百块奖金与人虚与委蛇一个月的人，她确实缺钱也抠门，但毕竟是有能力考上重点大学的聪明女孩，懂得权衡利弊。至于程序员男朋友这个借口，他当时都没信。

“你其实不讨厌我吧？”平乐试探着问。

卞幻白了他一眼。好看的人连眼白都那么漂亮。

这天是月底，他们俩照例要留下盘点库存，忙完已是深夜。平乐让卞幻先走，他留下锁门。目送卞幻跨上自行车后，他便也扫了一辆共享单车跟了过去。他不太相信他们那个温温柔柔的老板的警告能起什么作用，心里有点不安，怕罗本换了套路，使什么阴招。

卞幻骑的是继父的二八大杠，没有一米以上的大长腿压根儿连脚蹬都够不着。全车除了铃铛不响哪儿都响，隔三岔五就掉链子。好处是——不上锁都没人偷。

二八大杠车轮大，卞幻蹬一下顶平乐的共享单车蹬三下。在空旷的深夜马路上，她就像个追风少女，被生活的窘迫追赶，朝希冀的微光前行，狼狈却也潇洒。

平乐保持一段距离跟在卞幻车后，从大路拐入小路后，他果然发现了异常——一辆墨绿色的凌志开始尾随卞幻，那是罗本的车。

卞幻应该也注意到了，从车座上站起来，开始更卖力地蹬车，平乐也跟着加速。但自行车怎么可能快得过汽车，凌志气定神闲地保持着和二八大杠同速，随时都有可能停下来堵住卞幻。

平乐不想和罗本起正面冲突，不是他尿，而是他很清楚，他和卞幻这样的人与罗本那样的人撕破脸后，到最后吃亏的会是谁。所以，他没主动出击，只是在每次察觉到凌志有停车的迹象时，就聒噪地拨响车铃，提醒卞幻，惊动路人，警告罗本。

凌志在最后一个路口时放弃了，背道而驰。平乐和卞幻同时松了一口气，平乐看到卞幻扬起手朝他挥了挥，是道谢也是道别。

平乐知道自己也该走了，不然他的行为就和罗本没什么区别了。

他轻拨了一下车铃，和卞幻道了晚安，停下共享单车，打算锁在路边。这条路是单行道，骑车回去不如走路方便。平乐锁好车，却发现APP迟迟不肯结算，显示此地禁止停放共享单车。没办法，他只能再往前骑了一段，把车停在了一个老旧的居民区门口。

正要离开时，他看到卞幻拎着两个塑料袋朝门口的垃圾箱走来，怕卞幻误会，平乐躲了起来。

塑料袋是透明的，借助路灯，平乐能很清楚地看到里面有成人纸尿裤和医疗耗材。

扔掉垃圾，卞幻蹲下，从口袋里拿出一包烟丝，熟练地用烟纸卷了一支烟。烟丝和烟纸都是继父的，已经有些受潮了，源于抠门习性，她舍不得任何花钱买的东西被放坏。她和尚还健康的继父那一年短暂的相处中，最快乐的时光便是她一边为继父卷烟、偷吃着他下酒的花生米，一边听继父慢悠悠地讲从前的老故事。那会让她想起幼时岁月，恍惚自己还是被宠爱的。

躲在角落里的平乐看着卞幻被呛出泪水的眼睛疲惫地望向那幽深的黑。他的心忽然被揪了一下，在那朦胧的烟雾中清楚地看到他与卞幻没有未来。

卞幻和他并不一样，他已经走出了泥潭，而卞幻仍在泥潭中。她需要的不是理解，也不是感同身受。她的生活太重了，重得她没力气打开平乐这本“书”。

卷烟燃得很快，平乐在卞幻起身以前就静静地走开了。走到路口时，他最后回望了一眼那栋老旧得几乎摇摇欲坠的居民楼，正要收回目光时，注意到顶楼的一户人家忽然亮起了全部的大灯。

他记得，发现妈妈没了呼吸的那晚，他也是慌乱地打开了家里所有的灯，试图借助光找到妈妈走失的灵魂，把她重新摁回那具残破的身体里。

5

这一会儿的工夫，卞幻错过了继父的弥留。不出所料，葬礼上，几个此前从未见过的远房亲戚冒了出来，大闹了一番，要和卞幻抢这套老房子。

卞幻是在去律所咨询时遇到的简老师，才知道那家律所是简老师家开的。简香雪为卞幻提供了免费的法律援助，还指派了所里最好的律师，仅用一天时间就帮卞幻解决了遗产纠纷，之后只需要她自己再去跑些手续。

卞幻无以为报，送了简老师一张主题公园的门票。六子最近在那家主题公园打工，每月有两张内部票，她花钱找六子买了下来。

周末，盛装打扮的简香雪一早就去了主题公园，毕竟一票难求，最近就算加价找黄牛也买不到这家公园的门票。她觉得卞幻这个孩子很懂事，还人情的方式懂分寸又体面。但她没料到，卞幻还能更懂事——

内部票无须排长队，可以直接走绿色通道，简香雪在绿色通道的检票口看到了也拿着内部票的平乐。

平乐只吃惊了一秒。他早该猜到卞幻不会无缘无故送他门票，也该猜到正在服丧的她没有那个闲情来玩。搞懂了卞幻的小把戏后，他甚至还感到了一丝欣慰——她真是没拿他当外人啊。

卞幻把他当一件礼物一样送给了简香雪，大概是觉得一张门票还不够还这深重的人情。她最害怕欠人人情了，总担心夜长梦多，这人情会膨胀到自己无力偿还。

平乐尽职尽责地陪简香雪玩了一天，帮卞幻还这人情。临别时，简香雪久久不肯松开他的手，想让他给出什么样的承诺，不言而喻。

“小雪。”平乐本来已经做好了准备，这次豁出去体面，和简香雪讲讲他的身世，吓跑她，但此时他没信心了。眼前的女孩笑得那么灿烂，像从没受过伤一样，他的悲苦可能恰是她甜腻生活的调味剂。她听完，肯定会紧紧地抱住他吧，她不会像卞幻一样把他推远。于她而言，苦只是巧克力的余韵、咖啡的香。

“小雪，”平乐释然一笑，再次唤女孩的名字，“我喜欢上别人了。”

简香雪立刻松开了手，像刚才摸了什么脏东西一样。她有的够多，不屑于和任何人抢。

目送简香雪骄傲地走远，平乐脸上的笑意更深，多好的姑娘啊。

晚上，回家，平乐路过便利店，发现卞幻又开始在这里上夜班了。他走进去拿之前那张积分卡换了一杯焦糖玛奇朵，甜，齁甜。

“你是不是给我多加糖了？”他问卞幻。

卞幻说：“没有，你只是习惯了苦。”

“没成？”卞幻打量平乐的脸色，问。

平乐不轻不重地弹了一下卞幻的脑门儿，卞幻憨笑，两个心知肚明的人把这个话题糊弄了过去。

“今天是不是你继父头七？”平乐问。

卞幻点头又摇头：“我不知道该从哪天开始算。”

平乐当年也是不知道该从妈妈去世的当天还是第二天算起，于是连着两个晚上他都没睡。他查了百度，上面说，头七那天，亲属要早早入睡，因为逝者会在晚上十一点到凌晨四点之间回来，如果被醒着的人看到，就没办法投胎转世了。但他还是想再见妈妈一眼，假如真有六道轮回之苦，他情愿妈妈留下来。妈妈这辈子受的苦已经太多了，他自己妈妈的鬼魂，他不怕。

卞幻此刻也没睡，平乐问她，如果真见到了继父的灵魂，她想说什么。

“说声‘谢谢’吧。”卞幻走出便利店，仰头，试图在阴暗的夜空中找出一点微光。以前她总觉得与继父之间是一场公平的等价交换，但如今只剩她一个人在这有借有还的人间，人死如灯灭，那些算计与寒凉都随着去了，唯留感恩。

“你呢，你见到你妈妈了吗？”卞幻问。

平乐摇头，大概是那两天夜里他开了太多的灯吧，妈妈嫌他浪费，懒得理他。妈妈最讨厌浪费了，从前他上厕所开个灯都会被妈妈骂。记忆里，妈妈总是紧锁眉头，一脸不耐烦。贫穷但乐观，想尽办法给孩子快乐童年的父母大多是电影里的，而生活中多的是被压弯了腰的人把怨气撒在孩子身上。多，太多了，多得像平乐这样的孩子习以为常，坚强得像家里灶上那口被烧煳无数次的铁锅。

那口铁锅多沉啊，瘦小的妈妈却能单手颠勺，用它把剩菜剩饭炒在一起，再加个蛋，平乐就能尝出爱的味道。

“要是能再见我妈一面，我想对她说……”

“我爱你。”卞幻忽然说。

她当然爱平乐，她对平乐的一见钟情不比他少几分唐突，所以她才会说出“互诉衷肠”这四个就像写在心上的字。她一眼就把他刻进了心里，想把他当成一生仅一次的爱慎重对待，先相识，再相知，最后相守，严格地遵守程序，生怕一步走错。可惜，他是“那种人”。尽管他擅长用一双笑眼封印伤口，尽管他的伤口上已经结了一层蜜糖的痂，但她不敢碰啊，敲碎焦糖的硬壳里面还是苦的，她尝够了苦。

她早早就下过决心，决定以后如果要爱，就爱一个活在蜜罐里的人。这样，她就不用再掂轻怕重、小心翼翼地把握分寸，无论她怎么挖，就算钻进了那个人心里，他也是甜的。

“嗯……对，我想对她说，我爱你。”平乐缓缓闭上眼睛，假装只是接过了话茬。

他懂，那句话卞幻是必须说出口的，那是她卡在喉的刺，吐出来，她就可以继续上路了。

等到卞幻转身走回店里，他才睁开了眼睛。适应了黑暗的眼睛依稀能从夜空中捕捉几缕光，他伸手抓了几下，握进掌中，注入心里。

他决定以后要过得很幸福很幸福，用蜜糖把自己浸透，等他足够甜的时候再回头来找已经不那么苦的女孩，把日子炖成一碗甜粥——

她会等我吧？

不等也没关系。

Part 2

{贰·晚风辞}

今生已到不了
乌斯怀亚

我想念你，并非想做什么，而是想念，
能让我们在一起。

文 / 七 微

楔子

他离开后，我总是做同一个梦。他在苍茫的雪地上疾走，我追在他身后，不停地喊他的名字，让他等等我，等等我。可他却置若罔闻，将我远远地抛在身后。

我追得气喘吁吁，最后跌倒在雪地里，望着他的身影愈来愈远，渐渐消失。

我坐在冰天雪地里，绝望地哭。

壹

我第一次见到他，是在我母亲的婚礼上。

那是一场非常寂静的婚礼，空荡荡的教堂里，除了证婚的神父与新郎新娘，只有两位观礼嘉宾。

那天我穿了一件鲜红的外套，戴着一顶圣诞红的毛线帽，脚上是一双红色漆皮鞋，我觉得自己就像一团会移动的红色火焰，但母亲很满意，因为喜庆。

“红色火焰”面无表情地坐在长椅上，看着穿着白纱裙的母亲挽着傅叔的手走向神父，在心里想，这一段婚姻，又会持续多久呢？

他是在仪式正要开始的时候才姗姗来迟，一路小跑着进教堂，微微喘着气对傅叔说：“哥，对不起啊，从机场到这里塞车塞得实在太厉害了。”

我看到母亲望向他的眼神里有感激，松了一口气般。她到底还是在意是否能得到傅家人的祝福的。

傅叔也是，欣慰地笑道：“还好，赶上了。”

母亲比傅叔大了四岁，有过两段短暂的婚史，还带着我这么大一个拖油瓶。而傅家，在本城是有头有脸的生意人。这桩婚事，自然遭到了强烈反对，听说傅父甚至扬言要跟儿子断绝关系，可最后，母亲还是如愿嫁了。

姗姗来迟的人在我身边坐下来。

我斜看了他一眼，他穿着一件黑色的大衣，脖子上缠绕着黑色的毛线围巾，将半张脸都遮住，只露出短短的黑发。

我忽然“扑哧”笑了。

他正在解围巾的手指顿了顿，斜看着我：“嘿，你笑什么？”

我立即噤声，正襟危坐，摇摇头。

他微微俯身，将面孔凑到我面前，低声问：“嘿，你叫什么名字啊？”

他靠得太近，我能感受到他身上从外面挟带进来的寒气，以及他呼吸间清冽的气息。

我将身子往后靠了靠，低声回答：“寻。”

“寻？”他退开一点，“姓呢？”

我沉默。我不知道该如何回答这个问题，这些年，我分别叫过季寻、周寻，母亲每结一次婚，我就会换一次姓。

好在他没有再追究，朝我伸出手：“嘿，小寻，你好。我叫傅家宁。”他顿了顿，说，“你应该听你妈妈提起过我吧？”

我握了握他的手，点头。

我当然知道他是谁，母亲对我说过——寻，明天还有一个人要来，傅家宁，你傅叔的弟弟，以后是你小叔叔。

仪式结束后，我们驱车去预订好的酒店吃午餐，傅叔开的车，母亲兴致勃勃地跟他讨论着蜜月行程。我跟傅家宁安静地坐在后座上，我望着窗外发呆。忽然，他伸手碰了碰我，我转头望他，他凑到我耳边，压低声音问：“你之前到底在笑什么呢？”

噢，他还记着那个突兀的笑呢。

我指了指自己鲜红的衣服、帽子、鞋子，再指了指他全身的黑。

他愣了愣，然后也笑出声来。

傅叔侧头问我们：“家宁，你跟小寻在说什么呢，这么开心？”

他笑着朝我眨眨眼，说：“秘密。”

他长得并不英俊，但他有一双乌黑深邃的眼眸，睫毛浓密细长，眨眼时，仿佛有细碎的星光在眸中流动。

那时候的我，并不能预料到，这个人，将会牵动我这一生所有的欢喜与哀愁。

那一瞬，我只是望着他的侧脸，在心底偷偷地想，这个人，他笑起来可真好看啊。

贰

傅叔与母亲当天傍晚的航班飞往热带岛屿度蜜月。

机场告别后，我被傅家宁带回了他的公寓。他住在一个陈旧的小区，是那种老式的红砖房，小区道路两旁种满了高大的法国梧桐。他的公寓在顶层六楼，小小的两居室，客厅里有一整面墙的大书柜，里面摆满了书以及碟片。角落里有一盏落地灯与一张舒适的躺椅。而他的阳台，简直是个杂乱却生机勃勃的小花园，藤蔓嚣张地爬满了红砖阳台，姹紫嫣红的花从那些葱绿中探出头来。

我瞬间就喜欢上这个又旧又冷的公寓。

可这份喜欢很快在半夜里被一只硕大的老鼠打碎。

傅家宁是被我的尖叫声吓醒的，他找到阳台上来，震惊地望着裹着厚毛毯蜷在躺椅里的我。

“小寻……你大半夜在这里干吗？”

我哆嗦着手指，指着角落里的花架：“老……老鼠……好大一只……”

他蹲在我面前：“这是老房子，有老鼠很正常的。可你不睡觉，在这里干吗呢？”

我拍了拍胸口，慢吞吞地说：“我……我在等下雪。”

“啊？”

“天气预报说，圣诞节的凌晨会下雪。”我抬头望向阳台外的天空，嘀咕道，“可是我等了好久，都没有下。天气预报是骗子……”

他“扑哧”笑了，揉了揉我的头发：“真是个小孩子啊！”

他问我：“小寻很喜欢雪？”

我点点头：“我没有见过雪。”

“这个城市也很少下雪的。”顿了顿，他说，“想不想去北方看雪？”

我想那一刻我的眼睛一定变得很亮很亮，可我却还在琢磨他话的可信度。

他了然地笑笑，伸手捏了捏我的脸颊：“真的。明早就出发。”他起身将我抱起来，哄小孩一般，“所以，现在，你乖乖去睡觉。”

那一年，我才十二岁，在二十七岁的他眼里，确确实实是个小孩子。

我们在第二天清晨出发。

他开着一辆好破旧的越野车，真的很破旧，我怀疑只要狠狠踹两脚，车门就会掉下来。

一路上，我们没有过多交谈。车内放着音乐，是外文歌曲，悠扬的调子，低沉磁性的男声。

后来我在那歌声里竟然睡着了，还做了一个梦。梦里我回到了七岁那一年，母亲嫁给了一位姓季的叔叔，婚礼过后照样是去度蜜月。临走前，母亲领着一个阿姨到我面前，对我说，她不在的这些天，家政阿姨会过来帮我做饭。最后她摸了摸我的脸，说："寻，不过晚上你要一个人睡觉了，害怕的话，就开着灯。"当天晚上，下起了大雨，雷鸣电闪。季叔叔的房子很大，我把房间里所有的灯都打开，可依旧还是很害怕很害怕，我蜷缩在卧室角落里，紧紧抱着一只玩偶，雷声轰鸣里，眼泪滚落如窗外的大雨……

"嘿，嘿！醒醒，醒醒，小寻！"

我缓缓睁开眼，对上傅家宁担忧的眸子，他问我："做噩梦了？"

我呆呆地望着他。

他忽然伸出手，在我脸颊上擦了擦，我一怔，然后伸手摸脸颊，原来我在梦中哭了。

他说："下车吧，今晚就在这个小镇住。"

下了车，我才发觉，竟已是深夜，陌生的小镇里灯火阑珊，这已属北方地界，冷冽的寒风如刀般扑在脸上。

我们是在第二天下午抵达H城的。

看着车窗外洋洋洒洒飞舞的雪花，我忍不住摇下车窗，伸出手去接。北国冷冽的风呼啸而入，傅家宁也没有阻止我，只让我用围巾蒙住脸。

我们没有在城里停留，他将车直接开到了一个大型的滑雪场。他说，这是他最喜欢的户外运动。

我从未见过那样辽阔的雪地，一望无际的白，没有尽头，就像梦境一样。我站在这场盛大的梦境里，眼睛追随着傅家宁从坡上俯冲而下的矫健身姿。

我静静地想，他的姿势可真漂亮啊。

没想到第二天晚上，我竟然病倒了。我蜷在被子里，越来越难受，头痛得厉害，浑身都在冒冷汗，却不敢出声。不知过了多久，我昏昏沉沉中，房间里的灯亮了起来，有一只手覆在我滚烫的额头上，我听到他低低的声音："原来发烧了……我就说你怎么不睡觉在床上翻来覆去的呢……"

我再醒来时，已是第二天的中午，人在医院的病房里。

我环视了一圈，病房里空荡荡的。我心里一慌，翻身坐起来，病房门这时被推开，傅家宁提着粥走进来："醒啦？饿不饿？我买了燕麦粥。"

我的眼泪忽然就哗啦啦地落下来。

"怎么了？是不是哪里不舒服？我去喊医生！"他急匆匆地要往外面跑。

我流着泪摇头，不是的，不是的。我只是害怕被抛下，害怕一个人。

我们在医院住了两天就又回到了滑雪俱乐部，我感冒初愈，傅家宁也不敢再将我带上滑雪场。趁他去活动的时候，我就在俱乐部里溜达。俱乐部里有一些卖纪念品的商店，我站在一个玻璃橱窗前，盯着里面一套瓷娃娃看，那套娃娃一共十只，各种滑雪的动作活灵活现。

我看了良久，忽然感觉到有人站到了我的身边，过了一会儿，我听到傅家宁的声音："你喜欢啊？"不等我回答，他已经喊来导购员，指着那套娃娃说："这个帮我包起来。"

"不——"

我的话被他打断，他蹲下来，抓着我的肩膀扭向他："小寻，痛呢，就要喊出来，喜欢呢，就要说出来。这才是快意人生，知道吗？"

我忽然就想起母亲的话来，她说："寻，你要学会坚强，学会忍耐。人生忍一忍，也就没什么过不去了。"

后来很多年，我总是问自己，为什么会喜欢上傅家宁。

这一刻，他对我说，痛，就要喊出来，喜欢，就要说出来。那是一个战战兢兢、内心敏感的十二岁女孩子，最想听到的话。

叁

我十三岁到十五岁的这三年间，没有再见过傅家宁，一次都没有。

那年春节过后，他被单位外派到南美洲。他是一名时政记者，满世界跑。

他临走的前一晚，过来同傅叔道别，那晚母亲亲自下厨，做了满满一大桌的菜，很多是我爱吃的，可我却没有半点胃口，只是低着头，扒拉着米饭。

他离开时，傅叔与母亲送他到门口，母亲又叫我："傅寻，过来跟叔叔道别。"

我从沙发上站起来，看见傅家宁正笑望着我，我转过头，一言不发飞快地跑上了二楼。

我站在卧室的窗户边，将窗帘拉开一角，看到他正穿过花园，走到铁门边时，他忽然转身，抬头往我房间的方向望了眼。

我忽然飞速跑下楼，出门时，撞到了正进来的母亲，我推开她，不要命地跑出去，将她的惊呼声抛在身后。

我气喘吁吁地站在傅家宁的车边，他刚打开引擎，偏头见了我，惊讶地摇下车窗。

我望着他，却不知说什么。

他将引擎关掉，趴在车窗上，静静地等我开口。

僵持了片刻，我终于低声开口："可以……可以给我写信吗？"说完，我忐忑极了，低着头，双手紧张地绞在一起。

"好啊。"他轻笑一声，然后发动了引擎，离开之前，他忽然伸出手，揉了揉我的头发，"小寻，记住我对你说过的那句话。"

他没有食言，离开一个月后，我收到他从哥伦比亚寄来的第一张明信片。他的字迹龙飞凤舞，像他那个人一样随性恣意。明信片的版面有限，他只写了寥寥数语，我却将那短短几行字反反复复看了几十遍。那天晚上，我抱着它甜甜地沉入梦乡，后来我还做了一个瑰丽的梦。

在我的抽屉里，有一只方方正正的铁盒，那里面，装着三年间傅家宁从南美各地寄给我的明信片。那些明信片的图案，都是当地的风景，有漫长的海岸线，也有茂密的原始森林。其中我最爱的一张，来自阿根廷的乌斯怀亚，苍茫的海岸线上，静静地矗立着一座灯塔。他在背面写着：人人都说乌斯怀亚是世界尽头，这里是通往南极路上最后的补给站，这里有着世界上最迷你、最遥远的小邮局，这是来自世界尽头的问候。我一切都好，勿念。

我一切都好，勿念。

这是他每一张卡片上的最后一句。

可是，他不知道，我想念他。

我的指腹缓缓滑过那座灯塔，乌斯怀亚，乌斯怀亚，我在心底轻轻地念着这个名字。总有一天，我会亲自到那里，仰望这座世界尽头的灯塔。

与他一起，走到世界的尽头。

那是我最大的，唯一的，心愿。

肆

再见到他时，有点猝不及防。

是在医院里，他躺在床上，腿上打着石膏。

我站在病房门口，眨眨眼，再眨眨眼，生怕是自己的错觉。

母亲回头喊我：“傅寻，你愣着干吗呢？快过来！”

我慢慢地挪到他的病床前，他瘦了很多，大概有伤在身，胡楂也没怎么刮，下巴上青青的，脸上尽显倦容。我看着他的“石膏腿”，眸中忽然涌起大片的雾气，握紧拳头，不敢吭声。

母亲嗔怪道："傅寻，你怎么回事呀，不知道叫人吗？真是越大越没礼貌！"

傅叔笑说："这么多年没见，小寻怕是不认识她小叔叔咯！"

我咬着下唇，沉默着。我怕自己一出声，是哽咽的。

"嘿！小寻，好久不见。你都长这么高了。"他的语调同我记忆中一样，温温柔柔的。

趁着傅叔与母亲去找医生问情况，我在床边坐下来，摸摸他腿上的石膏，轻轻地问："疼吗？"

他说："疼，怎么不疼！"

他又说："嘿！正好呀，可以休息一阵子！你说是不是因祸得福？"

他总是这样乐观、豁达。

后来我听母亲说，他在一次采访中出了车祸，当时伤得挺严重的，却坚持没告诉家里，直至伤好了许多，才转移回国内。

在医院住了几天，傅叔便将他接回了家里。

那些天，我一放学便急急忙忙地往家里赶，连画室里的课都不去上了。回到家，见母亲刚好端着药从厨房里出来，我一把接过来："我去送。"然后一溜烟跑上了二楼。

傅家宁正坐着轮椅，靠在窗边埋头看一本书。我将药端给他，他皱了皱眉，捏着鼻子慢慢喝下去。

我在一旁直偷笑，原来他跟我一样怕喝中药啊！

我们说了一会儿话，他便有点倦了，让我扶他上床休息。他闭上眼，很快便进入了睡眠。我没有立即离开，而是坐在床边，凝视着他。

只有这样的时刻，我才可以肆无忌惮地看他。

我缓缓伸出手，迟疑了下，最终慢慢地触摸到他的面孔，我的手指忍不住轻颤，这是他的眉毛、眼睛、鼻子、嘴唇……

当我的嘴唇贴上他的时候，我听到自己狂乱的心跳，如擂鼓般。只一秒，我便迅速直起身子，满脸通红地转身。

我的眼睛蓦然睁大，而站在门口端着一碟水果的人，也震惊地瞪大了双眼。

母亲将我拽进她的卧室，满脸惊惶："你……你知道自己在做什么吗？"

我平静地说："我知道。"

母亲一怔，继而低吼："他是你叔叔！"

我咬了咬唇："我们并没有血缘关系。"

"傅寻！"母亲扬起手，在半空忽又顿住，颓丧地放下来，"你现在姓傅！你的户口登记在你傅叔名下！"

我重复道："我们并没有血缘关系。"

"你……"母亲指着门口，手指发抖，"你给我出去，出去！"

我默默走出去，我并不害怕被母亲知道，我只是喜欢上了一个人，这并没有什么错，也没有什么见不得人的。

伍

自那晚之后，母亲便再也没让我给傅家宁送过药，也阻止一切我单独跟他在一起的机会。没过多久，他去医院拆了石膏，腿伤渐渐痊愈，他搬回了自己的公寓，之后他销假回去上班，开始忙碌，我见到他的机会更少了。

这天，公交车上，坐在我前排的两个女生一直在聊天，她们的声音不低，我断断续续听到了一些。最后，其中一个对同伴说："既然喜欢他，你就要告诉他啊！"

忽然间，另一个声音响在我耳畔："小寻，喜欢呢，就要说出来。"

我心里一震，在下一站立即下车。我站在路边给傅家宁打电话，他正好在家。我拦了一辆出租车，直奔他的公寓。

我到的时候，他正在阳台上给那些花花草草浇水，他扭头跟我打了声招呼，又专注在浇花。

“傅家宁，我喜欢你！很喜欢很喜欢你！”我闭着眼，大声地说。

然后，我听到重物坠落的声音，是他手里的铁皮水壶。

再然后，是长长久久的沉默。

我在那难熬的沉默里缓缓睁开眼，对上他乌黑深邃的眼眸。那眸中，是我从未见过的凝重。

过了许久，他慢慢走到我身边，艰难地开口：“小寻，你知道你在说什么吗？”

我仰头望着他：“知道。是你对我说的，喜欢，就要说出来。”

他闭了闭眼，双手掩面。

良久，他的声音从指缝间低低地传出来：“噢，该死的！”

我站在他面前，等待着他的宣判，时间一分一秒过去，我的心也一点一点沉下去。

他终于肯面对我，他说：“小寻，我也喜欢你，可是，那是亲人间的、朋友间的喜欢。你明白吗？”

我不知道自己是怎么走出他公寓的。外面不知什么时候下起了雨，正是这个城市的梅雨季节，雨说来就来，淅淅沥沥的，空气里有一股子黏湿气味。

回到家时，已经很晚了，母亲却没有睡，她见了我，劈头盖脸将一个东西砸在我脚下。我扫了一眼，然后脸色大变。那是我的日记本。

“你偷看我的日记?!”我叫道。

“是，我看了，全看了！”母亲也提高声音，怒意中带着颤抖，“傅寻，你怎么这么不知羞耻啊！”

她的话彻底刺激了我，我吼道：“我怎么了我？我不过是喜欢上一个人，我做错了什么！我就是喜欢他，我爱他！”

母亲气得浑身发抖，一个巴掌甩过来：“你不要脸！”

从小到大，她冷落过我、呵斥过我，却从未打过我。我摸着火辣辣的脸颊，眼泪掉下来，难听的话也脱口而出：“你没有资格骂我，这些年，我姓过季，姓过周，现在姓傅，可是我却连自己的亲爸爸是谁都不知道！你不是喜欢不断地结婚离婚嘛，这次你怎么不跟傅叔离婚了！快离啊，你离了婚，我跟傅家宁就没有任何关系了！” 说完，我就捂着脸跑出去了。

我不知道，这是我最后一次见到我母亲。

陆

第二天一早，我在画室的角落里被傅家宁摇醒。

我哭了一晚上，眼睛红肿着，眯眼看着他蹲在我面前，神色凝重地望了我许久，而后伸手缓缓拥抱住我。

直至我站在殡仪馆里，看到白布下那两具面目全非的尸体，我才明白过来，他为什么那样看着我，为什么要拥抱我。

我伸手扶住墙壁，一阵剧烈的眩晕朝我袭击过来。我转身，紧紧揪住傅家宁的手指，仰头无声地望着他，希望他告诉我，这冰冷房间里寂静躺着的人，只是两个陌生人，不是我母亲，不是他哥哥。

可是，他凝重哀伤的神色已回答我一切。

这不是幻觉，不是。

母亲与傅叔，深夜里开着车寻找哭着跑出去的我，那时候雨愈下愈大， 在跨江大桥上，与一辆失控的大货车相撞，在被送往医院的途中，他们再也没有醒过来。

我死死掐着自己的掌心，直至痛意传来，可那点痛，不及心里的千分之一。

我一屁股跌坐在地。

一阵急促的脚步声越来越近，而后是女人撕心裂肺的哭声：“家仁，儿子啊……”

是傅叔的父母来了。我没想到，第一次见到他们，会是在这种情况下。

忽然，我只觉头皮发麻，然后听到傅母歇斯底里的声音：“都是你们这对母女！害人精！害了我儿子……”

我的脸颊上被她抓了几道伤痕，我却一声不吭，也不反抗，让她发泄。她说得没错，我就是害人精！

最后是傅家宁将他母亲拉开，然后对站在旁边一直沉默不语的傅父说：“爸爸，你带妈妈先回家吧。哥哥的……后事，我会处理好的……”

我蹲在地上，瑟瑟发抖。

一只手按在我肩膀上，然后将我整个人揽进了他的怀里，他的声音低低地在我耳畔响起：“这是一场意外……你别太自责了……”

我在他怀里不停地摇头，恨不得死去的那个人是我自己。

傅叔与母亲的葬礼结束后，我就搬去了外面。

傅家宁对我说，我可以继续住在这栋房子里，但我拒绝了。那几天，我每个深夜都从噩梦中醒过来，我躺在床上，耳边不停响起那一晚我与母亲的争吵声，它们回荡在空荡荡的房子里。

他没有勉强我，亲自开车送我。离开时，他将一张银行卡交给我，那是傅叔生前以我的名义为我存下的。

我拿着那张卡，眼眶发酸，心里的难过如暗夜里的潮水。

再见到傅家宁，是在一个月之后，他是来同我告别的，他接了新的工作任务，这一次是外派非洲。

“有什么事情，就给我打电话。”他离开时，将一张名片放在我手心里。

我没有对他说再见，也没有说任何话，就那样默默站在走廊的尽头，看着他的身影渐渐走远，直至消失不见。我身体仿佛松懈了一般，软软地倚到栏杆上，看着手心里他的电话号码，久久地看着，最后，我将它丢到空中，随风飘走。

我知道，我不会给他打电话。

我也不会再见他。

我决定忘记他。

忘记这段还没有开始便已结束的感情。

柒

我没有再联系傅家宁，他却依旧从世界各地给我寄来明信片。依旧是寥寥数语，我匆匆扫一眼，便将它们都扔进那个铁皮盒里，再也不见。很多次，我将那个铁皮盒里的东西统统倒出来，打火机的火苗已碰触到它们，却在最后一瞬间，又被我扑灭。

我一次一次对自己说，我只是很喜欢那些明信片上的风光图案而已。

仅此而已。

在这样的催眠里，隔年春天，我交往了第一个男朋友。他是画室里请来的人像模特，我拿着画笔，怔怔地望着他发呆，视线停留得太久，他朝我望过来。

那堂课结束后，他走到我的画架前，惊讶地看着我空白的画纸，然后忍不住笑了。

我们就这样开始了，莫名其妙，悄无声息。而结束，也莫名其妙，悄无声息。这段感情，仅维持了两个月。

那之后，我交了一个又一个男朋友，全是画室里的人像模特，每一段感情，总不会超过两个月。

画室里跟我关系最好的宋嘉嘉有一次整理她的画时，忽然对我打趣："哎，傅寻，你有没有发觉，你的这些男朋友，都有一个共同点，那就是，他们都有一双乌黑明亮的眼睛。你是不是有恋眼癖啊？”

我心里一颤。

她又说：“别怪姐们没提醒你啊，你这样，是玩弄感情！迟早有一天会遭报应的！”

她一语成谶。

我交往的最后一个男朋友，是个玩得很疯的男孩子，抽烟、喝酒、飙车、与人打架，用宋嘉嘉的话来说，整个一小混混。在我跟他提出分手的那晚，他失控地抱住我，撕扯我的衣服。在厮打中，我用美工刀狠狠地刺入了他的身体……

我被关在派出所的第三天，透过铁栏杆，看到疾步而来的傅家宁。

阔别整整两年，我们竟在这样的情景下重逢。

我坐在地上，仰头望着与我近在咫尺的那个人，我直直望进他乌黑深邃的眼眸，眼泪汹涌而落。

我知道，这一生，我都没有办法忘记这个人。

他早已融进我的骨血里。

捌

那个男生醒来后，我就被傅家宁保释出去了。

他将我带回了他的公寓，我们这么久没见，我其实有很多话想对他说，却最终也只是彼此静默地坐在沙发上。

最后，他指了指浴室：“你先去洗个澡，好好休息。”

我洗完澡出来，发现他在阳台上浇花，那些花草长得很好，他不在的时候，是他同事帮他打理的。

我倚在门上，边擦头发，视线边随着他的动作而移动。

他忽然回过头：“你想吃……”他的话顿住，眼睛忽然瞪大，神色惊恐。下一秒，他扔下铁皮水壶，走过来拽起我的左手腕，声音微抖：“你……”

我一愣，而后挣扎着想挣脱他。他却不放，视线胶着在我手腕上交错狰狞已经痊愈的一道道伤口上。我垂下眼眸。

他的手指轻轻抚过那些伤痕，良久，他放下我的手腕，沙哑着声音说：“对不起，小寻，对不起……”他喃喃地重复着。

见他那样，我心里比他更难受，却一句话也说不出来。

第二天，他带我去看心理医生。其实我知道自己的问题在哪儿，我常年失眠，噩梦缠绕，心里那样想念一个人，却必须逼迫自己忘记。难熬的时刻，我没有办法，才用美工刀划过皮肤，让身体的疼痛来掩盖心里的痛。但我从未想过要自杀，真的。

但是医生一口咬定我有严重的自残与自杀倾向。她最后对傅家宁说，如果可能，让我休学一年，带我离开这座城市，去一个新环境。

看到他那样自责与担忧的表情，我决定顺从他的意见。

又一年的初夏，我跟着他离开了这座城市，去往非洲。

飞机起飞时，在巨大的轰鸣声中，我忽然想起初遇他那一年的寒冬，他带我去遥远的北国，我打开车窗，伸出手去接那漫天飞舞的雪花时，满心满眼的欢喜。

眨眼间，岁月倏忽而过。

我跟他相识这么多年，从来都是聚少离多，总是在告别。而唯有在非洲的这一年，是我们之间离得最近的时候，属于我们的记忆最多。

刚去的时候，他不放心我，每次有任务，能带上我就尽量带上我一起，我会帮他做一点事情。他跟他的同事们介绍我说：“这是我的小朋友。”

穿梭在这块贫瘠炎热的土地上，经历越多，见到越多，便越会觉得自身那点痛苦在这大千世界里，并不算什么。

我终于明白傅家宁为什么非要把我带到这片土地上来。

来年的夏天，我跟他去了东非马赛马拉大草原，去报道动物大迁徙。

以前只在电视上看到过动物大迁徙的影像，是悲壮的奇观。而当亲眼所见时，那种震撼，无法言喻。

晚上，我们坐在辽阔的草原上，夜空中有繁星点点，在这片草原上，却并没有觉得浪漫，反而有一种荒凉的怅然。他递给我一罐啤酒，与我碰杯。

我静静地喝完那罐啤酒，忽然问了他我一直想问的问题："傅家宁，你为什么不结婚？"

他愣了愣，而后轻轻笑了，回答我说："我满世界跑，任何人嫁给我，都不会幸福的。"

不，不是的。如果是我，我愿意陪着你，满世界跑。

但我什么都没说，自第一次告白的那个夏天后，我再也没有说过喜欢他。

"我想回家了。"我说。

"好。"他没有问为什么。

这一年来，他对我很好，若家人，若朋友，也有一丝内疚，唯独，没有爱情。但有什么关系，我爱他就好了。这一点，在派出所里见到他的那一刻，我就决定了。

玖

回来之后，没有继续学画画，我想转学新闻。也许，等几年后，我可以站在傅家宁的身边，与他并肩，奔跑在世界的每一个角落。

我的压力非常大，但也很快乐。有梦想，有期待，再难熬的日子，都能挺过去。

其间傅家宁回国待了很长一段时间，他见到我这样的状态，终于放下心来。

没多久，他主动申请去了外出。临走前，他将公寓的钥匙交给我，让我帮他照顾那些花花草草。走的那天，我去机场送他。这么多年，这么多次告别，我第一次为他送行。

在他进安检口的时候，忽然又转身，快步朝我走过来，我以为他有什么话要说，哪知他忽然捧住我的脸，嘴唇覆在我的嘴唇上。那个吻很短暂，像幻觉。在我仍处于震惊中时，他已经转身离去。

我呆呆地摸着自己的嘴唇，彻底短路。等我回过神来时，已经再也看不见他的身影。

那个傍晚，机场大厅里的所有旅客都好奇地看着一个姑娘，她蹲在地上，又哭又笑，像个神经病。

如果我知道那是我最后一次见到他，我一定不会像个傻瓜一样摸着自己的嘴唇发呆，我一定一秒钟都不会错过，看他离开的背影。

他出事的消息传来时，我刚拿到C大新闻系的录取通知书。我给他打电话，想要分享这个喜讯，我还想问他那个忍了很久的问题：傅家宁，你是不是也像我喜欢你一样喜欢着我？可一连三天，他的电话都打不通。最后我找去他的单位，得到的却是他的噩耗。

包括他在内的三个记者，在阿富汗的一场战火中，全部遇难，尸骨无存。

我站在那里，只觉天旋地转，所有的声音与画面全都消失了。

在那一刻，我万念俱灰。

尾声

我从C大新闻系毕业后，进入他所在的电视台，成为一名新闻记者。

三年后，我因工作去了阿富汗，我站在当年他出事的那片土地上，这里已是一片废墟。夕阳斜照，我在那片废墟里缓缓蹲下身，从地上掬起一小捧尘土，装进一只素色小布袋里，扎紧，系了一个蝴蝶结。我将布袋贴在胸口，闭上眼，泪水滚滚而落。

家宁，这么多年了，我终于，再次与你重逢。

往后很多年，我带着那只贴胸而藏的布袋，走过了许许多多的地方，草原、湖泊、高山、森林、沙漠、海洋，几乎走遍全世界，唯有一个地方，我始终没有踏足，那是阿根廷的乌斯怀亚。

那是我想要跟他一起去到的世界尽头。

这一生，再也无法抵达。

尼莫西妮的来信

木蠹，生虫，羽化为蝶。
这是她听过最美的故事。

文 / 墨小芭

1

这次麦冬只是擦伤，左脸颊破了一块皮，印章那么大的一块，渗着细细密密的血珠。她坐在小板凳上咧嘴怪叫："刘叔，你轻点啊！"

刘叔将药瓶对准她抽动的脸喷了两下，凶巴巴的语气里带着无奈："怕疼你倒是别打架啊。"

"我这不叫打架。"麦冬倒抽一口气，继续道，"叫……哎哟你轻点！"

刘叔放下药瓶朝后一指："去，到中药柜那儿让苏梗给你贴纱布！"

麦冬一愣，摇摇晃晃地站起来，于是她就看见了，冬日的暖阳里，一颗毛茸茸的脑袋从柜台下面升上来，阳光的脸上镶着一双清清冷冷的眼睛。

"嗨，苏梗。"

苏梗没有回应，只是微微垂下头，从抽屉里拿出一块纱布，绕过柜台走到麦冬的面前。他的个子很高，麦冬抬眼只能看到他消瘦的下巴，她想再看一眼他的眼睛，却始终没能鼓起勇气抬起头。

“苏梗——”

“别说话。”苏梗打断她，利索地撕开两条胶带，将纱布整齐地贴在麦冬的脸上。

做完了这一系列的动作，他才开口说：“你认识我？”

“真巧啊！”麦冬惊呼，“我们的名字都是一味中药！”女孩的声音像冰层下不息的河流，叮咚地流淌在满是中药味儿的空间里，“你看，第三排，苏梗和麦冬，我们挨在一起。”

苏梗回过头看了一眼麦冬手指的方向，轻轻地笑了一下。

2

麦冬去找可乐，两个人举着冰镇柠檬水走在烈日炎炎的大学校园里，像两条滚烫的“热狗”。快三年了，麦冬渐渐习惯了南方的夏，也许就如可乐说的，这里的夏天和她很像，都有种玩儿命般的热情。

仲夏的午后，校园里安静得只听得到篮球场上咚咚的落球声，草坪上晾晒着几对就快要融化的情侣，校广播站应景地放着梁静茹的《分手快乐》。

麦冬喝完了柠檬水，自然地将空杯子递给了可乐。可乐接过来，把自己剩下的半杯给了麦冬，麦冬咕咚咕咚地喝了两口，两人异口同声地说：“有件要紧事要和你说。”

——“石头剪刀布。”

——“石头剪刀布。”

“你赢了。”可乐说，“说吧，又有什么不要脸的事儿要我去办。”

麦冬抓了抓头。可乐曾经无数次地纠正过她这个毛病，女孩子应该用食指轻轻地顺过额发，而不是伸出鸡爪恶狠狠地去抓头皮。但麦冬记不住，于是她又抓了抓，才开口说：“我在刘叔那儿遇到了苏梗，他高了很多，但还是那么瘦，他学医，没事的时候去刘叔的药店帮点忙——”

可乐打断她："说重点。"

"重点就是……"麦冬用一双花栗鼠般真诚的眼睛无辜地望着可乐，"我要追他！"

"咚！"的一声，可乐倒在地上，尘埃四起。

麦冬踢了他一脚，见他不起身，干脆也摆出大字形躺倒在他的身边。那天的阳光可真热烈啊，浇透了躺在路边的两个人。后来，麦冬从口袋里掏出一张折叠整齐的纸递给可乐，可乐接过来，在阳光下将它展开，他感到有点眩晕，于是用手臂挡住了眼睛。

3

麦冬打工赚了一些钱，她把钱揣在上衣的左边口袋里，去给自己买一条裙子。鹅黄色的，裙摆零星地绣着几朵小雏菊，她站在镜子前别扭地将肩带向内扯了扯，忽然咧嘴笑了一下。

店员又递给麦冬一双白色的高跟鞋，她惊恐地摇了摇头。店员说："不换上它，你看起来可像个偷穿姑娘裙子的小变态。"

麦冬穿着帆布鞋的脚不好意思地向内敛了敛，但仍是坚定地摇了摇头："裙子要了，鞋不要。"

店员耸耸肩，不大高兴似的，麦冬没理她，付了钱匆匆走出去。

一回头，又看见橱窗里映着的自己，齐耳短发和脏兮兮的布鞋之间，是一条漂亮而温柔的裙子，就像一朵鲜花插在两坨牛粪之间。麦冬认真地想，头发可以留长，鞋子可怎么办，它又脏又旧，显然是不合时宜的，但也总不能踩着八厘米的高跟鞋路见不平一声吼吧。

僵持持续了一分四十五秒，最终，维护世界和平的正义感，败给了苏梗浅茶色瞳仁和冷冷的笑，麦冬泄气地重返阵地，自古英雄难过美人关，她道："服务员儿，鞋子包起来。"语气仿佛是在打包汁多肉厚的大包子。

现在，麦冬拥有了两样“新式武器”，她要以此为勇，向苏梗的阵地前进了。

在那之前，请允许我们毫无恋爱经验的麦冬，抽空在花店买一大束新鲜的大波斯菊。因为可乐说过，如果遇到了中意的姑娘，一定买下一整间花店的大波斯菊送给她。麦冬没有那么多钱，买一束还是可以的，送给她喜欢的苏梗，虽然他并不是一个会把脸庞埋在花间笑盈盈的姑娘。

4

苏梗万万没想到，自己会收到一束扎着粉色丝带的鲜花，而送花的人告诉他，这是在告白，真心诚意的，一点也没有开玩笑。

黄昏里的小药房，中药柜前的阳光一点点褪尽，麦冬站在四分之一的亮光里，郑重其事地将鲜花伸向眼前错愕的少年。

“所以……”女孩深深地吸了一口气，“我们什么时候可以开始第一次的约会？”

等待是煎熬的，也是手酸的，但幸好苏梗是很绅士的，他接过花，用干净的声音对她说：“首先，谢谢你的花，虽然我以为男生收到这种东西只有在住院或是葬礼的时候……其次——”

“哎呀这个该死的可乐，我可被他坑惨了！”麦冬打断他，涨红的脸像一颗熟透的浆果，“不过不要紧，我过几天再来和你告白！”

她转过身，绣着雏菊的裙摆在暗处的微光里划出一圈小小的涟漪。

苏梗错愕地看着女孩仓皇落跑的身影，忽然间想起了一个人。

5

麦冬又做了一样的梦。

女孩展开洁白的手臂挡在她的面前，背影看上去像一只护住幼崽的飞鸟。

然后，她听见自己细若蚊鸣的声音。

“你帮我的话，她们也会疏远你……”

女孩在四周波纹般晃动的光线里转过来，裙摆徐徐展开，像纯白的浆，将阳光温柔地划开。

“怕什么，只要我们亲近就好了啊。”

麦冬呆呆地看着她，直到女孩那大大的、灿烂的笑容在晨曦中渐渐融化了。

又是崭新的一天，麦冬揉了揉眼睛，从床上一跃而起。

6

她又来了，苏梗绝望地想。

还是那条点缀着小雏菊的裙子，那双白色的、显然令她难以驾驭的高跟鞋，好消息是这次并没有大波斯菊，坏消息是她骑了一辆绑满彩色气球的粉红色自行车，不难发现，每一只气球上都写着他的名字。

“嗨，苏梗，和我约会吧！”

麦冬的声音引来了不少目光，苏梗急忙将她扯进店内，痛苦地揉了揉太阳穴：“我可以拒绝吗？”

“可以啊。”麦冬傻傻地笑了一下，“大不了我三顾茅庐嘛！”

“你到底想怎么样？”

麦冬差点笑出来，他还和以前一样，着急的时候会有轻微的平翘舌不分：“枕么样？”

但她还是尽可能维持了谈话的严肃性，认真地回答他：“想和你在一起，做很多很多的事，我们可以先从约会开始。”

苏梗纠正她：“可我已经有喜欢的人了。”

“你们在一起了吗？”麦冬问。

“没有。”

“你们会在一起吗？”

“不会。”

“所以，”麦冬露出比海狸先生更健康也更洁白的八颗牙，“和我约会吧。”

“……”

接下来的很长一段时间，谈话陷入了僵局。沉默，而后是死寂，整个世界只有门外的蝉尴尬地叫着，那些写着“苏梗”的气球在太阳底下有点泄气。

当然还是要由麦冬打破僵局，她说：“我知道你在找几个人。”

说话的同时，神色随之黯然，再抬头时仍是那张太阳花般灿烂的笑脸：“等价交换，你和我约会，我告诉你她们的下落。”

苏梗的眼睛亮了一下，麦冬知道，她可以开始盘算第一次约会的日子了。

7

约会那天，理所当然地，麦冬还是穿着她那套仿佛亘古不变的“战袍”。苏梗简直想问问她是不是同一条裙子买了很多件。

他们从刘叔的药房出发，漫无目的地跟着延展的马路乱走，走了半个多小时，苏梗忍不住问：“能告诉我，你要去哪儿吗？”

麦冬愣住了，感到踩着高跟鞋的脚有点疼，于是她指着路边的石凳说：“我们就在这儿发发呆好吗？顺便吃点蛋卷儿寿司。”

湛蓝如洗的天空，飞过几只灰色的鸟，两个人就真的坐在石凳上发起了呆。

发呆期间，从他们面前路过的依次有：洒水车、牵着手一边走一边亲吻对方的小情侣、三条狗、一只孤独的鸽子、十二辆的士和一群穿着校服的幼儿园小朋友，他们伸出胖乎乎的小手指着麦冬和苏梗：“看，那儿有两个假人。”

麦冬突然站起来咧嘴朝他们怪叫一声，孩子们发出又害怕又快乐的尖叫向前跑远了，麦冬笑得没心没肺的同时，从包里拿出一个一人份的便当：“给你吃。”

苏梗接过来，是他喜欢的蛋卷儿寿司，高中时经常会点的那种，上面淋着两行酸酸甜甜的番茄酱。

麦冬一脸满足地看着苏梗，像个花痴，看得苏梗不自在地将便当递给她：“一起吃吧。”

麦冬摇摇头：“你吃。”

苏梗干脆夹起一个递到她嘴边：“走了这么久，总会饿的。”

麦冬为难地挠了挠头，心一横，张嘴吞了下去。

她没告诉苏梗自己对鸡蛋过敏，她只是偷偷地向上帝祈祷：上帝啊，让我晚一点肿起来。

那天上帝很忙，没空理会一个鸡蛋过敏的倒霉蛋，所以才会在回去的路上，让他们遇到一个狼狈的姑娘。

她站在三四个吊儿郎当的女孩和墙角之间，涨得通红的脸几乎就要垂到胸口，她似乎已经吓傻了，整个人怕得瑟瑟发抖。

苏梗还来不及反应，手心已被麦冬塞进一个空空的便当盒，然后他看见一个和方才不大一样的麦冬，她像一头母豹子，卷起袖子冲她们扑了过去。

那是苏梗第一次亲眼见到女人之间的“战争”。

逼仄的胡同里，她们拼尽全力扯住彼此的头发，尖叫、嘶吼，顺便腾出一只手去捍卫自己。周身的尘埃像慢镜头那样从地上升起，掠过她们表情狰狞的脸，打个旋儿，再缓缓地落下去。

抓、挠、扇、踢、躲，像一群失去理智的野猫，苏梗甚至完全挤不进她们的战场。最终，身为母豹子的麦冬赢得了战争的胜利，女孩们一哄而散，只剩下那个吓傻的小姑娘可怜兮兮地看着麦冬。

“要保护好自己啊。”麦冬拍了拍她的肩膀，“总被欺负可不行。”

不知是不是错觉，苏梗听见麦冬的声音有些哽咽。不仅如此，他还发现麦冬不妙了，她肿得像一根哈尔滨红肠。

“你没事吧？”他扳过麦冬的肩膀仔仔细细地打量她，“你整个人被打得总（肿）起来了！”

麦冬挠挠头，笑着纠正他：“是肿起来了，不是总起来。”

“不管怎么样，还是先去医院要紧吧。”

“只是过敏而已，吃两颗脱敏药就无碍的。”麦冬挥挥手，“今天很开心，下次，一起去猫园吧。”

苏梗看着她跑远的背影，不知为什么胸口有点闷闷的。

8

“要保护好自己啊，总被欺负可不行。”梦里的女孩笑着对她说，“不过没关系，有我在，我会保护你的。”

画面一转，是她们挤在大学食堂外探头探脑地朝内张望的样子。

安静的少年左手拿着单词卡，右手端着一盘蛋卷儿寿司走过来，坐在附近的空位上。

——“看吧，又是蛋卷儿寿司。”

——“如果告白成功的话，一定要亲手做一份给他吃。”

——“不会吧？你也喜欢他？”

——“也？”

两张略显稚嫩的面孔紧张相对，直到其中一个“扑哧”一声笑出来：“不如，我们就公平竞争吧。”

9

这一次麦冬没有穿出她的战袍，苏梗看着眼前的麦冬，人字拖、牛仔短裤，和一件烟灰色套头短袖T恤衫，看上去怪清爽可爱的。

“去猫园的话，总觉得穿裙子不大好。”麦冬在苏梗的目光里不自在地抓了抓头。

“那个……上次没来得及和你说……”苏梗眼前一黑，干脆坦白，“我恐猫。”

他原本以为麦冬会捂着肚子笑倒在地上顺便打几个滚儿，但是并没有，女孩的眼睛里只有体谅和鼓励：“你远远地跟着我就好。”

接着是一个无遮无拦的笑脸：“我有特异功能，可以保证它们不会伤害你。”

苏梗听话地跟在她身后，走了好久好久，才走到那座废弃的、被流浪猫占据的公园。

他看见麦冬小小的背影踏进猫园里，像使用魔法的精灵，使草与树之间的猫一只一只地围拢过来，它们围着她，温顺地拿脊背蹭她的小腿，发出细微的叫声。

苏梗远远地观望着，脚步却不由自主地迈过去，在树叶“沙沙”的声响里一步一步地靠近，在离麦冬一步之遥的地方停了下来。

有几只猫的尾巴扫过他的小腿，很痒，使他的汗毛竖起来。

“别怕，你可以摸一下它的尾巴。”

苏梗的手有点发抖，但他还是蹲下来，微微眯起眼，犹豫地将手伸出去。

“摸到了。”麦冬笑起来，“是不是一点也不可怕？”

苏梗点点头，又摸了摸猫的脑袋，毛茸茸的，有阳光般的温暖触感。

从猫园出来后不久，他们遇到一个卖花的阿婆，麦冬没有犹豫地给自己买了一束花。

这是一个和男生约会却要给自己买花的女孩，一大捧满天星，很便宜，三块钱，麦冬抱着它们，笑得像个幸福的傻瓜。

苏梗原本想说，他可以买下来送给她。但他终究是什么话也没有说，只是站在黄昏底下看着傻笑的麦冬，看了很久很久，眼睛里流动着晚霞。

10

这世上真的存在着公平竞争吗？

麦冬坐在图书馆里，长久地看着靠窗位置上笑靥如花的女孩。

她穿一袭鹅黄色长裙，从容地坐在正午热烈的阳光里，和周围的同学说说笑笑。

而自己，就像一只灰突突的野鸭，孤独地游荡在深不见底的湖面上。

丑小鸭和公主之间的竞争，从一开始就不存在所谓的公平不是吗？

麦冬伏在桌面上，眼睛里灌满泪水。

11

苏梗关上房门，往刘叔的药房去了，身后的书桌上摆放着一个酒瓶，孤零零地立在昏暗的光线里。

是一只陶土捏的酒瓶，类似深海贝壳的斑驳米白色，夹杂着温柔的棕色颗粒，上面罩着一块纯白的棉布，用细麻绳扎紧，绑出一个歪歪扭扭的蝴蝶结。

“这个送给你。”

三天前的傍晚，麦冬在横亘在城市中央的河流边将它递过来。

苏梗隔着棉布闻到了酒香，有淡淡的葡萄柚味。

“一起喝吧。”

苏梗揭开棉布，像古人仰头倒入一口酒，又将酒瓶递给麦冬。

他们在河岸席地而坐，就着天边缓缓坠落的夕阳分享瓶内清冽的佳酿。

是烈酒，麦冬呛得鼻酸，嗓子到胃一路灼烧，再倒一口，整个人就蒙了，脑子里“嗡嗡”乱响，然后是心跳，那么快，那么热烈，让人心虚。

这种心虚让麦冬觉得自己应该做些什么，于是她揪住了苏梗的衣领，吻了他一下。

后来的事情麦冬全忘了，那瓶酒就像一块流动的橡皮擦，擦掉了那晚所有的记忆。

也许她永远也不会想起，那天的苏梗是淡淡却决绝地推开了她，还是犹豫却温柔地拥抱了她。

这样也好，有时候真相是残酷的，大多数的人学会了保护自己，于是他们拒绝真相，宁愿靠着模糊不清的想象安度余生。

12

然后，爆炸发生了。

那时候的麦冬离刘叔的药房只有不足一百米的距离，大火在她眼前绽放得像一朵巨大而肮脏的蘑菇。

在那样的一瞬间，麦冬不是不知道接下来要发生的危险。但烈火就像有巨大吸力，使她奋不顾身地冲进滚烫的热浪里。

她听见自己空荡荡的心脏传来微小有力的回音。

——别担心，我会保护他们的。

——就像你曾经保护过我。

仅仅十几分钟的时间，麦冬救出了昏迷的刘叔，救出了昏迷的苏梗，但她没能救出完整的自己。

消防队员发现她的时候，她怀里紧紧地护着一个相框昏迷不醒。那是一张黑白的遗照，照片里，女孩穿一条长裙，笑得全世界的光芒都要逊色。

他们说，如果麦冬没有三次重返爆炸现场，也许就不会被掉下来的房梁压断一条腿了。

是的，麦冬还活着，她只是失去了一条腿。

断腿是很疼的，她躺在医院里像讨食的猫一样乞求镇痛剂。

可乐抓着她的手，眼眶红得吓人。她只好放弃了气若游丝的哼唧，一个人默默地忍受着疼，可乐看她这样，干脆别过头去，麦冬看见他的肩膀轻轻地发抖。

那段时间麦冬总是感到很困，睡眠断断续续，深深浅浅，思绪像猫园里飘浮着的猫毛，一丝一缕地掠过她的脑海。

有一天她在疼痛中醒来，是深夜，窗外的月光漫进来，温柔地笼罩着趴在她床边熟睡的苏梗。

麦冬不知道他正在做一个梦，梦里下了一场让人窒闷的雨。那种窒闷从前也有过一次。那时候的苏梗捏着一封情书走在上学的路上，清晨的街道很安静，学生们三三两两地结伴而行。

然后，不知道从哪一秒开始，世界突然变得混乱。

他听见有人在喊，那个叫刘倾倾的女孩不慎坠楼，已经死了。

苏梗站在惨淡的日光里，手心用力地握紧，因为太过用力，反而有一种无力的感觉穿梭在手臂之间。

似乎有雨水从遥远的天边一滴一滴地落下来。

那封还没来得及送出的情书还紧紧地抓在手心里，不消片刻，就被混着雨水的眼泪打湿了——那封开头写着倾倾，结尾写着苏梗的情书。

那时候也是这样的窒闷，像罩着一座深不见底的钟。

梦醒了，他痛苦地睁开眼睛，看见麦冬哭得惨白的脸。

她说："苏梗，你要找的人就是我。"

——"我是说，害死倾倾的人，就是我啊。"

13

从倾倾的书桌里偷出情书的时候，麦冬突然想起她们第一次见面的情景。

"我有个朋友叫可乐，他很想认识你。"她笑得像南方最炽热的艳阳，"所以我救你，也是有一点点私心的哦。"

麦冬站在原地，不知所措地抓了抓头。

倾倾走过来牵住她的手："不过，能和你做朋友真的太好了。"

"可是……"麦冬的脸上写满担忧，"如果你帮我的话，她们也会疏远你。"

"怕什么，只要我们亲近就好了啊。"

就这样，从小到大都被自然地孤立起来的麦冬，第一次知道了什么叫作友情。

就像一个阴暗的角落，终于得到了阳光的眷顾，变得明亮、温暖。

她突然很想哭，但还是把情书从倾倾的抽屉里抽出来，丢进了学校卫生间的垃圾桶。

后来发生了什么事情呢，整整三年的时间，麦冬一直在想，究竟发生了什么事，才会导致倾倾为了抢夺情书从楼顶坠落。

有些事情她可以大致猜想。

比如垃圾桶里的情书被那几个暗地里讨厌着倾倾的女孩捡到了。

也许是为了威胁，也许是为了嘲弄，她们拿着情书把倾倾带到了学校的天台上。然后，她们理所当然地争执起来，推搡间，倾倾的裙摆绊住了凉鞋的金属鞋扣，整个人失去重心朝后摔了下去。

但有些事情麦冬永远也想不明白，比如，倾倾为什么一定要夺回那封情书不可？

直到大四那年的暑假，麦冬回到家乡，在附近的“时光寄存”里发现了倾倾的名字，幸运的是，“允许代替本人收件”的名单里，工工整整地写着麦冬的名字。

于是，她得到了一封三年前的倾倾寄存在那里的时光信件。

现在，麦冬将折叠整齐的信纸展开，就像展开一段腐朽的青春一样，郑重地递给了苏梗。

14

麦冬，我最好的朋友：

我们都喜欢着苏梗，真是让我吓了一跳。你喜欢桃子，我喜欢柳橙，你喜欢高山，我喜欢大海，你喜欢海子，我喜欢雪莱，你喜欢T恤，我喜欢长裙，我们这样不同，却喜欢着同一个人，你说是不是很惊人？

之前还一直撮合你和可乐，现在想想真是抱歉得很啊。

不过，如果是苏梗的话，被所有人喜欢也不为过吧。

我时常在想，只是和他傻傻地待在一起就很好了，也不必做很多的事情，就只是坐在石凳上发一下午的呆也很棒不是吗？

但如果代价是失去我最好的朋友，那可不行啊。

更何况，如果和麦冬公平竞争的话，我也没有很大的自信可以赢过你。你一定不知道自己有多可爱吧，可爱到，完全可以像我保护你一样保护你自己，也可以像我喜欢苏梗那样勇敢大方地喜欢他。

对了，你知道吗？我的爸爸在南方开着一家小药房，如果有机会一定要带你去看一看，在那里，麦冬和苏梗的名字是并列在一起的哦。

总之……苏梗和麦冬一定要选一个的话，我当然会选麦冬啊，因为我们是最好的朋友嘛。

所以，我写给苏梗的情书，绝对不要被他看到。

15

很多年以后，麦冬还是会想起病房里的那个夜晚。

她闭着眼睛，梦游般絮絮叨叨地说了很多很多的话，苏梗就坐在她的对面安静地听。

——所以苏梗，我只是想告诉你，就像你喜欢倾倾一样，倾倾也喜欢你，非常非常喜欢。

——除此之外，还有个叫麦冬的姑娘，她也曾厚颜无耻地喜欢过你，非常、非常喜欢。

——穿长裙的是倾倾，牛仔短裤的是我，想和你一起发呆的是倾倾，和你在黄昏下乱走的是我；想为你做蛋卷儿寿司的是倾倾，鼓励你去摸猫尾巴的是我；想做个陶酒瓶送给你的是倾倾，喝醉了强吻你的人是我，还有就是，善良可爱的那个是倾倾，自卑恶毒的人是我……

说完了，病房里安静得仿佛什么事情都没有发生过。但是麦冬知道，有些事情已经结束了。

就像一个逃犯在精疲力竭的时候终于被抓捕，被定罪，被判刑，一切都尘埃落定，有了着落。

自始至终，苏梗都未曾说过一句话。

他只是犹豫着抬起手臂，用冰凉的手背擦了擦麦冬脸上滚烫的眼泪。然后，将那张泛黄的信纸仔仔细细地折叠整齐，放进靠近心脏处的口袋里，离开时轻轻地关上了门。

一切都发生得很静，很轻，以至于谁也没来得及说一声再见。

麦冬一个人在黑暗处坐了很久很久，直到清晨的霞光照亮了脸上斑驳的泪痕。她重新躺下去，把自己深深地埋进被子里，像一枚干枯的核被埋在湿润的泥土中。

会毫无意义地腐烂吗？

还是会奇迹般地生根发芽？

这些都已经不重要了，麦冬只想在夜晚来临之前好好地睡一觉。

16

又一个夏天的时候，麦冬拥有了一整座花园的大波斯菊。

她的轮椅停在花园的正中央，全世界的光芒散落在她的身上，像一场滚烫的雪。

她又想起病房里，可乐曾经为她讲过的故事，那个故事很短，只有简单的八个字。

木蠹，生虫，羽化为蝶。

这是她听过最美的故事，于是她冲着傻傻立在花园里的可乐笑了起来，眼睛里含着眼泪。

奇洛李维斯回信

“纤云弄巧，尘埃难拂。”

他的钢笔字一向硬朗，渴望朝朝暮暮，却只能写上一句

——又岂在朝朝暮暮。

文 / 朝歌

1

颜昭阳在帐篷外翻看杂志时，七月的东非迎来了预期中的动物大迁徙。队伍走了一天，正停下来休憩。

位于坦桑尼亚的塞伦盖蒂国家公园，是东非野生动物的栖息地。七月初，百万角马浩浩荡荡地向北迁徙。这些动物，从南到北再回南方，终其一生，不过是为了觅一方丰饶的水土。

这次动物保护协会派了一队志愿者，密切关注这次的迁徙活动。

日本姑娘梨田子给他递来一罐牛肉罐头，她的中国话讲得很好：“颜，副队今天念了句中国诗，我不太懂。”

颜昭阳淡淡地一笑：“是哪一句？”

“近乡情更怯，不敢问来人。”

颜昭阳抬头，眸子里有一瞬了然：“他跟你说了什么？”

梨田子指着他手上的书：“这是你的心事吗？”

那是一张摄影图，夕阳的余晖将画面镀出柔和的光晕，几匹斑马在河边低了身子，悠闲自得地饮着水。

右下角的地方，有摄影师的介绍：许纤尘，亚洲新星摄影师，对焦锋利不失柔和。她的模特大多是山水万物，最大的梦想是带着相机走过千里旅途，奔走于平原山川。

简介附着的照片里，女子有着利落的短发和倔强漂亮的眼。

如果没记错的话，颜队钱包里的照片就是她。

颜昭阳没有说话，沉默地把玩着手机。良久才低声开口，声音喑哑，有一丝缥缈的顾虑。

“她说过，不想再见到我。”

许纤尘。

好久不曾提到她了。

他闭着眼都能回想起她那时难过的表情：“昭阳，不要让我再看见你了，好吗？”

她何时那样唤过他，生平第一次软了语调，他却没办法说好。

她眼角还残留着那道疤，斜斜地入鬓，很丑陋。她没办法，那么委屈，却只能说句不要再见。那时的颜昭阳攥紧拳头才控制住自己，没有上前拥抱她。

他跟梨田子讲了很多，关于许纤尘。

“所以她就是这次纪录片的摄影师？”

原来这个让帅气成熟的男人这样在意的姑娘，就走在他们的前面，拍着他们护了一路的角马、羚羊。

颜昭阳默默看向了远方。一诺千金，说了不再见，他自当遵守。

饶他长相不在人下，学识渊博，让不少追求者辗转反侧，却只能小人般地跟随，亦步亦趋。看她看过的风景，走她走过的路，隔着山河远远地想念。

他的眼里山雨欲来，带着那些说不清楚的往事：

“两年前我去了大洋洲，她拍澳大利亚东部大堡礁，我的氧气罐不够，被人捞上来时已经休克。

“一年前在西印度群岛，那里岛屿密布、地震频发，她扛着相机救人，我就在后面担心她。

“现在来了东非，我们又一起在这片土地上呼吸。”

而后，颜昭阳收起杂志回了帐篷。灯光昏暗，他又开始写信。

2

往事的开头，便是两人关系的对峙：读大一时，许纤尘就已经和颜昭阳泾渭分明了。

那时她是齐刘海，眼睛细长漂亮，右耳镶了一枚小钻。不是没有男生要送她回家，她抬眼，然后摇头。正值下雨天的周末，她在楼道低头数着格子，一跳一跳的。

跳到第三遍时，颜昭阳就出现了。戴着鸭舌帽的他一件白衬衫笔挺，举着伞匆匆走来。一个女生愉悦地跑过去，颜昭阳拉着女生就要走，看到她时，停顿了一下，倒是没忘记自己的任务，他扔下手中的另一把伞给许纤尘。

阿姨是要颜昭阳接她回家的，颜昭阳没听。

许纤尘眯眼，望了一眼窗外，大雨滂沱。

于是她也没动那把伞，挺直脊背步入雨中，到家后浑身已湿透。阿姨看到她一脸的心疼：“昭阳不是去接你了吗？”

她换下鞋子：“我看到昭阳接了我们班的女生走了，就冒着雨回来了。”她吸了吸鼻子，“阿姨，我好像感冒了。”

颜昭阳回来时，阿姨坐在沙发上冷冷地开口：“去哪了？”他没说话，刚放好伞就被阿姨拎进房里训话。进屋前颜昭阳看了她一眼，端坐在餐桌前的她嘴角弯起愉悦的弧度，优雅地品了一口汤。

在颜家，颜父是驻美外交官常年不在家，阿姨待她亦尽心尽力。许纤尘一直都被厚待，她却不以为意。

那晚她吃了感冒药就睡下了，没想到会梦见颜昭阳。

十几岁的男孩立于楼梯上，眼睛漆黑，穿英伦风灰色毛衣，那是两人第一次见面。多年以后，学摄影的她在看到《暮色中的杰西》时，眼前总会浮现出小小的颜昭阳。眉眼清晰，从骨子里散发出优雅。

她从小就没有妈妈，刚失去爸爸时，阿姨和叔叔忙着签抚养协议，许纤尘哭得难过时，颜昭阳走过来，扯了扯她的袖子："别哭了。"抬头望去，颜昭阳的神情满是哥哥般的疼爱。

那夜许纤尘睡得很不安稳，一直不停歇地哭，是颜昭阳敲开门，柔软的床上，她把头埋进被子里，手被他握住，他将被子拉下来，看着她说："你可以把我当成哥哥，不用怕。"

梦境到这里就结束了，醒来的许纤尘嘴角浮起淡淡的笑意。

原来，曾经的她和颜昭阳那么要好啊。

3

那天感冒之后，许纤尘的鼻塞就一直没断。

而程诺是在舞蹈集训中崴的脚，她跟许纤尘都是艺术生，就是那个让颜昭阳冒雨送回家的女生。她"哎呀"一声，吸引了整个班的注意，程诺半跪在地上，抚着脚踝处，痛得直皱眉。

许纤尘暗中打量着，他中意的女生也不过如此嘛。

几个同学围上去嘘寒问暖，许纤尘无聊地站起身，结果眼前一黑，也直接跌倒在了地上。班里立刻沸腾，有女生慌忙大喊："许纤尘晕倒了。"

许纤尘醒来时是在医务室，旁边一个同学唯唯诺诺，大概是因为她忽然晕倒了，同学们都忙着照看许纤尘，程诺送得迟了些，脚踝已经红肿了一大片。

许纤尘倒不觉得自己人缘有这么好，果然，女同学低低说道：“许纤尘，医生说你是因为经常不吃早餐才会晕的，咱们集训本来就挑的舞蹈室锁门的时候，离阙回来后你可别让他闹……”

离阙，提到这个人，许纤尘脸上才有了柔和的表情。

她刚想说些什么，就看到颜昭阳推门而入。他买了热牛奶，提着豆沙面包，都是许纤尘爱吃的东西，却被放在了程诺的床上。他一共待了四十分钟，却没有看许纤尘一眼。

那以后的第二天，颜昭阳抱着书，经过许纤尘身边时，难得地停下了脚步。

许纤尘抬头，与他对视。

颜昭阳的眼里似有一口无波的古井：“许纤尘，都这么大了，能不能不要玩小孩子的游戏？”

小孩子的游戏？

“不想让人送程诺来医务室，难道你不是故意晕倒的？”颜昭阳说话时，是最令人讨厌的模样。

许纤尘笑了，她是真的觉得好笑：“麻烦让一让。”

几天后许纤尘站在了阶梯教室前，她抱着几本《绅peerage》懒洋洋地靠在墙壁上，看到几个女生过来，窃窃私语——

“哎，大明星离阙好像在追她！”

程诺出来的时候正和同学讨论着习题，手却突然被人抓住。

许纤尘笑眯眯地抬起程诺的手腕，声音不高不低：“我就说嘛，我的手链怎么会不见了。”

那条西藏山南鸡血藤链，色泽光滑古朴，没有多余的点缀，只在尾扣处镶了一段藏银，是许纤尘在学校张扬过的东西。

有几个女生也听到了动静，凑过来看，说许纤尘的微博上，有好几张照片都戴着这条手链。

程诺咬着嘴唇，面色有些苍白："这条不是你的。"

许纤尘笑笑，她当然知道这鸡血藤手链叔叔当时从西藏带了两条回来。而颜昭阳的那一条，他从来就没戴过。

许纤尘的声音是甜蜜入骨地好听，她说："同学要是给不了我一个合理的解释，我倒不介意让老师帮忙来处理。"旁边是同学们议论纷纷的私语，程诺张嘴，却什么也说不出口。

找她的麻烦，就是让颜昭阳不舒服，许纤尘心情大好，满意离开。

4

学生会让许纤尘去领摄影特长奖的那天，许纤尘推开门就看到了颜昭阳。她嚼着一粒木糖醇，冲着他吹了个大大的泡泡。

颜昭阳坐在空无一人的大办公室里，端详着手里的许纤尘的奖杯。

"你看了那么久，还没看够？"她有着明媚的笑容，眼里闪着狡黠的光芒。

颜昭阳并没废话，开门见山："你跟程诺道歉，奖杯自然给你。"

许纤尘假装听不懂，要去拿铜人奖杯，颜昭阳优雅躲开。

"她偷了我的手链，大家都知道。"

颜昭阳目光如炬："你明知道她的那条是我送的，那就是她的。"

许纤尘并不打算和他耗下去，甩下一句"让她去跟辅导员解释吧"转身就要走。

颜昭阳一把将她拉回来，姿势暧昧，开口却是冷冰冰的："我知道因为那个明星，你的事大家都格外关注，都认得你那条手链，你说假如许纤尘的心思难猜，是她送给了颜昭阳，而后才到了程诺手里，这样的解释，大家会不会更乐意接受呢？"他的眼里，满满的都是奚落。

许纤尘笑笑，语气冷漠，“不好意思，全校同学都知道，许纤尘一直都对你没意思。”

看着她嘲讽的脸，颜昭阳有些恍惚。

记忆里的许纤尘总喜欢紧紧地抓着他的手，走到哪里就跟到哪里。现在却听到她缓缓开口：“大家也都知道，我和离阙才是众望所归的一对。”

这话一出，像是想起了什么，颜昭阳的眼中有什么一闪而过。随即他不怒反笑，还没来得及看清他的动作，许纤尘只觉得唇上有柔软的东西贴上，只一瞬间的温柔，他拿着手机直接拍了下来。

“那现在呢？”他扬了扬手机。

现在？可真是有意思极了。

就为了一个跳个舞都能崴一脚的程诺。

许纤尘挥手扇向颜昭阳，却被他轻巧地躲过。努力站直身体，手上却是冰凉一片。

她不想玩下去了。

许纤尘一把拿过铜人奖杯，走的时候把门关得震天响。

许纤尘去程诺寝室演了一出戏，程诺一直没说出手链的来历，估计是不想公开跟颜昭阳有关的事，许纤尘表示不再追究时，心里空空荡荡的。

颜昭阳犯不着这么马首是瞻吧。表现得这么在乎，是给谁看啊？

刚出寝室，许纤尘接到离阙的电话，男生坏笑道：“哎，我那片子拍完了，待会儿回学校接你。”

许纤尘想起刚去颜家的时候，鲜艳的锦旗拿在自己手上。有好多穿着警服的叔叔，他们都是爸爸的同事，说爸爸是殉职，说他们会给她一个家，说把她放在颜家，颜昭阳会好好对她。

许纤尘的声音淡淡的：“颜昭阳为了程诺，把我给亲了。”

离阙：“等等，为了谁？程诺，他怎么不去亲程诺？”

许纤尘:“他把我给亲了。”

离阙这才明白什么是重点。

他开车轰油门,直接去楼底下把人堵了个正着。

“真有本事啊,颜昭阳。”他挥了一拳拳揍颜昭阳。

颜昭阳舔了舔嘴角,跟着还手。又躲过离阙一脚,听到对方咬牙切齿:“有我在,你就别想欺负她。”

他下意识地去看旁边那张脸,却又被离阙击中了小腹。

颜昭阳退坐到地上,抬头看,许纤尘楚楚动人。他眯了眯眼,渐渐冷了脸。因为他看到她踮起脚,双手攀上离阙的脖颈。离阙勾了嘴角,头微微一偏,吻了上去。

她的动作看起来是那么温柔。

她对离阙所有的温柔都是对颜昭阳的记忆的凌迟,颜昭阳想要闭上眼。

许纤尘临走前,俯在他的耳边,温柔地道:“我还是喜欢和他接吻。”

5

其实没有人知道,在颜昭阳十五岁生日前,许纤尘就是他的命。

那时候这个小姑娘走到哪里都离不开颜昭阳,阿姨逗她,以后要不要留在颜家当媳妇,她竟认真地掰着手指开始算日子,把颜叔叔逗得哈哈大笑。

颜昭阳的脸红了,敲脑袋凶她:“我是哥哥。”

可十五岁生日那天,一切全都变了。

那天他生日,来宾们吵闹地拥挤在酒店花园里,当中有颜家的亲戚朋友,也有他的同学,唯独不见许纤尘。吹蜡烛时,他刚站到泳池边的台子上,就被身后突然跑来的许纤尘给推了下去。有人尖叫起来,水花四溅中,他呛了好几口水。

他不会游泳她是知道的，他被救上来时，四周有那么多关心自己的人，唯独没有她。

那天以后，许纤尘离开颜家出走了三天，三天后，她出现在学校门口，身旁是一个颇带匪气的男生。

“你要找的人，”许纤尘对那个男生说，“就是他。”

好像是上周，因为篮球赛颜昭阳和外班的人起了冲突，今天有男生又来找事。男生上前拦他，颜昭阳一把将他推开，一个粉色书包却突然砸到了他的头上。

许纤尘搀扶起男生，笑容明媚：“我也很讨厌他。”颜昭阳看着她，攥紧了拳头。

至此，许纤尘于他，越走越远。

她不再和颜昭阳说话，学了艺术，校裙也越来越短，荒废了功课。回到颜家，还变得越来越任性，阿姨却始终宽容相待。

直到上了大学，有传闻说她和大明星离阙在交往，因为两人同戴了一对耳钉。作为学生会干事，他无视，作为哥哥，他理所当然地把许纤尘拦在了寝室楼下，她无所谓地摘下耳钉扔给他。

第二日，她的耳畔又多了璀璨的小钻，离阙站在她身旁。

“这副打在了耳骨上，不好意思啊，摘不下来了。”

颜昭阳沉默了，盯着许纤尘依稀还有血丝渗出的耳朵，胸腔里是寂寞的回声。

他都不知道他们之间到底哪里出了问题。

这一年，颜昭阳也认识了程诺，她喊颜昭阳时声音软糯好听，像极了记忆里那个熟悉的声音。

离阙回来的第一个周末，他约许纤尘看电影。

许纤尘转头时居然看到了颜昭阳，他和程诺就坐在前面，勾起嘴角大笑，是很久未见的生动。许纤尘看不下去，只觉得芒刺在背。

电影看到一半，她谎称自己不舒服落荒而逃。屏幕上的章子怡明媚如花，她笑，“叶先生，说句实话，我心上有过你，但也只能到喜欢为止了。”

回去的时候，她看到了女寝楼下的颜昭阳，以及他怀里的程诺。

许纤尘只能看到他的背影，她偎依在他的肩上，美好得像一幅美丽的插画。

那么完美的两个人，她偏偏不喜欢。

第二天，有些照片出现在了学校大群里，是颜昭阳和程诺的。

最近刚好有部国民偶像剧在挑女主，本来暂定了程诺，结果制片方面态度强硬，要求告知辅导员换人。

颜昭阳把许纤尘从阶梯教室拽出来，满脸怒气：“你到底要干什么？”

两弯眉画远山青，是她最熟悉的眉眼。她很平静：“你放手。”

他却抓住她的肩膀：“许纤尘，她和你不一样！”

你不一样，这么长时间，他终于说出来了。

许纤尘仰头看他：“是的，我和她不一样。”她甩开颜昭阳的手，笑得无比平静，“我和你们都不一样，因为我没了妈，还没了爸爸！”

离阙后来找过颜昭阳，他没有动拳头，心平气和，让颜昭阳不要刻意为难许纤尘。

刻意为难？颜昭阳的嘴唇动了动，却什么都没说。

离阙微不可闻地叹了口气：“你们家欠她不少。”

程诺的事最后不了了之。

五月，学校组织野营，离阙有事没有来。山间清泉缓流，许纤尘懒洋洋地哼着歌，声音清冷空灵——

“顽强地进攻，争取那认同。如朝朝代代每个不朽烈士奋勇……等到你会破例，答复我一封……专心得金刚铁石也动容。”

颜昭阳和程诺一同翻看着相机，两人欢声笑语不断。许纤尘听得心烦，一个人往前走去。

6

那天许纤尘出了事，颜昭阳是后来才知道的。

离阙那时候拎起颜昭阳的衣领："还学生会干部，人是你们带出去的，你怎么就不负责带回来?!"

学校露营的地点是山脚下，许纤尘一个人爬上了半山腰。

而那时候程诺因为走路太久，脚伤复发，他送程诺先走了。

许纤尘是打过他的电话的，声音很奇怪，她叫他的名字："颜昭阳，你在哪儿?"

"程诺的脚肿得厉害，"他顿了一下，"我要送她去医院。"

"那你去吧。"

"你有事吗?"

许纤尘嘲讽地笑了笑，"没有。"

颜昭阳便挂断了电话。

学校报了警，等警方找到她，已经是一天后了。后山土路松弛，许纤尘失脚滑落山底。当时手机仅剩的电量已不多，她拨了唯一一通电话是给他的。

离阙咬牙，声音如春雷："颜昭阳，她父亲当年的遗体就是天黑时他们一群人在郊外发现的，你比我更清楚她那晚有多怕!"

许纤尘摔伤了额头，辅导员跟她说，虽然走了艺考吃的是形象饭，但是以后做个机构老师也不是不行。颜昭阳去医院看望时，她正安静地躺在床上。她那么纤弱，实在不像平日里百般刁难自己的女生。

她刚醒来，护士递了镜子给她，许纤尘把镜子扔到了地上。

埋在被子里的许纤尘其实哭了，肩膀不停地颤抖，无声地、剧烈地哭泣，看起来是那么难过。汹涌的泪水在眼角泛滥成灾，渗进了枕头里。但是她不敢让他听出来。

她的伤从眼角蔓延到发际，密密麻麻的针脚让它看上去像一条丑陋的蜈蚣。

“颜昭阳，”她绝望地闭上眼，声音嘶哑，“我这么些年一直为难你，我自私又任性，在你心里我一定糟透了。”

“这样的我，你没回来找也没关系。”

“你是不是觉得很公平？”

颜昭阳的心里就像是撒下了一张网，压得自己难以呼吸。

这种感觉是内疚吗？

他还来不及说些什么，护士就过来嘱咐，病人平稳情绪才好休养，她们客气地让颜昭阳下周再来。

出院后的许纤尘变得更加沉默了，喜欢上了摆弄相机。

大学的时间总是匆忙，许纤尘顶着伤疤行走在校园里，没有人敢说什么。只要有人讨论许纤尘的伤，旁边的离阙就会一脸狠戾，有经纪人让他们闭嘴。

叔叔也打电话问过两人的情况，阿姨小心翼翼地说，要不让两个孩子考本地的同一家单位吧。许纤尘没说话，良久，她捧着牛奶，低头说好。颜昭阳等她的回答的过程中，手心冒汗。

毕业季后，颜昭阳报了当地的航天科技单位。而许纤尘却出乎所有人的预料，选择了遥远的北方。离阙也在那里弄了个小公司。

听闻那有北国风光。阿姨知道后，只说就随她去吧。

大学同学聚会，离阙依旧潇洒，承诺非许纤尘不娶，听着像是宣誓一样。

颜昭阳则没说话，一饮而尽后又再续一杯。他第一次尝到了喝醉的滋味，胃是寂寞的，也是难受的。

7

三年的时间有多长，颜昭阳不知道，他只记得自己有两个冬天都没有再见到许纤尘。

她给家里打电话，永远都是毫无波澜的语调，说自己很好。

颜昭阳当然知她很好，据说她认真学了摄影，据说她脸上的疤痕去做了激光修复手术。颜昭阳听到这些消息的时候，正光着脚靠坐在许纤尘的床边。

地板是没有温度的，上面摊满了信。

三年里，他用她喝过水的杯子，睡她睡过的床。倘若空调开得太冷，他索性就窝在她的书桌底下。然后无意间发现了书桌下的那个檀木盒子，里面全是她写的信。

提及颜昭阳，她从来不豁达——

“都说玉颜不及寒鸦色，犹带昭阳日影来。颜昭阳，你的名字和你一样，寡义薄情。”那天，他扔下雨中的她送别人回家。

“萨利曼镜头下的男孩，杰西，眉眼清冷，像极了你。”那天，因为报复，他亲了她。

“颜昭阳，你令我失望。”最后一封的落款时间，便是她眼角缝针的那天。

厚厚的一沓信，几乎都是写给自己的。

最下面的一封涂上了胶水，信上只一句——等我七年。落款是他十五岁生日那天。然后她用红色的笔狠狠地划掉了，旁边写着：虚伪，颜家和他。写到“虚伪”二字时，笔迹明显有些潦草。

他究竟错过了什么，这封信分明是她要送给自己的礼物。

颜昭阳索性找了父亲问个明白。

跨国电话拨通，外交官父亲听到旧事伤感而疲惫。他缓缓讲述，许纤尘的父亲是他的上级，当年他的死被定为殉职。但其实颜父知道，都是因为自己违背命令许纤尘的父亲才会被杀害。

他十五岁生日那天，颜父接到老友打来的电话，谈及自己的内疚，却没想到为了给颜昭阳生日惊喜，那时许纤尘就藏在桌子底下。

怪不得离阙说是他们欠了她的，怪不得她会说颜家虚伪。

她有多恨他的父亲，就有多恨他。

他只是责怪自己，从她把自己推下水的那一刻起，这么长时间为什么就不能好好问问她。

于是他拨通了许纤尘的电话。

两人同时开口，又同时停顿。

最后还是许纤尘先开口说："我要订婚了。"

然后沉默了很久，久到只能听见两人的呼吸声，他才道："恭喜。"

许纤尘订好机票准备回来，颜昭阳就待在她的屋子里，一直听许纤尘哼唱过的，有着奇怪名字的粤语歌。

"等到你会破例，答复我一封。"听到那句歌词时，他摁了暂停键，再播放，反反复复地听，然后坐起身，端正地展开信纸。

他要给她回信，回应她的心事。

除夕那天他才看到许纤尘。她身穿墨绿色格子毛衣，眼神温和。离阙戴了毛线帽子，站在她的身后。

听说她领了男朋友回来，颜父也特意请假飞了回来，还亲自下厨做饭。颜母眼眶红红的，握着许纤尘的手。颜昭阳只是吃饭，连头都没抬。

晚饭后，离阙就回家去了。许纤尘捧了热牛奶，推开门后看到书桌前的他。他的电脑端正地放在桌上，床上铺着他的床单。

颜昭阳盯着许纤尘："你不在的时候，我一直都睡这儿。"

许纤尘拿了睡衣，面色从容，"我先洗澡，今晚回你自己的房间。"说完，她转身就要推门。颜昭阳起身伸手拉住她，许纤尘很自然地被他扑倒。

她眼角上挑时十分动人，看向自己时却毫无波澜，那种再无情意的眼神，让他感到特别害怕。

"颜昭阳，你弄疼我了。"

他攥着她的手腕十分用力，看她皱眉，心中却有种快感。然后，他缓缓低头吻上她的唇。

8

那段时间的许纤尘不再喜欢照镜子。

玲珑剔透的镜面，每次看到的都不是自己的脸，而是颜昭阳消瘦倨傲的脸，有着坚毅的轮廓，他眉眼疏离，喜欢说上一句，许纤尘你现在真不好看。

她便伸手抚上手术后的疤痕，从眼角至鬓角，像是被诅咒的符号。颜昭阳注定是她一辈子的魔障，逃不脱，挣不破。

离阙走的那天，天气是难得一见地晴朗，挺适合订婚的日子，但离阙选择了离开。

他摸摸许纤尘的头："你们的故事你们心知肚明，干吗要让旁观者卷进来？"

就像小时候那样，她看着离阙坏笑："我也讨厌他。"那时的离阙心思并不澄澈，只是心中一动。

越长大就越明了，不喜欢一个人，自动远离就好，有谁像他们俩这样，明明互相厌恶，却还要不停地招惹并接触，不过是自欺欺人罢了。

离阙背着包，背影意气风发："他让我给他时间，倘若你们还是没有结果，我再回来。"

而晚饭时间，许纤尘跑进房间内，狠狠地扇了颜昭阳一巴掌。模样倔强厉害，眼眶却渐渐泛红，泪水怎么也止不住："你把离阙……还给我。"

电视里在报道，离阙乘坐的那架飞机失事坠毁了，无一人生还。

颜昭阳只能看着她哭，连拥抱都不能。

真的是够了，他们这么多年，也疲惫了。

她哭够了，便站起身："昭阳，不要让我再看见你了，好吗？"

许纤尘于那年出了国。

后来她的摄影作品常常登上国家地理杂志，有节目邀请她做访谈，问到感情，她淡淡地说："本来是要订婚的。"

主持人一愣："许小姐有男朋友？"

她答："虽然他不在了，可是我们很恩爱。"

同一时刻，颜昭阳关掉视频，坐上了前往东非的客机。

经历了动物迁移的东非，在午后晦暗时刻突如其来发生了一场地震。

灾难来临的时候，许纤尘没有任何防备，被压在旅馆的废墟下。再醒来是好几天后，有个日本姑娘坐在床前，清清楚楚地喊出她的名字，许纤尘。

她是国际动物保护组织的成员。

许纤尘心中微动，四处却并没有看到那个人。

她在床上躺了三天，离开的那天，她到副队的房间里去道谢时，听到谈话声，"她还不知道是你找到她的，你在那边要多注意安全。"挂断电话后转身，看到许纤尘站在门口。

她有一双洞悉世事的眼睛。

年轻男人很无奈："颜不想让你知道。"

不想让她知道什么？

不过是这几年，他从西印度群岛到大洋洲再到东非一路尾随；不过是地震来袭时，他却像发了疯一般往前跑。再见一面，万一发生什么，他只想再见她一面。

周围的人在尖叫着躲避，街边的房屋全都倒塌，他跪坐在那家旅馆的三楼，直到听到许纤尘微弱的求救声。幸好他知道她住在哪里。

“Help me（帮帮我）！”他握着她的手，大声喊道，“It's here（在这里）.”

“他在队员面前，从来都是那么冷静，可只有你，才能让他那么冲动。”副队把一沓信交给她，“你说了不要相见，他就始终守约。”

她拆开那些信，信里深情款款。良久，她才开口，声音很轻：“你听过奇洛李维斯回信吗？”

“颜很喜欢听，”男人抱歉地一笑，“可惜我听不太懂粤语。”

是在得知父亲的死因后，她就笃定了他是心怀愧疚，那么多的温柔相待，不过是替他父亲偿还。所以她刻薄、刁难，她想要看到真正的颜昭阳会如何待她。她亲手将他越推越远。

奇洛李维斯回信，有人日日写，可有人从未挂念。

而她很幸运。

“人人都怕难怕倦怕扑空，全球得我未死心，没有放松。”她缓缓唱了起来。

他一定还在这儿。

她突然好想打个电话。

只要他在电话那头，不说话也好。

原谅世间无童话

此去，山回路转不见君，
雪上空留马行处。

文／小熊洛拉

1

那天是为了庆祝什么，唐糖已经忘了。身为编剧的爸爸总有理由开各种派对，他和作为话剧演员的妈妈一样，是那种永远活在狂欢中的人，他们喜欢喧嚣的人声和流转的酒杯。

“我放学了。”唐糖进屋时喊了一句，以为会同平日一样无人回应，却有个声音说：“这么晚放学吗？”

那是她第一次见到霍云靳，他半躺在沙发上，眉目间英气十足。

面对她的诧异，他只说：“想不想吃苹果派？”

“嗯？”

大厅里的人狂欢时，唐糖就在厨房里看霍云靳挽着袖子和面。他需要什么东西时，她就从脚凳上跳下去帮他找。他很快就做好了一块苹果派，切了热乎乎的一角递到唐糖面前。

唐糖吃完半个苹果派时，霍云靳已经烤好了第二块苹果派。

“有生日蜡烛吗？”他问唐糖。

“有。”

“来，帮我一个忙。”

霍云靳从厨房里走出去，让唱片机暂停，喧闹的人声戛然而止。唐糖站在长吧台后面，看着霍云靳嘴角上扬，眼睛眨了眨。

他说今天是他心爱的姑娘的生日，他想在这个特别的日子里向她求婚。他摊开的手心里，有一枚小小的钻戒。

唐糖看到女主角了，是穿着浅绿色长裙的柏日晴。她脸上飞着红晕，像是十分难为情的样子。

唐糖端着苹果派的手有些不稳。

蜡烛已经燃到一半，她应该把这个送到她面前的，但无论如何她都迈不开步子。

“唐糖？”霍云靳低声喊她。

她的脚被吧台的边缘绊了一下，整个盘子飞了出去，热乎乎的派就那么落在地毯上。

“她特别爱吃苹果派，所以我特意学的，不过我不知道味道好不好，你来帮我尝尝。”霍云靳在厨房里这么对唐糖说。那时的她还不知道，他要求婚的那个女生，竟是柏日晴。

此刻，唐糖耳畔响起不久前，她夜里去楼下拿水喝，在楼梯转角听到柏日晴压低声音，大概是在跟什么人讲电话。

“他爱上我了……我？我才不爱他呢，我只是……”她回头看到唐糖，忽然噤了声。

唐糖揉揉眼睛顺着楼梯走下去，假装什么也没有听到。

“对不起……”

唐糖的膝盖蹭破了，霍云靳坐在厨房的高脚椅上给她擦红药水时，她向他道歉。

“没关系，总之她答应了。”

“你很爱她吗？”

“嗯？”

“那你了解她吗？”唐糖努力装出大人那般严肃的口吻，“当你还不足够了解一个人时，不要轻易爱上她。”

“谁教你的？”

“我爸爸的剧本里写的。”

“你几岁了？”霍云靳忍俊不禁。

“九岁半。”

2

医院的回廊里仿佛永远有穿梭的人潮，笑闹声、争论声，以及压抑的细碎的哭声充斥耳际。唐糖跟在拎着硕大果篮的爸爸身后，好奇地打量着周围的人。

霍云靳的病房在楼层的最中间，是特别护理的单人房。

“他还没醒来过吗？”唐糖问爸爸。

“嗯。”

“他会一直这样睡下去？”

“有可能。”

那是第二年的深冬，距离唐糖第一次遇见霍云靳已经过去了整整十八个月。他滑雪时偏离了轨道，被搜救队员找到时已陷入昏迷中，肋骨和胸腔都受了伤。

“他真是个傻瓜。”走出病房，爸爸叹了口气，对唐糖说，“他爱上了最不值得爱的人。”

唐糖掰着手指沉默不语。

爸爸的新剧本第一场演出就获得了成功，他们在家里开了一场庆祝派对。柏日晴赶到时，唐糖正站在泳池边，跟爸爸一起表演他剧本里最经典的一章，小小的她把台词说得有模有样的。

“嘿，我们的女主角来了。”唐糖的爸爸招呼柏日晴。

唐糖看到她挽着一个人，个子不算高，长相也并不突出，就是这个人投资了爸爸的新剧本，把柏日晴捧成了一个当之无愧的女主角。

“她一直想找到这么一个人，总算如愿以偿了。”

“只是可怜了霍云靳。”

“原本也以为是个财神，可谁知……”

唐糖僵在泳池边，周围细碎的私语声悉数落入她的耳畔。

“下面这场戏就让我们的女主角来演吧。”唐糖的爸爸说着取掉自己反串用的假发，把位置让给了柏日晴。

柏日晴落落大方地走过去，没等唐糖反应过来，她就已经说出了台词，“约我出来要跟我讲什么？”

“我……”

“喜欢我？”她笑得狡黠，像是真的站在舞台上。

“当女主角对你来说很重要吗？”唐糖终于抬起头来，冷峻的目光望向她。

柏日晴没想到唐糖完全脱离了剧本，整个人怔住。

“你明明答应过他，为什么要反悔？”

柏日晴看着眼前这小人儿眼里不知何时蓄满的泪水，觉得好笑，又有些感动。

“成人世界没那么简单。”

“唐糖！”爸爸走过去，将她拦腰抱起扛在肩上，“你发神经吗？”

“放开我！”唐糖一口咬在爸爸的肩上，然后跳下来，用力把柏日晴撞到了泳池里。

她一个人去看过霍云靳很多次，坐在病床边，静静地打量他。他瘦了很多，下巴的轮廓越发清晰。他的睫毛那么长，就像蝴蝶的翅膀。那天夜里，唐糖就坐在他的床边，看着熟睡中的他，她觉得他可能永远也不会醒过来了。她不知道自己为何会有那么多的委屈，忍不住在他的床边哭起来。

忽然，一个声音在她耳畔轻轻响起。她透过模糊的泪眼，看到他疲倦的脸，“你怎么哭了？”

3

还没踏进院门，唐糖就听到厅里传来争执声。有人摔碎了酒瓶，有人在抢夺墙上的挂画，还有人从楼上搬出她妈妈的奖杯。

“你们在做什么？”她跑过去，想把男人手里的瓷瓶抢过来，被重重地推了一把跌坐在地上，手肘戳在摔碎的瓷瓶上，被割出一道长长的伤口。

有人将她揽过去，下巴抵在她的额头上：“不要跟那些人争。”

是霍云靳。

他带她从后门出去，找到一间小药店，买了纱布和消毒药水，帮她把手臂上的伤口处理好。

“我想去那里看看。”

“唐糖……”

“我想看看是不是真的没有了……”唐糖轻咬下唇。

她只去过两次白日剧场。上一次是剧场开业的当天，她坐在观众席的第一排，看着爸爸意气风发地宣布他筹资的这间剧院正式落成。

“为什么叫白日剧场，因为这是我做白日梦的地方。”她还记得爸爸这么说时带着微笑的神情。

只是，她再也看不到那种微笑了。

那场突发的大火几乎吞噬了整个剧场，建筑都已被烧成炭黑色，灯光没有了，舞台落幕了，她的父母……也没有了。

唐糖站在那片废墟前，心里空荡荡的。

除了债务，父母什么也没给她留下，他们过惯了挥金如土的生活，一分钱也没存下。那幢奢华无比的房子也只是租来的。

父母的守灵夜没人来参加，大厅里从头到尾就只有她和霍云靳两个人。唐糖跪坐在地上，不满十三岁的她像个大人般神情肃然。

“唐糖？”

“嗯。”

“你饿不饿？”

她想说自己一点儿也不饿，肚子却“咕噜”叫了一声。

“我们去吃东西吧。”霍云靳站起身来。

他把车开到一条偏僻的小巷，迎着街有一间小小的店，老板正站在架起的铁锅前煮着拉面。

“两碗牛肉面。”霍云靳走进店里，对老板说。

面端上来，他放了很多辣椒，热辣辣的面条落进胃里，有种暖暖的舒适感。

吃完面，他又带唐糖去了环岛路，两个人沿着木栈桥一直走出很远。

“你该哭一哭。”霍云靳停在栈桥的尽头。

唐糖垂着头，用力摇了摇。

“哭出来心里就不那么难受了，你是女孩，哭出来才会有人心疼。”霍云靳循循教诲她，他没告诉她，她那样拼命忍着不哭的样子，令他心里很难受。他想起十三岁时的自己，大概也是这样拼命假装坚强，其实内心却脆弱。

“以后我就是个孤儿了对不对？”她忽然问他。

“你还有我，以后你跟着我，我做你的小叔叔。”霍云靳看着她的眼睛，语气格外认真。

“我不要你做我的叔叔。”唐糖摇头说，“那样我就不能喊你的名字了。”

“你可以喊啊。”

“霍云靳。”

“嗯。”

“霍云靳。”

“嗯。”

唐糖伸出双手抱住他，小小的脸埋在他的胸前，泪浸透了他的衬衣。

霍云靳长舒一口气。

终于，她哭出来了。

4

唐糖几乎没有紧张过，哪怕是跟爸爸一起在无数宾客面前表演他即兴创作的话剧时，可这一刻，她却无端紧张起来。车子越靠近霍家老宅，她就越觉得胸口闷。

“老爷子只是想见见你。”霍云靳透过后视镜看着她说，“收养手续都是他找人办的，我们该去谢谢他。”

他们走进大厅时，霍家其他人都已经到齐了，霍老爷子坐在摇椅上，晃着身子望向唐糖，“是唐决和陆嫣的女儿？”

“嗯。”

“倒是有几分像陆嫣。”旁边一直默不吭声的中年妇女嘴角露出不怀好意的笑容，“长大了会标致许多。”

一个男人走过去，粗壮的手臂压在霍云靳的肩上，他比霍云靳还高了半个头，看上去格外有压迫感：“怎么？玩萝莉养成吗？”

“云岫！”老爷子喝止他，面露不悦，“唐糖救过云靳。”

“开个玩笑嘛。”他拿开手臂，离开霍云靳前还用力捏了他的肩膀一下。霍云靳吃疼，却不露声色。唐糖靠在他身边，一只手牵住他的衬衣下摆。她看得出来，这家里的每个人都不把他放在心上，他们对他粗鲁无礼，看着他的目光，充满了揶揄和不屑。

围着长桌吃饭时，唐糖坐在霍云靳的对面，他不时地对她微笑，露出令她安心的神色。吃到一半，老爷子开口唤霍云靳：“你快满二十六岁了吧？”

“是。”

“鹿城区那个游乐场就交给你打理吧，你也该自己做些事情了。”老爷子说完，扶着椅子站起身来，“我困了，你们继续吃吧。”完全没理会周围的抗议声。

“四哥不是保证不让云靳接手家里的任何生意的吗？”

“爸爸是老糊涂了吧？”

“你可要好好帮爷爷打理呀。”坐在霍云靳身边的云岫阴阳怪气地说。

唐糖的目光瞥向霍云靳，他依然不动声色：“我当然会帮爷爷打理好。”

他们离开霍家老宅时，暮色将至，霍云靳将车子开出长长的街道，忽然转过头问唐糖：“我们去鹿城区吧？”

“嗯？”

“去看看我们的游乐场。”他嘴角上扬，一副意气风发的样子。

那是一个几乎要废弃的游乐场，许多设施因为风吹日晒又无人精心维护，彩色的油漆几乎剥落殆尽。游乐场里只有三个员工，唐糖和霍云靳走进游乐场时，他们正在监控室里斗地主。

“霍先生……”他们看到突然出现的霍云靳，手里拿着的牌差点掉到地上。

“游乐设施都还能用吗？”

“大部分都能用。”三个人里负责检修的那个站起来说。

他们把游乐场里所有设备都打开，过山车、碰碰杯、海盗船……彩灯虽然有一半不能亮起来，远远看过去，依然是一场夜的狂欢。

后来很多次，唐糖在遥远的异国他乡，梦见那天夜里的游乐场，她和霍云靳并肩坐在摩天轮上，缓缓上升的摩天轮里只有他们两个人，城市的灯光在他们周围寂寞地亮着。

“许个愿啊。”升到最高点时，霍云靳侧过脸来望着唐糖说，“你们小女孩，不是都喜欢在摩天轮最靠近天空的地方许愿吗？”

“我才不是小女孩呢。”唐糖抗议。

但她还是悄悄许下心愿。

——但愿可以永远永远这样。

5

霍云靳花了三个月时间，令那个几乎废弃的游乐场焕然一新。他甚至花光所有积蓄造了一道横跨游乐场的铁架彩虹，夜晚时，灯光亮起，就像梦的乐园。接着，他又做出大胆决定，将游乐场免费开放三个月。那三个月里，他们靠酒水饮料，还有小食周边，创下了令人咂舌的业绩。

霍云靳又在游乐场举办了夏季嘉年华，请来了知名马戏团，打扮成印第安人的马戏团成员穿梭其中，猴子、大象、跳火圈的狮子，甚至还有一头长颈鹿在悠闲地散步。云岫站在入口处，有些目瞪口呆地看着眼前这一幕。

嘉年华的第一夜，霍云靳邀请了许多名人，柏日晴也去了，只是她常挽着手一同出现的投资人却不在。电影上映后，她顺应绯闻跟那部电影里已相当有名气的男主角成了情侣，人气水涨船高。很快，男主角原本的恋人被爆出，她成了第三者插足。媒体跟着落井下石，她只好又跟新出道的小鲜肉拼命在镜头前秀恩爱。

霍云靳见到她时，她的小鲜肉正童心未泯地跑去看狮子。她被几个无良的记者绊住，难堪的问题一个接着一个，而她只是不断地后退，一直退到霍云靳身前，后背撞着他的胸口上。

“别拍了。”他一只手挡在最近的镜头前。

“霍云靳？”有记者认出他来，“你们是因为钱分手的吗？拿不出投资的钱所以被抛弃了？”

“柏小姐曾经被包养是真的？为了上位可是真不择手段。”

霍云靳听出来了，他们不是一般的采访记者，是有人买来故意让她难堪的。

他转身护住她，打算突破重围，却被死死缠住。一口气提上来，手里的酒杯就砸在相机上，反手将离他最近的男记者撂倒在地。记者没有还手，咳嗽时还露出深深的笑意。

霍云靳知道，自己又给他们制造新闻了。第二天，他果然在娱乐报上看到自己的脸。

“跟那种货色搅在一起，你是要把爷爷的脸丢尽吗？”云岫将报纸甩给他，一拳打在他的脸上。

霍云靳的额头撞到矮几，如撕裂般痛，但他只是微笑着，他明白云岫只是拿这件事当个由头来发泄自己内心的愤恨。因为无论如何他都没想到，霍云靳会成功，靠那个几乎废弃的游乐场。

唐糖从厨房里泡了茶端出来，看到这一幕，全身的血液都要凝注，手颤抖起来。

“唐糖，别动！”霍云靳喊。

可是已经晚了。唐糖手里滚热的茶悉数落在云岫的脚上，房间里回响着凄厉的惨叫。

“你出去，滚出去！”唐糖推着云岫，想要将他推到门外，却被他一个反手摔在地上。霍云靳的胸口热热的，猛地站起身，将云岫从屋子里扔了出去。

从来没有人，从来没有人像唐糖一样，奋不顾身地想要保护他，哪怕小小的她根本不具备那样的力量。可那一瞬间，她眼睛里闪过的小兽般的光令霍云靳的心蓦地动了一下。

傻瓜。

6

柏日晴说完最后一句台词，所有参演的演员齐步走上舞台，向全场观众道一声感谢。掌声雷动，帷幕完美落下。

柏日晴走到后台，把假发从头上取下来，一侧脸就看到墙角的木桶里放了一个长长的礼盒。

嘉年华结束之后，大赚了一笔的霍云靳将游乐场的鬼屋改建成了现在的小剧场，请当红的演员来演一些时长很短的话剧。合作最多的演员是柏日晴，剧场最初打出名号来靠的也是她，现在她几乎成了小剧场的招牌，一些名气大的明星也是她托了关系才请来的。

小剧场成就了她，也成就了霍云靳。

媒体有时拍到两人还会做做文章，只是柏日晴心里清楚，霍云靳已不再爱她。

“又送来了？”霍云靳走到后台，看到柏日晴面前摆着的礼盒。

“嗯。”

“打开看了吗？”

“还没有。”她肩膀微微抖动，“云靳，我有些怕。”

礼盒里放的，是一把长刀，锋利的刀刃上还沾着凝固的血迹。

“这恶作剧倒是越来越有意思了。”

前几次送来的盒子里，装过蜘蛛、死去的小白鼠，还有一封用血写成的恐怖求爱信。

“我送你回去。”

她默默地把大衣穿好，走过去挽住他的手臂，他把自己的围巾解下来在她的脖子上缠了几圈。

这个微妙的细节令柏日晴的心胀痛了一下，她知道守在小剧场外的记者会拍到这暧昧一幕，而那就是他这么做的全部理由。

他曾经对她多么真，如今全是做戏。

霍云靳一直把她送到家，陪她走上楼，看着她消失在门内，一丁点进去坐坐的意思都没有。

回去时，已将近十点，霍云靳想着唐糖大概已经睡了。打开门，却听到厨房传来“噼啪”声。唐糖手忙脚乱地跟厨具奋战着，一股焦煳的味道传来，她脸上露出沮丧的神情。

霍云靳后退一步，关上门，重新走到楼梯间。

他在台阶上站了整整三分钟，然后打了个电话给唐糖。

“演出结束了吗？”

“我不回去了。”

“啊？”

“今天剧场有些情况。”

“可是我……”唐糖的声音里透着无尽的失落，“今天是你……”

后半句话她还没来得及说，霍云靳已经挂断电话。

“二十八岁生日快乐。”唐糖看着糊掉的菜说。

霍云靳脚步轻轻地走下楼，在一片沉默的黑暗里，他想起还不满十三岁的唐糖。那时她刚跟他搬到一起不久，有一天，她把自己关在洗手间里很长时间，霍云靳忍不住敲门问她是不是吃坏了肚子。

“不是。”唐糖的声音低低的，“我流血了。”

霍云靳怔一下后反应过来，唐糖来初潮了，他跑去附近的超市把各种牌子的卫生巾都给她买了一些。

那一整天，唐糖的脸都是红的，像飞着一片火烧云。

他们一起去寿司店吃饭，霍云靳给她倒了小小的一杯烧酒，“喏，从今以后唐糖就是个大人了。”

成长来得太快，让霍云靳有些猝不及防。

7

唐糖站在正在扩建的小剧场外，看着忙碌的建筑工人，有工作人员小跑几步到她面前，“霍先生正睡着。”

唐糖拎着书包转身往休息室走去。扩建是一项大工程，霍云靳几乎把自己钉在了游乐场，唐糖已经有很长时间没见到他了。

霍云靳已经醒了，正在淋浴，唐糖站在浴室外轻敲了几下，“下星期年级成人礼，要家长陪同。”

“星期几？”

“星期五。”

“我腾出时间来。”

“那就是答应了啊。”唐糖向他确认。

“嗯。”

但是那天，霍云靳没有去。

唐糖穿着薄纱裙，在学校礼堂外等了他三个小时，一直等到成人礼结束。唐糖打电话给他，始终是无人接听的状态。

礼堂的灯都熄灭了，四散的人潮销声匿迹，唐糖抱着膝盖坐在礼堂外的石阶上，忍不住打了个大大的喷嚏。

她打这个喷嚏时，坐在柏日晴卧室地板上的霍云靳打了个寒战。

“冷吗？”挨在他身边的柏日晴问。

“不冷，你去睡觉吧。”

“我害怕。”柏日晴嘴唇发抖，几乎要哭出来。而她打电话给霍云靳时，早已哭得泣不成声。

“有人要伤害我，就在我家里，就在这……”

“不要着急，慢慢说。”霍云靳软声细语地安慰她。

那个送了许多恐吓礼物给柏日晴的人在消失一段时间后又出现了，这一次，他在她睡梦中把她的长发剪短了，碎发在床边散落了一地。

霍云靳赶到她家，把屋子的每一个角落都检查了一遍，还叫锁匠重新更换了锁。

“我要搬家。”

“好，明天就找地方。”他耐心地安慰她，直到她睡熟，他才离开。

凌晨五点的天空，凛冽而清澈，霍云靳走到停车位，猛地想起前一天是唐糖的成人礼，他了解唐糖的秉性，她一定还在学校礼堂等着他。他叹了口气，拳头轻轻砸在方向盘上，几乎以飙车的速度开到了她的学校。

唐糖已经睡着了，靠在礼堂的角落里，巴掌大的脸紧紧贴在膝盖上。

“唐糖？”

“嗯？”

“醒醒。”

“你迟到了。”她话音刚落就打了个大大的喷嚏。

霍云靳把外套脱下来，裹住她瘦削的身子。她十八岁了，已经如柳树抽条般长开了，只是太瘦，蝴蝶骨清晰得有些凛冽。

“你不能依赖任何人。”回去的路上，霍云靳忽然开口，“尤其是我。”

车上的广播跳到娱乐档，主持人说起刚刚得到的娱乐猛料，“昨夜有记者在柏日晴家拍到有男人留宿，你们猜是谁？”

“是你吗？”唐糖微垂的眉眼抬起来，眼里蓄满泪水，“你忘了我的成人礼，是因为你要去约会吗？”

霍云靳沉默着，握着方向盘的指尖凉得彻骨。他多么不想承认，却没资格为自己辩解。他知道她会误会，甚至有些残忍地希望她最好误会。

8

屋子里漆黑一片，唐糖赤着脚走过玄关，刚打开灯就看到坐在沙发上的霍云靳。

“你去哪儿了？”

唐糖沉默不语。

“班主任打了电话来，你半个月没去上课。”

“我在拍片。”唐糖下定决心似的说道，“我很快也可以成为一个明星，就像柏日晴那样。”

“导演是谁？”霍云靳的声音格外沉静。

唐糖没回答，只是望了他一眼，转身走进自己的房间。霍云靳看到她的身子在门关上的瞬间歪了一下，像是没站稳的样子。

唐糖是被来学校寻找新人演员的导演青睐，很快签约。他们打算让她拍完这部电影后接几个公益广告，最好再参加一些有争议的真人秀活动。

“总之要先把人气做足。”负责人这样说。

唐糖动心了。

但很快，她发现自己上当了。他们要拍的，根本就不是什么纯爱电影，而是打着擦边球的惊悚片，还要穿得很暴露。有一幕逃脱戏，女主角要从两层矮楼的破败建筑上滚下去，导演就真的要求她滚下去。

她停在屋顶边缘，身上都是被小树枝划伤的痕迹。

“我做不到。”她的声音低低的，近乎啜泣。

“这样就演不下去了，后面可怎么办？”导演蹲在她面前，伸手抹去她脸上沾着的泥土，“合同要是不想继续，是不是该找那谁来谈谈？”

唐糖明白了。他们是想找霍云靳谈谈，而她只是他们眼中愚蠢的诱饵。

“我演！”她沉默半晌，咬牙说道。

唐糖背对着霍云靳把门关上时，双腿发软身子歪了一下。她背靠着墙慢慢坐下来，觉得自己快撑不住了。

第二天的那场戏是要她在暴雨中奔逃，翻过坍塌的墙，墙上布满荆棘。唐糖翻到第三次时，从墙上滑了下来。但她没掉到地上，一双手臂稳稳地接住了她，是霍云靳。

“别拍了！”

“你说不拍就不拍？”络腮胡子跑过来，“损失谁来承担？”

“叫云岫来。”霍云靳把唐糖搂在怀里，声音淡淡地说，“我跟他谈。”

云岫接手爷爷的两大单生意，全都搞砸了，只有地势极佳的那间酒店还能勉强维持。但他要想把那两个大窟窿给堵上，就算卖掉那间酒店也是不可能的。

“所以我需要一笔钱。”他坐在唐糖签下演出合同的办公桌上说。

“多少？”

他说出一个数目。

“霍云靳。”唐糖紧紧抓着他的衣服下摆，用力摇了摇头。

“你要不要看看她签了几部这样的电影？”云岫翻着合同说。霍云靳看过那份合同，他们写了各种下作的条款，却做得一点纰漏都没有。

“我答应你，但我有一个要求。”霍云靳缓缓说，“那间酒店给我。”

9

唐糖揉着惺忪的睡眼坐起身，发现自己身处完全陌生的地方，定了定神才反应过来是候机室，而霍云靳正坐在她对面看着报纸。

“你要带我去哪儿？”

“尼斯。我们不是探讨过吗？”

“什么时候？”唐糖蓦地想起，他们一起站在从云岫那里花巨款买来的酒店门外，看着墙上装饰着的世界地图时，霍云靳曾问她如果出国的话想去哪里。

那时她指着一个小小的黑点对他说："尼斯。"

"语言学校已经定好了，读得好不到一年就可以申请正式学校。"

"霍云靳……"

"嗯。"

"为什么？"

"你该出去看看这个世界，总比待在我身边好。"

唐糖在他的身边坐下，没再说话，他的体温透过薄薄的衬衣传递到她的身上，一点凉，一点暖。

霍云靳的目光仍停留在报纸上，半晌，他转过头去看着唐糖，声音很轻，却很笃定，"我要结婚了，跟柏日晴。"

唐糖望着他无波无澜的一双眼睛，只觉浑身的力气都被抽光了。

霍云靳跟柏日晴的婚礼将在下个月举行，媒体给足了版面。原来自始至终，只是她一厢情愿地想留在他身边。他当然知道她爱他，若非如此，他也不会把她送到这么遥远的地方。

而自始至终，他爱的那个人，唐糖想，都只是柏日晴。

但柏日晴知道，她不是。

为了成为一个可以被媒体追逐的主角，她做过很多蠢事。她最初靠近霍云靳，只是因为他是霍家的老幺，钓上他要投资还不是易如反掌。可后来她才知道，霍云靳是多么不得宠，他只是一个私生子，连霍家生意的一点边都沾不上。

他除了待她的一颗真心外，什么都没有。可就是这颗真心，日后的柏日晴再也没有遇见过。等她终于后悔了，他已不再爱她。

她收到的所有恐吓，不过是她自导自演。他其实心知肚明，却甘愿陪着她演戏。

“既然你想，那我们就在一起好了。”他的语气漫不经心。

柏日晴看得出他神情间的那份倦意，那是不能跟自己爱的人在一起，那就跟谁在一起都无所谓的样子。

等他把剧场承办演唱会赚的全部积蓄，甚至包括剧场都转出去时，柏日晴才知道他爱的那个人是谁。

而被大肆报道的婚礼，根本只是一个噱头，不会有婚礼。

柏日晴曾问过霍云靳：“既然愿意为她倾尽所有，为什么不留在身边？”

“我不配。”他垂眼露出一抹淡淡的笑，笑得那么苦涩，那么哀伤。

没有人珍惜过他。

妈妈去世时，他还很小，被爸爸接回霍家，再三保证不会让他沾手家里的任何生意，才终于从一个野孩子变成一个可以有身份的人。

他爱上的第一个人是柏日晴，她抛弃他跟投资人在一起后，他连一句解释都没听到。一个人出去滑雪，在半山上因为失神而偏离了轨道。

他像坠入一个茫茫的梦中。只有唐糖在担心他，期盼着他醒来。如果没有她，他也许永远也不会从那茫茫的梦中走出来。

10

他跟云岫换来的那间酒店，就是原来唐糖爸爸筹资建成的剧院。云岫看上那里，想开一间酒店，却被唐糖爸爸抢先占了地。他谈不下来，就动了念头。火灾不是意外，霍云靳无意中知道了他的计划，却没有阻止，他本来是有机会阻止的。

可他要抓住云岫的把柄，就只能让他把这件事做完。他以封口为交换，让云岫向爷爷请求把那个几乎废弃的游乐场给他，那是他在霍家翻身的唯一机会。

他不是没有后悔过。

在他二十八岁生日那天，回到家看到在厨房里忙碌着的唐糖，仿佛有一盆冰水兜头浇下。他整个人僵住，心凉彻骨。

在尼斯把唐糖安顿好准备离开的前一天，他们驱车前往海滩。沉寂的海水，浩瀚的夜空，他们躺在绵软的沙滩上，像置身宇宙的尽头。

唐糖探过来一只手，轻轻牵住他。

“是我唤醒你的。”她侧过身，几乎缩进他怀里，“童话里不是都说，只有真爱才能唤醒沉睡的人，才有权利拥有他吗？”

从来都那么镇静淡定的霍云靳，肩膀猛地抖了一下。他真想痛痛快快地哭一场，但他平静下来后，只是轻轻抚摸她的额头。

“傻瓜，这世上根本就没童话。”

天鹅挽歌

我欠她一句对不起，
我们本来是最好的朋友。

文/戴帽子的鱼

{三长一小一个高}

培养一位出色的芭蕾舞者，难度不亚于培养出一位公主。

面前的男人这样对我说，狭长的眉眼里尽是不屑。他白玉般的手指拈起我恭恭敬敬送给他的推荐信，随意丢进碎纸机里。

我低头看着他锃亮的鞋子，慢慢抬头，从下到上看清了他傲慢的姿态。听闻他已经三十二三岁，但是这妖孽般精致的面容竟像是用血保养出的那般红润年轻，连我都心生羡慕。而且他刻意染白了头发，看上去气势逼人，也更加形同鬼魅。

为了这次面试，我费了不少功夫，知道他厌恶一切明媚的色彩，喜爱素净，所以我从头到脚都是干净的白色。

白色是最诚实的，不会遮掩你的肤色与身材。

可这也让他更容易注意到我被烈日晒伤的皮肤，我的家境注定不能把我当公主一样悉心照顾，有时候三伏天里，我还要去各大厂商的活动现场当礼仪小姐，以此贴补家用。

一个星期前，我从小学到大的芭蕾舞校关门大吉。

没办法，芭蕾实在是件优雅的苦差事。现在的父母大多更愿意送孩子去学一些相对轻松的舞蹈，不愿意看着自己孩子的脚因为学芭蕾而慢慢变形。

而我自幼梦想成为一名芭蕾舞者。指导我多年的女校长第一次谈起她昔日的舞伴，也就是如今国内首屈一指的芭蕾舞校负责人李岚修。她写了一封推荐信，让我递给李岚修，希望能帮我顺利转校。她的话语里透露出两人之间似乎曾有不快，所以这封信不一定有用。

果不其然，我厚着脸皮找到李岚修，他只看了一眼信封上写信人的名字就丢了。

此刻，也许是我盯了他太久，李岚修锐利的双眼射出剑光，很是不满我还没有识相地滚蛋。

“你甚至没有考我！”初生牛犊不怕虎，我兀自强辩了一句，便看见对面坐着的他薄唇一卷，笑了。

他轻蔑地上下打量了我一眼，只说了七个字便让我倒吸一口冷气：“三长一小一个高。”

瞬间，深深的无力感传遍我全身。“三长一小一个高”是指芭蕾舞者的先天条件苛刻至极。为了整体的美感，一个舞者必须有长臂、长腿、长脖，并且头小、脚背高。我以为今日穿的是短靴，就不会让他看出我的脚背偏低。

芭蕾被称为“足尖舞”，就是因为脚背的重要性。脚背高的舞者更容易完成脚尖起落变换的动作。

看我一声不吭，他脸色一沉：“现在从我的办公室滚出去。”

我深受打击，恍恍惚惚地走到门口，忽然想起芭蕾明星玛丽·塔里奥妮也并非天生完美，可是她凭着后天的不懈努力，最后获得了空前的成功。

“玛丽·塔里奥妮！”我像抓住一根救命的稻草，喊出了她的名字。

李岚修冷冷地问：“马兰，你敢自比玛丽·塔里奥妮吗？”

我犹豫的时候，门已关上。

走廊上还有很多从全国各地慕名而来的女孩子等着面试，都没有闲坐着，个个严阵以待，摆出抓紧练习的姿态。见我被赶出来，没有一个人同情我，有的只是少了一个竞争对手的庆幸。

李岚修的芭蕾舞校在国际上都小有名气，录取率几乎是千分之一。国内年轻的职业芭蕾舞者，十有六七师承于此。

难道就这么放弃梦想了吗？我恨自己。

{刀尖上的舞蹈}

面试完，我打电话给我以前的校长。她听闻我面试失败，淡淡地说了句：“大概他还是没忘记以前我执意换舞伴的事。”

“您为什么换舞伴呢？”我有些好奇。从今时今日的成就来看，她和李岚修相差甚远。李岚修声名最鼎盛时，是国内芭蕾舞界的首席男舞者。而她却默默无闻，只要有家长愿意送孩子来练舞，便毫不犹豫高高兴兴地收下。

“和他在一起压力太大。我妈妈是芭蕾舞老师，看他资质出色，就把我和他分在一起。起先我们两个人差距不大，但是时间越久，我越觉得是自己拖累了他，而且我也受不了他追求完美的所作所为，所以干脆逃了。那时，我们的舞蹈班刚好五男五女，我不要他，他只能一个人练习。不久，我妈赶紧招了一名新的男学生与我搭档。而他足足等了一年，才等到合适的女舞伴……”

由此看出，李岚修是个十分记仇的人，以牙还牙还算说轻了，他根本是加倍奉还。明明我和他是第一次见面，他却把与校长的恩怨算到我头上。

我十分头疼。我必须进李岚修的芭蕾舞校，不只是因为那里的高水准教学，还因为高额奖学金。可以说，只要考进这所学校，我就不用再花家里一分钱。

我抱紧了装着芭蕾舞鞋的包，难道真要使出撒手锏了？

每月十三号下午三点，李岚修会在烟霞楼的大练习室一一考核全校一百名学生，连续三次不合格的学生会被直接开除。

我到的时候，门口的守门人正从门缝窥探里面的情况。连他一个局外人都不停地冒冷汗，可见考核之严厉。

“开除！”这已经是今天被开除的第二个学生。

失败的女孩子顾不得疼痛的脚脖子，直接跪行到李岚修面前苦苦哀求：“李先生，我学了十年，芭蕾是我的命啊！”

“我是在救你。即便你努力一辈子，也永远是无名小卒。”李岚修毫不留情地踢开她，继续看下一个的表演。

“唉……”守门人收回目光，这才注意到陌生的我，正要开口训斥我不该来这里，却看见我手里明晃晃的刀，不由得退了一步。

我从容地推开门走进去。台上的女孩子们见到我手里的刀，个个惊慌失色，尖叫声此起彼伏。

李岚修轻抬眼皮，扫了我一眼，不慌不忙地对旁边站着的秘书说：“记下那些大喊大叫的，本次全部记为不合格。”

他不仅看到了刀，还看到了刀连着的芭蕾舞鞋。

他的眼睛里多了几分玩味。

我走到台上，坐到地上，绷直脚尖，避开刀锋，缓慢地穿鞋，系缎带。

得知前任校长对我本次面试不是十分有把握，我就特别定做了这双带刀的芭蕾舞鞋。刀长十厘米，锋利无比。这是我在网上看西班牙的舞者穿着这种鞋在钢琴上起舞的视频得来的灵感。对于李岚修这种刚愎自用的人，我只能豁出去棋行险着，在刀尖上起舞。

不同于平常练舞时受伤，穿着这双刀鞋，如果不慎摔倒，结果只能是血溅当场，甚至终身残疾。

深深吸一口气，我仰头微笑，对着舞台上的女孩子柔声问道："能拉我一把吗？"

几乎所有人都以为我是疯子，不但没有上前，反而后退一步。只有一个圆脸的女孩愣了一下，疾步跑了过来，胆战心惊地扶起我。

我倚在她怀里，感觉站稳了，微微一笑说："现在可以放开我了。"她又呆住，眼神惊慌不定，手还是不敢松开。我给她一个鼓励的眼神，自信满满地说："放心，我可以的。"

她的手慢慢松开，我踮着脚，跌跌撞撞地朝舞台边缘倒去。这般惊险的场面，竟没有一个人敢尖叫出声，所有人都屏住呼吸，仿佛蜡像一般，脸上的表情定格在惊惧的最后一刻。

然而，在即将跌下舞台的一刻，我傲然站直，两只脚轻盈地频繁点地，全身力气在这要命的平衡动作里飞速流逝。我拼了最后一丝力气，抬起一条腿，划破虚空，刀尖直指李岚修，停顿了三秒才虚弱地谢幕，蹲下来，结束了这段危险的舞蹈。

时间足足过去一分钟，才有人回过神来，掌声如潮。

一直坐着的李岚修站起来，鼓掌三下。

他走上舞台，抬起我的下巴，靠近了凝视一脸苍白、大汗淋漓的我。良久，他才松手，说："你胆子很大！"

"我没有退路，不是吗？"我嫣然一笑，知道这一局我赢了。

"今天的月考就到这里，想必看了这一出你们都获益良多，下去好好练习吧。"他板着脸训了大家几句，匆匆离去。

等李岚修走后，那个扶我的女孩子慌忙跑过来，连珠炮似的发问："你不要命了吗？你这招怎么想出来的？怎么练出来的？刚刚看得我手心全部是汗……"

{舞台上最炫目夺人的位置}

不知不觉，我转到新的学校已有数月。

这里实行全封闭教学，吃住全部在学校里，校规十分严格。学生每天上课都要称体重，体重有严格的标准，必须符合这个公式：身高（厘米）减去100再减去体重（千克），最终等于一个苛刻的数值。

我每次都恨不得脱光了上去称，好在每次都刚好合格。比我惨的是同宿舍的杨桃，也就是之前扶我的女孩子。她每天都在减肥，但每次都比标准体重多一点点，每天都要被罚额外练习。

其实，杨桃减不下来是因为她偷吃甜食。学校的食堂里几乎只有青菜和鱼，味道极其清淡。每周，她的父母都会给她送生活用品，那些瓶瓶罐罐表面贴着化妆品的标签，其实里面全是糖果。我劝她不要吃，她反而眨巴着大眼睛，可怜兮兮地说："日子太苦了，不吃糖没法熬下来啊。"

杨桃并不胖，在普通女孩子里面绝对算瘦的，而且超标的那点体重丝毫没有影响她的舞技。我们常常一同练舞，她无拘无束、挥洒自如的舞蹈常常让我看呆了。

我绝对相信，她是全校最出色的舞者。

在她的指点下，出身小地方的我，舞蹈里的小家子气越来越淡。

入学考试只能说是我侥幸，谁都被那双刀吓得无法思考，其实当时我只是胜在勇气。

李岚修的芭蕾学校高手如云，自我入校以来，他对我并没有特别关注。传说中每个月他会选中一名学生亲自指点的好事，更是一次也没落到我身上，但周围许多人依旧把我视为假想敌。

我没有别的选择，只能埋头苦练，常常觉得上半身还是自己的，但是腿好像在千里之外失踪了。

“好累啊！”推开宿舍门，我只想马上倒在床上睡个一百二十年。

杨桃正在偷吃巧克力，听到有人进来，差点噎住，脸憋得通红，转头看是我，才松了一口气，把我扶到床上，熟练地给我捶腿按摩。

舞校全封闭，我们的生活十分乏味，除了练舞还是练舞，好似陶渊明写的“乃不知有汉，无论魏晋”。

我们聊天的内容也全是学校里的事。

听说谁谁谁为了和男舞伴培养默契竟然做出那种事，在此省略一千字。

隔壁班的某某文化课不合格，被罚用脚尖站一个小时。

有个女孩子被李岚修召见了，进行单独培训，第二天芭蕾舞鞋里就被人藏了图钉。她没有检查鞋子就穿上了，现在跳舞的脚大概是废了……

有时候，我很担心我和杨桃也变成这样争斗不休的人。我们的感情越来越深，我越担心失去她。每次说到别人为了主演的位置使出层出不穷的手段，我们都会在对方的眼睛里看到一丝惧意，然后匆匆避开。

我们一生苦练舞艺，不就是为了舞台上最炫目的位置吗？

我们每个人都渴望那一束主角的光芒，为之血液沸腾，头脑发胀。

{闲杂人等请离开}

每年圣诞节期间，学校都会选拔一个舞团赴欧洲表演。许多学姐就是在这次学习交流的过程中被欧洲历史悠久的芭蕾舞团看上。

早在九月，我已嗅到山雨欲来风满楼的气息。

杨桃不再一颗一颗地吃巧克力，而是像病入膏肓的病人吃药一样，将巧克力倒满手心，一把吞下去，眼睛里燃烧着熊熊烈火。

这几月被李岚修特别召见去单独授课的女生就是所有人眼中最危险的竞争者。毕竟，在这敏感时期拔得头筹，很可能就是圣诞节巡演的女主角。

荣誉亦是一种压力。九月份被选中的女孩子归来后一直不停地跳舞，就像童话里穿上红鞋子的姑娘，跳到脚趾变形，不停地流血……

十月份被选中的女孩是杨桃。老师当众宣布："李先生希望你下课后能去见他。"她的身体弯成一只虾米，剧烈地颤抖，我去扶她，看见她已经激动得泪流满面。

下课后，我陪杨桃去了学校的钟楼。

我一直喜欢这座有年代感的钟楼，尤其向往它顶层的玻璃房，在那里可以把校园的美景尽收眼底。那是李岚修专属的舞蹈室。他一般在深夜练舞，点亮白昼般的水晶灯。我每晚都会打开振动闹钟，在半夜惊醒，倚在窗口望一眼，看那里是否亮起灯光。他若不在，我便莫名失落；他若在，我便满心欢喜。他优雅地转圈，就好像我孩提时拥有的飞满雪花的水晶球，伴着钢琴乐音，有个小玩偶在里面不知疲倦地跳舞。

我们到的时候，李岚修已经在了，着紧身的黑衣，露出苍白的胸膛，像黑魔法师变成的黑天鹅，修长的身子如天鹅的脖颈一般，无比柔软。他一只脚踮起，一只脚抬起，向后延伸，这个动作已不知固定了多久。

他的眼睛直视前方的风景，听到我们比猫还轻的脚步声，立刻收腿站直。我只听见衣袂擦过空气几不可闻的声音，难以想象他有多么轻盈，也许比蜻蜓点水还要温柔。

李岚修看见多余的我，脸色不悦，道："闲杂人等请离开。"

即便只是一句训斥，再听见他的声音，我仍然激动不已，倒退着离开，想尽力多看他一眼。

那晚上，我一直倚在窗边抬头发呆，双人舞的缠绵悱恻看得我如痴如醉。

我在宿舍换上了舞衣和舞鞋，想象和李岚修共舞的是自己，在狭长的房间里翩翩起舞，直到撞上推门而入、脸色不善的海珠班长。

入学之初，她就不喜我以刀尖上的舞蹈夺去众人的注意力，时不时来找我的麻烦。班长每周都要检查宿舍，我的那双特制舞鞋被她以太过危险的理由收走。

没想到这次她找麻烦的对象不是我，她的小跟班根本没搜我的东西，反而摸遍了杨桃的每个柜子。一个跟班拧开了杨桃的晚霜，倒出里面的糖果。

“啦啦啦……”这时，杨桃哼着歌跳着舞回来了，看到自己的东西被翻得乱七八糟，脸色一变。

海珠笑盈盈地拿起一粒巧克力，装作大惊小怪地说：“杨桃，你体重一直离标准值相差甚远，原来是偷偷吃巧克力啊。难道老师的话你一句都没听进去吗？”

“海珠，求你不要告诉老师，我以后不会偷吃了。”杨桃哀求着。

胖是一回事，但是如果一个芭蕾舞者没有苦练的决心，绝对会被李岚修讨厌。

他有一句名言：“既然你选择了跳芭蕾，就不要流眼泪。”

“好吧。”海珠很轻松地放过了杨桃，转头看我。我有一种不好的预感。果然，海珠对我说：“那么，马兰，既然是你告诉我杨桃偷藏糖果，那么日后也就由你来监视她有没有守规矩。”

我正要争辩我没有告密，海珠便把之前收走的舞鞋拔了刀还给我，得意扬扬地说：“你一直想拿回你的舞鞋，看你这么听话地协助我们工作，就还给你吧。不过上面的刀太危险，我已经拔掉了。”

临走时，她对杨桃说：“你不要误会马兰，她也是为你好。毕竟这个世界上没有胖芭蕾舞者。”

海珠走后，我抱着我的舞鞋不知如何解释，杨桃瞪了我一眼，开始收拾东西，翌日就申请换宿舍。

{我在等你教我跳舞}

我所有的郁闷、难过与愤怒全部发泄在了舞蹈里。

每晚，我都是最后一个离开练舞室的，离开时连星光都已昏昏欲睡。

我疯狂地转圈，不期然对上门外的一双黑色眼睛。然而我却停不下来，只能一次又一次地对上再背对。

当我停下来时，外面已经没有人了。

可我知道李岚修来过，那是一种非常清楚的感觉。

杨桃希望连任十一月的幸运女孩，可是最终的结果是我。

老师宣布结果时，所有人都幸灾乐祸地看着我们。

谁都知道，十月以前我们情同姐妹，十月以后，我们形同陌路。

我独自一人来到钟楼，李岚修却不在。我起先是一个人练舞，听到十二点的钟声才开始惶惶不安。我敏感的自尊心几乎以为李岚修还是不忘与我校长的旧仇，借机羞辱我。

深夜，我蹲在角落，缩成一团，把头埋在膝盖间，若有似无地呜咽。

"你怎么还在这里？我不是让杨桃告诉你我有急事出去一趟吗？"李岚修讶异地站在门外，脸色竟有些潮红。他是循着灯光上来的，没想到看到一直傻等的我。

"我……在等你教我跳舞……"

他的掌心宽大而柔软。也许是喝过了酒，他的身体微烫。他的样子看上去很开心，我从来没有见过他这么孩子气的笑容。

"你知道吗？我努力了十年的事情终于成真，今天晚上在法国大使馆的晚宴上，法国人亲口答应今年让我们在闻名于世的沙特莱剧场演出。"

话音刚落，他突然把我举起来，仿佛我是他掌心盛开的花朵。

我耳边仿佛响起柴可夫斯基《天鹅湖》的音乐，这一幕是芭蕾舞剧中的经典。王子受到黑天鹅的欺骗，与之缔结了婚约。他匆匆赶到天鹅湖，请求白天鹅原谅。这时黑天鹅却卷起滔天巨浪，王子用力把白天鹅托起……

毕竟喝了酒，他有些疲惫，刚托起我，我们便一起摔倒在地。

不胜酒力的李岚修靠在我的腿上，沉沉睡去。

{我想让他知道，我喜欢他}

清晨时，我一夜未归的消息已经传遍整个学校。

高傲如李岚修自然不可能对人解释什么，于是我只能一个人继续苦练，装作对周遭所有不怀好意的揣测毫不在意。

“嘎。”门被推开，在夜里吓了我一跳。我看清来的人是杨桃。她脸上带着淡淡的、疏离的微笑，走近我，说：“马兰，你是十一月的幸运儿，我还没有恭喜你。”

我很开心，已经记不清我们有多久没有这样好好说过话了。

即使在说话，我们也没闲着。脚背低一直是我最大的劣势，此刻见杨桃来了，我便让她像以前一样帮我压脚背。

我躺在地上，双腿伸直，杨桃俯身，一手按住我的腿，一手用力地向下压我的脚背，让我的脚尖尽量靠近地板。

慢慢地，我的脚失去知觉。不过我早已习惯这种训练方法，不以为然，继续兴高采烈地和她聊天。

“上次你和李先生真的待了一夜吗？”她小心翼翼地问。

“嗯。”我不知为何觉得害羞，犹豫地回答，“他喝醉了，躺在我腿上睡了一晚。”

气氛陡然变得紧张，杨桃的头发微微飘动。

我听见身体里发出一声清脆的响动，同时意识到脚背传来的剧痛。杨桃像疯了一样疯狂按压我的脚，着魔了一般喃喃自语：“我让你勾引李先生！”

我的呼救声引来巡楼的老师，他们奋力拉开我和杨桃。看着自己肿高的脚，我害怕得发抖。

我在病床上足足躺了一个月。

这一个月里，杨桃被选为女主角，赴法国表演。来看望我的同学故意给我播放她跳舞的视频，在我耳边不停地夸赞：“杨桃这一次算在国际上出名了！”

不止出名，她还在头场表演谢幕后对采访的记者说：“是啊，我跳舞就是跳给李先生看的。我想让他知道，我喜欢他。”

回程时，她已亲密地挽着李岚修的手臂。

海珠故意派我去机场接机，并且安排我献花。

“你的脚好了？”杨桃偏头，娇俏地问我。

我不出声。

她便若无其事地笑笑，说：“对不起，你也知道，练芭蕾很容易受伤的。像你这种天资不好的人只能勤学苦练。”她抬脚，刻意炫耀了一下她天生的芭蕾舞脚背。高耸的脚背，美得惊人。

我咬住唇。

{我对您的喜欢，不输于杨桃}

李岚修回到学校的办公室，见到的第一个访客就是我。我递上退学申请书，他和第一次见面时一样，连信都没拆开，就丢进碎纸机里。

“你认识杨桃的妈妈吗？”

我摇头。

“她是驻法的外交官。这次我们能在沙特莱剧场演出，是她全力促成的。所以，无论你是不是十一月的女孩，杨桃都必须是女主角。”

我眼睛一酸。他能够开口对我解释，已消去了我大半的怨气。他又端来一小块布朗尼，我讶异地看着他，不知道他要干什么。他见我不敢吃，就舀了一勺喂我，说：“也许吃点甜的，你就不会觉得那么苦。放心，这次是我特许，你不会受到批评。”

我顺从地吃了一口，尽管美食的诱惑力确实很大，但我还是克制住自己，只此一口。

李岚修看我的眼神里满是欣赏。

我忍不住想要告诉他：“我对您的喜欢，不输于杨桃。从我第一天开始学芭蕾，校长就给我看她和您的跳舞视频。对她而言，这是此生技艺的顶峰。我看您跳梦幻欢快的《胡桃夹子》，跳悲痛欲绝的《吉赛尔》……我此生最大的愿望就是与您共舞，不只在舞台上，也在余生里。”

可是，我最终忍住了，沉默地离开。

杨桃赢了这一次，我不会再让她赢下一次。

我的软肋是脚背低，而她并非没有劣势。她的体重公式计算结果，极少合格。

随着日子一天天过去，所有人都发现，杨桃像吹气球一样胖起来。

“一百三十斤！杨桃，你开什么玩笑！”测量体重的老师看到这个数，差点崩溃。而杨桃已经崩溃了。

“怎么会？我每天都在拼命练习。以前只要多练习，我不会超重这么多的。”

海珠在旁边幸灾乐祸地说：“哎呀。杨桃，我早就警告你了，叫你不要偷吃甜食。”

“什么？”老师勃然大怒，马上冲去杨桃的宿舍，把所有甜食搜出来要清理得干干净净。

“没想到她居然藏了这么多。很厉害嘛。”海珠看着堆成小山的糖果，啧啧赞叹。

“不对。”老师拈起一粒黑色的巧克力，凑在鼻子处闻了闻，惊骇不已，吼道，“马上让保卫科给我调监控，看谁出入过杨桃的房间。”

自从杨桃申请搬离我们宿舍后，我和她都是各自一间房。毕竟，每年退学和被开除的人不少，空宿舍很多。

她回国后锋芒毕露，一个要好的朋友也没有。只有我偷偷来过她的宿舍。

我的模样在视频里格外清晰。

我清楚她习惯把糖果藏在哪里，于是我用含增肥激素的糖果把东西轻易地调包了。

我做这一切的时候很冷静，因为我不愿意看到李岚修被她威胁。他暗示过我，如果杨桃没有拿她妈妈可以帮忙争取沙特莱剧场的演出当诱饵，如果杨桃没有弄伤我的脚，女主角本来应该是我。

你以为敢在刀尖上跳舞的人，心里会没有一把锋利的刀吗？

{李岚修到底是个什么样的人呢}

李岚修亲自宣布我退学和杨桃休学的决定，没有一丝商量的余地。

芭蕾舞校管理森严，不准生人入内。我知道，这次离开，我可能再也不能见到李岚修了。我心中有许多的话还没来得及告诉他，我抱着一双舞鞋，匆匆地跑上钟楼顶层的玻璃房，想要送给他做最后的礼物，希望他永远记得我。

但我看见了他拥着二月的幸运女孩海珠在共舞，海珠的眼里有激动和爱慕的光芒。一年十二个月，每个女孩都是如此仰慕他。

忽然，一枚戒指从他的口袋里滚出来。

刹那间，气氛有些尴尬。

海珠捡起他的戒指，看清是婚戒，怔怔地问："李先生，您已经结婚了？"

她的声音尖利起来："你欺骗我们?！欺骗学校里的每一个女生，让我们为了你的青睐而疯狂内耗，斗得你死我活？"

李岚修也被意外搅得不知如何接话，僵硬地宣布："今天的练习到此结束。"

海珠的眼里却逐渐弥漫起疯狂之意，即便当场只是沉默地转身离开，但按照她的烈性，未来必定有一场山雨欲来。

我也离开了钟楼。前任校长给我打来电话，问我学得怎么样。

我忍不住问："李岚修到底是个什么样的人呢？"

即便我的内心已经十分清楚答案，但还是想听，想痛快地剖开伤口，在痛苦中彻底醒来。

"他很懂自己要什么，又不会脏了自己的手。以前我和他搭档，他不满意我，却又受制于我母亲的教导，所以他就用完美来逼退我。别人练十遍，他要求我们必须练一百遍。最后，我落荒而逃，心怀歉意，觉得是自己拖累了他，恳求母亲比以前更用心教导他。后来，舞蹈室有一个送舞者到国外舞团进修的机会，母亲因为我的关系而推荐了他。他离开那晚，得意地告诉我：'你知道吗？我是故意让你知难而退的。我讨厌被你们安排，入学之初，你明明不配和我搭档。'"

原来，我和杨桃都被利用了。他利用完杨家的资源就想甩开杨桃，于是引诱我帮他完成这件事，然后又撇下了我。

我回头，再望了一眼顶层的玻璃房，没有哭。

然后，我回到寝室楼找到收拾行李的杨桃。

我欠她一句对不起，我们本来是最好的朋友。

岂料我刚道歉，她也迫不及待地向我道歉。我曾让她变重，她曾让我的脚背受伤。

我们好像从一个庞大的迷宫中走出来，终于清醒了。

“能拉我一把吗？”杨桃收拾完行李箱，发现太重了根本提不起来。

她的话音刚落，我俩忽然都愣住了，这是我们相识时的第一句话，那时我穿着带刀的芭蕾舞鞋来踢馆，所有人中唯她拉了我一把。

“当然。”我赶紧伸手，一起帮她把灌铅般的行李箱拉起来。

“你离开这所学校后去哪儿？”

“再找其他学校啊，练了这么多年芭蕾，怎么可能因为别人说丢就丢……你呢？”

“我也是。我想一直跳！为自己跳！”

我们俩肩并肩走出学校，与此同时，手一直紧紧拉着。

这个世界有梦想的人总要经历更多，女孩们更应该互相拉一把。

经过梦的第九年

我的高尚和卑鄙，
都是为你。

文 / 明开夜合

1

林寻声，今天是你的婚礼。

那天我正在敷面膜，手机突然像个定时炸弹似的，在茶几上一阵一阵地猛跳——这只意味着两件事：一是我的编辑又在催稿了，二是我们共同所在的本科同学群爆出了什么爆炸性的消息。

我唯独没想到，这个消息是关于你——

一个H5的界面，点进去两只小熊在跳舞，八音盒的《婚礼进行曲》中，你和沈柚的婚纱照缓缓浮现。

我一时忘了是该先去看你的脸，还是先去看那行硕大的“百年好合”。

过了很久，我才消化了这个在我的认知之中迟早会发生的消息。我看过了你依然英俊的脸，也把“百年好合”一字一字刻入心里，然后像个普通同学一样，点进H5最后一页的调查表，填写了“出席婚礼意愿调查表”。

我一定会去，即使那天天上下刀子。

退出H5界面，群里已被满屏的“百年好合”“早生贵子”轰炸。我点开你的头像，给你发了个红包。红包的祝福语同样是俗气的“百年好合”。我一定是被这四个字洗脑了。

隔了一会儿，你领取了红包，发来一个笑脸，叮嘱我：婚礼一定要来。

我问你：“现场有还单身的帅气伴郎吗？”

“有有有，人手发一个！”

紧接着，你又问：还单身呢？

我斟酌着措辞，哪怕是一个标点符号，也不希望给你造成负担。

我于是回复：在相亲，最近见了一个，还不错。

你说：那很好啊，也盼望你的好消息。

我发了一个也许不具备任何意义的笑脸，这一场对话就无疾而终了。

那一天，面膜在我脸上敷了一个小时，凝固板结，我花了好大力气才清洗干净。

我觉得，浪费的这一勺面膜粉要算在你的头上。

2

为了参加你的婚礼，我提前一个月就开始准备。

我改掉了熬夜的习惯，早起锻炼，每天喝足八杯水，控制饮食，早晚敷两次面膜。

陈安娜过来，被我苦行僧一般的生活作息吓得不敢相认：“乔溪，你是受了什么刺激？”

“林寻声要结婚。”

陈安娜翻了个白眼：“他结婚又不是你结婚。”

“毕竟婚礼现场都是大学同学，状态不好一点，会让他们以为这些年我混得很惨。”

陈安娜看着我，半天没说话。过了好久，她还是没忍住：“你就不能直接承认你还喜欢林寻声吗？”

林寻声，我觉得话不能这样说，岁月和山河早就把我们的缘分消磨得只剩下一点微薄的回忆。我甚至都分不清楚自己念念而不能忘的究竟是你，还是这些年以为对你念念而不能忘的执念。

九年前的高一下学期，我是在那个时候注意到你的。

那是一个过于寻常的午后，以至于现在回想起来，我都记不起那天的天气如何，我是怎样的发型，穿着怎样的衣服。

我在文具店门口挑新到货的杂志，陈安娜在和谢青石为了晚上吃什么而吵得不可开交。

你的自行车稳稳地停在路边，双脚点在地上，冲着书店老板喊了一声：“《科幻世界》到了吗？”

我不明白自己为什么会抢在老板之前举起了手里的杂志，傻愣愣地回答了一句：“到了。”

你愣了一下，笑着说了声“谢谢”，然后把车往路边一停，把斜挎的单肩包往身后放了放，踩着路牙走过来。

我就这样记住了你，或许是因为你也喜欢《科幻世界》，或许是因为穿着白衬衫的你朝我走来的时候，我感觉到了一种不知名的心悸，就好像有一天晚上我守了半夜，看一朵昙花开放，花苞绽开的那一瞬间，天地崩开裂缝，洒下星辰。

此后，我不断不断地“偶遇”你。

走廊上，办公室，操场，小卖部，食堂。

你和我不同班，教室恰好位于楼层的两端，所以为了“偶遇”，我不得不使出无数的小心机。

这所有心机里最成功的一次，是我恰好考到了你后面的那个名次。

学校月考座位按照名次排列，我如愿以偿地坐到了你后面的座位。那次月考，我看着你平整干净的衣领，看着你的手肘搁在桌上，看着你遇到简单的题目会不自觉地抖动一下的膝盖。

我看你的发丝，你的后脑勺，你的颈项和耳垂，唯独忘了看自己的试卷。

那次考试，我惨败而归，又经历了一次月考才把成绩追上来，再次与你同一考场。

填报高考志愿时，我没和任何人商量，通过在你们班上安插的内线打听来的消息，直接照着你的志愿填了一份一模一样的。

林寻声，你可能不知道，高一的时候，我的数学成绩在班上垫底。

为了和你同一个考场，我下了晚自习以后回家还要学习两个小时的数学。临近高三的一次八校联考，我的数学考砸了，捏着九十多分的试卷万念俱灰。

我这样一个父母离婚，母亲改嫁出国都未曾流过眼泪的人，却在那天为了一丝“我不能和林寻声上同一所大学”的恐慌哭了整整两个小时。

如果你还记得你在收到录取通知书的那天接到过一个无声的电话。

你说了一声“喂”，电话那端沉默了三秒钟，紧接着便是急促的忙音。

那天我鼓足勇气打给你，实际上是为了跟你告白。却过于激动，不小心碰到了挂断键。

我没有复拨一遍的勇气，安慰自己没关系。既然可以跟你去同一所大学，那我就有更多机会告诉你我的心意。

——如果那时候，我能早点知道自己今后再也没有任何机会和勇气对你说出“我喜欢你”这句话，我一定会重新拿起被自己扔回床上的手机，郑重地、一个一个键地按下你的号码。

你说：“喂。”

我说：“林寻声，我是乔溪。我喜欢你。”

好久了。

3

武汉的夏天，气候炎热又干燥。我刚到时水土不服，身上出疹，脸上冒痘。

学院同从东部沿海来的同学迅速结成了小团体，在武汉走街串巷，只为找到一家正宗的家乡菜馆。

林寻声，我就是在这个时候和你熟识起来的。

你参加了学校的科幻社，我也跟着你进了社，壮大这个随时濒临解散的冷门社团。那个时候，《星际穿越》还没热映，刘慈欣还没得雨果奖，LIGO也还没发现引力波。我们的科幻社四个年级加起来都不足二十人，全靠着社长梁随安苦苦支撑。

社里的活动是每周看一本科幻小说，并分享读后感。前者你很喜欢，后者你敬谢不敏。于是，每一周我都要写上两份角度和立意不同的读后感，有时候甚至观点完全相左。

我“精分”了整整一年，大一下学期的时候，梁随安准备出国，科幻社最终还是解散了。

宣告解散的那一天，社团拿仅有的经费包了一家私人影院的小厅，播放《银河系漫游指南》，大家在一种异样的伤感之中肆意大笑。看过电影之后就是聚餐，一群物理系、数学系的高才生喝得酩酊大醉，满口往外冒“波粒二象性”“傅里叶变换”“消灭地球暴政，世界属于三体”。

梁随安端着硕大的啤酒杯过来给我敬酒，望着坐在对面正与一个物理系师兄聊天的你，问我：“乔溪，你准备什么时候告诉他？”

我惊讶不已，我原本以为自己瞒得很好。

梁随安笑道：“你帮他写了整整一年的读后感，换算成情书，十个林寻声都被你拿下了。”

这一晚，梁随安有一种诗人般的伤感。

他说："乔溪，你以为人生有多少次机会能让你一再浪费？"

林寻声，我没想过梁随安的这句话会应验得这样快。

这天散场是在清晨，整座城市被笼罩在一种虚幻的浅橙色暖光之中。走到学校的逸夫楼前，你却停下脚步，不再和我们一起往宿舍区去。

你脸上带着我从未见过的腼腆笑意，你说你要等一个人一起去吃早餐。

那个时候，我清楚地听见心里响起了一种类似封冻的湖面之上，冰面崩裂的声音，冷而清脆。

大家对你要等的人充满好奇，都赖在原地要一同见一见。你无奈地转过身去，摸出手机拨了一个号码。

你的声音温柔而平缓，好像跟你对话的是林中的一只惊鹿。

我终于明白为什么有人一眼就能识别出那些恋爱中的人——那实在是过于明显，连周遭的空气都仿佛有了色彩。

十分钟，一个长发女生急匆匆地赶过来，微微喘息着向大家道了句歉。你很自然地将她的手一挽："这是沈柚。"

即便嫉妒，我也不得不承认，沈柚真是一个好看且耐看的姑娘。她是英语系的，你在学校的公选课上与她相识。

后来，大家都叫沈柚"大柚子"，她也顺势把自己所有的社交网站上的昵称都改成了"林家大柚子"。

见到沈柚的这一刻，我就明白自己再也不能在作业截止日期临近的当口，以你欠我"五十次读后感"为由头，让你帮我剪片渲染；不能在去科幻社的路上，帮你带一杯整个武汉最好喝的芦荟果粒鲜奶；不能有什么科幻电影一上映，就理直气壮地给你发微信而不用编造任何借口了。

林寻声，我认识你三年，做你的朋友一年。

一千个日子里，我有无穷多的机会告诉你我的心意，却在一次又一次的"等痘痘好了""等黑眼圈消了""等换上裙子了"诸如此类的借口之中消耗殆尽。

你说，这是不是拖延症晚期的报应?

4

林寻声，大三下学期，我们整个年级的人都去北京实习。

我们在不同的公司，但离得很近。我率先去北京落脚，安顿好之后，顺手把自己认识的中介介绍给了还没找到房子的你。

谁知这位中介是刚刚入职的新员工，在收到你“押一付三”的转账之后，就被公司急召，前去参加封闭式培训，整整两天没开手机。你两天内打了无数个电话，却都无法接通，误以为是遇到了骗子，不得已打电话向我询问情况。

我当场就吓蒙了，六神无主，乱七八糟语无伦次地说了一大堆。

事后，当你跟中介再度取得联系时，你告诉我我当时在电话里把银行卡的卡号和密码都报给了你，而我的卡里有自己做兼职赚来的八千块钱，全都给了你。

你在电话里笑着骂我傻:“多大点事，可以报警啊——你赶紧把银行卡密码给改了。”

那八千块钱是我最后的身家。林寻声，你不知道，要是因为我的关系让你蒙受任何损失，我会愧疚一辈子。

在北京，我和你见过五次，但都不是单独见面。

第一次是大家一起去涮羊肉，你啃掉了四根羊蝎子，我喝完了一扎内蒙古奶茶。我们俩撑得走不动路，瘫在椅子上拍肚皮，活像两个混吃混喝的社会败类。

第二次，大家一起去玉渊潭看樱花。人山人海，我们怕走散，扯着嗓子互相吆喝。你说这里的樱花很普通，不如我们学校里一半好看。那天，我偷拍了一张你的照片，现在还存在我的电脑里。

第三次，班上同学过生日，我们去酒吧喝酒。酒保给我们上了一种鸡尾酒，上层带着火焰，如果不一口气立即喝完，那酒就会迅速烧尽。我最终还是看着酒在火焰里化为乌有，而你举着空杯对我说，胆小鬼。是的，林寻声，你说得对。

第四次和第五次，比前三次复杂。

第四次，我当时下班回到出租屋，正打算洗澡，接到你的电话。你在加班，不到十一点不能离开公司，你拜托我，第一次这样恳切："能不能帮我去火车站接一下沈柚？她方向感不好。"

我毫不犹豫地应下，把脱下的衣服又穿回去，坐了五十多分钟的地铁，在高铁站接到了沈柚。碰面以后，沈柚一直向我道谢。她坐了五小时的车，妆容一点没乱。我扒拉了一下自己匆忙出门都没来得及好好梳理的头发，把自己苍白无神的脸别过去，对她说"应该的"。

第二天，我特意叫上了在公司认识的一位学长前去一道吃饭。我在你们关切的询问中笑而不语，于是你们默认了学长就是我在北京刚刚开始交往的恋人。我看见沈柚明显松了一口气——我都不知道该感谢你对我的磊落过于信任，还是该嘲笑你对沈柚的敏感心思过于迟钝。

林寻声，你不知道的是，你让我去接沈柚那天我原本也是要加班的，但恰逢我生理期，主管特意准了我早点回家休息。

我接了沈柚回你住处的路上，被北京令人绝望的地铁挤得几乎当场崩溃。我肚子疼得冷汗涔涔，可我知道唯独不能当着沈柚的面哭。

第五次，大概是你记忆中最惨的经历之一，却是我每每回想起来都觉得意犹未尽的回忆。我们一行人去近郊游玩，晚上回程找不到车，轻信了附近商家叫来的黑车，最后被扔在了路上。手机没电，远近无人。

好在你方向感不错，我们往进城的路步行了五公里，才总算搭上一辆顺风车。为了打发走路的无聊，我们一行四人轮番讲故事，你讲的是弗诺·文奇的《真名实姓》。这本科幻小说我早就看过，不觉得有多好，但在那天晚上，它成了我最喜欢的科幻故事。

搭上车的时候，所有人都累得有气无力，在夜色中昏昏欲睡。

我是唯一清醒的那一个，看一看你的背影，再看一看窗外。

时间未如我的愿停止流转。它奔腾不息。

北京的春夜冷风如刀，我在那天数了四百零七根电线杆。

5

毕业的前一阵，班上所有人都没完没了地和论文浴血奋战。你考清华大学的研究生失利，直接去往深圳就业。沈柚申请了香港一年制的研究生，你决定等她毕业以后，再考虑进一步的去处。

论文答辩结束之后，班上组织拍毕业照。大家穿着学校批量生产的文化衫，我忍不住嘲笑你，学校伙食这样差，居然也能吃得胖上半圈。然而你原本那样清瘦，胖上半圈其实刚刚好——你的一切都是刚刚好。

在生科院的草地上，大家蹲坐两排，男生在后，女生在前。你就蹲在我身后，趁着摄影师按快门的时候，往我头上插了一根草。

后来你说，我们都是科幻社流落在外的“遗民”，这张我头上插草的毕业照你拿去了，一定会帮我寻觅一个好“东家”。我骂你去死。

那天，我送了你一份礼物，刘慈欣签名版的全套《三体》。你惊喜不已，问我怎么得来的。我说，我的“门路”可多了。

其实是刘慈欣在杭州签售的时候，我排了四个小时的队帮你签来的。那天陈安娜和她的青梅竹马谢青石订婚，我却放了她的鸽子。

你珍而重之地收好，说等刘慈欣得了星云奖，这书就值钱了。

你很喜欢刘慈欣，你说从他第一次开始在杂志上发表短篇的时候，你就注意到他了。你喜欢一切优秀而小众的东西。

毕业之前的谢师宴兼散伙饭，有一种“醉笑陪君三千场”的悲壮气氛。我一贯不擅长喝酒，却也在豪情之中喝下了数倍于自己平常喝过的量。

回宿舍的路上，仿佛天塌地陷，耳朵里嗡嗡作响，但我的思维却异常清晰。

林寻声，我想，我得给你打个电话。

我在操场边缘的灌木丛边坐下，掏出手机，一下一下按着你的号码。我喝醉了，再没有任何理由挂断。

于是我听见你笑着喊了一声“乔溪”，你问我怎么这时候打电话，是不是在学校里迷路了。

我说：“林寻声。”

六年。

足够让山峰夷作奔流不息的河川；让一粒随风而起的种子立根成树；让故事里起承转合的桥段圆满落幕；让学校的樱花开了又谢，谢了再开；让相爱成陌路，知交作断交；让曾经鲜活的面目依稀难辨。

却还是不够让我积攒出足够的勇气，当一回彻头彻尾的坏人，告诉你，只是告诉你。

林寻声，我喜欢你。

好久了。

我说：“林寻声。”

你沉默下来，耐心地等。

在你的沉默里，我读出了一种隐约的预感。你真的不知道吗？或者你只是知道而缄口不言？

我说：“林寻声，以后大柚子去了香港，要帮我代购啊。”

挂断电话，我在灌木丛后的阴影里泣不成声。

我知道，我的余生，再也不会有这样一个六年。

6

那天我在刷微博，新闻客户端突然弹出一条消息：刘慈欣《三体》获雨果奖，为亚洲首次获奖。我激动得差一点从沙发掉下去，准备和你分享这个好消息的时候，才想起来，哦，林寻声，我们已经毕业了。

如果是以前，我会对你说，林寻声，星云奖没拿，但是拿了雨果奖。书你不准卖，卖了就绝交。

事实上，我只是给陈安娜打了一个电话。

陈安娜问我，刘慈欣得奖，你为什么语气如丧考妣？

林寻声，你也未见得那么高兴吧？你曾那么视如珍宝的小众的东西，有一天突然变成了大众跟风的热点。

可你的心情到底如何，我已经无从得知了。

后来，我看见你在朋友圈里转发了这则新闻，我小心翼翼地给你点了一个赞，混在一堆的赞里，显得十分安全。

之后，你在评论里发了一句：消灭地球暴政。不到片刻，在美国神隐许久的梁随安接上了下一句：世界属于三体。

我这才知道，梁随安回来了，同样也签了上海的公司。

在得知我在上海拿着七千不到的工资混日子时，梁随安毅然决然地扶贫济困。餐馆靠窗的位置临江，风景旖旎，我们却在聊着和浪漫不沾半点关系的房价、雾霾、五险一金。

时间把当年讨论星空、宇宙和曲率飞船的我们变成了庸俗的大人。

从那以后，梁随安又邀请了我很多次，我都拒绝了。

梁随安生日那天，说他即将离开上海去北京发展，让我无论如何见他一面，他有东西转交给我。

我最终赴约，算是为梁随安践行。

他递给我一个小号皮箱，我打开，里面装满厚厚一沓A4纸打印的读后感。

梁随安又露出他那种诗人般的忧郁：“真心话说给有心人听才有用，你猜林寻声看没看过？”

我不想说话。

林寻声，我认为他突然提到你的名字是一种冒犯，在我毫无防备的情况之下。我的生活被琐碎填充得满满当当，事实上，我已经很少会想到你了。

梁随安看着我，像数年前那次科幻社的离别：“乔溪，跟我一起去北京吧。”

我没有答应梁随安，理由是我受不了北京的环境。林寻声，我不但受不了北京，我还受不了任何一个充满与你有关的回忆的地方。

我永远无法忘记那一年的春天，我是怎样看着车窗外，看着北京的街道由荒芜到繁华，数完了那二十公里，四百零七根电线杆。

再后来，LIGO发现了引力波，一夕之间，我朋友圈的所有人都成了科幻迷，就好像他们在四月一日同时也是张国荣的影迷一样。

陈安娜和谢青石终于走入婚姻的坟墓，为他们的爱情寻一处葬身之地。我远在国外的妈妈听到这个消息，破天荒地关心起了我的私事。

我说不急，想要慢慢找。

妈妈问：“你想找哪样的？张继科那样的？”

那一阵正是巴西奥运会，马龙和张继科成了少女们的梦中情人。

我义正词严：“不，马龙那样的。”

林寻声，你可能不知道，你的眉眼有几分像张继科，以至于我得把“张继科”三个字设为我微博客户端的屏蔽词，否则我瞥上一眼，就要难受一整天。

7

参加结婚典礼的礼服是陈安娜帮我挑的，在这件事上，她的审美比我要靠谱许多。

临近你结婚的那段时间，我苦行僧一样的规律作息彻底宣告失败。我开始失眠，想起从前，又想到以后，但不管从前还是以后，都像是一场不可触碰的幻梦。

我写过的日记在几次搬家辗转之中弄丢了，失去了佐证，我只能纯粹凭借着不太靠谱的记忆，去补完你与我九年间没有故事的故事。

我终于惶惶难安地去参加你的婚礼。

很多的老朋友，但觥筹交错间，除了陌生还是陌生。

岁月流转，已不是最初的岁月。

可是林寻声，你还是当初的你。

我在泪眼蒙眬中看着你讲述自己与沈柚的故事，看着你身后播放着一帧一帧幻灯片，看着你和沈柚交换戒指，看着你揭开她洁白的面纱落下一吻。

仿佛在搭积木，没日没夜无止无休。在这一刻，它们轰然坍塌，像一座永不能归去的城。

林寻声，我知道这一生最好的缘分已经彻底失去了。

宴席结束，你招待老朋友聚会。

我这次没有礼物送你："情谊都在红包里了。"

你问："足够厚吗？"

"不多不少。"

刚刚好九年的分量。

沈柚笑看着我："乔溪，你什么时候结婚？"

我只能回答，快了快了，正在相亲。

你热心地要给我介绍参加婚礼的单身男宾客，我猜想你并不是不清楚，我单身至今，与你有着莫大的关系。可是这些不能点透，点透了就不美，也不再纯粹。

我便同样热情地将你的介绍一一笑纳，交换了数十个以待此后一并删除的微信号。

你留老朋友吃晚饭，我婉拒告辞。

你送我到楼下，深圳的秋天有一种恰到好处的凉爽。

我低头看自己的裙子，它应当是美的。或许是这九年里，我一直在追求的，要用可以与你告白的美。

你说："应该多留几天，在深圳好好玩一玩。"

我说："工作忙，业余还要写稿，确实没时间。"

你说："那好，就不送你了，路上注意安全。"

我说好。

片刻，我又想到什么："林寻声。"

你看着我。

"你还欠我东西。"

"什么？"

"一勺面膜粉。"

还有你拿着毕业照，找了这些年，也未曾替我找到的好"东家"。

你立时笑了。我顿觉恍惚，好像回到了那年的午后，你在路边，冲拿着科幻杂志的我笑着说了声"谢谢"。

"乔溪，你还是让人摸不着头脑。"

我坦然地把这句话当成称赞。

梁随安有一句说得很对，真心话说给有心人听才有用。

所以林寻声，你不用明白我为什么这样让人摸不着头脑；你不用明白那个古怪的我、坏脾气的我，见到你就唯唯诺诺的我。

你同样无须明白的是，我曾帮你写过五十篇的读后感，每一篇篇首的第一个字凑在一起，就是一封情书。

林寻声，我曾在没有一个粉丝关注的微博小号里这样写——

有风，有树，有花，有你经过我看书的檐下。

就这样吧，心爱的男孩。祝福你，连同祝福你心爱的女孩。

8

参加完你的婚礼回来，陈安娜寸步不离地陪了我三天。她怕我出事，但她不知道我是个胆小鬼，我连烧着火焰的鸡尾酒都不敢喝，又怎么可能会寻死觅活。

林寻声，其实去年冬天我曾经去过深圳一趟。

我像个变态一样，把你在朋友圈里曾经发过的那些地方都走了一遍：回家路上的面包店，养着橘猫的咖啡馆，写着不明数字的红墙，开着一丛紫色三角梅的院子。你还是偏爱那些优秀而小众的东西。

离开深圳是在凌晨，我想过去见你，踌躇了很久，还是没把电话拨出去，最终绕过了你所在的公司，搭上了返程的飞机。生平第一次，我在飞机上看了一场日出，明亮的、温暖的，我被橙色的光刺得泪流满面。

林寻声，我必须坦诚，在你与沈柚恋爱的这六年里，我不止一次盼望过你和她分手，却又不止一次调整我与你之间的距离，直到我彻底淡出你的生活，直到我们之间，只剩下“老同学”这最后一张标签。

我的高尚和卑鄙，都是为你。

林寻声，在我弄丢的日记本里，我记下了曾做过的有关你的两个梦。

第一个梦里，我们通宵赶作业，终于在截止时间之前成功上交。我们去吃早餐，一碗红油热干面、一杯热豆浆。吃到一半，我发现你在看我。我问你看什么，你只是笑笑，说没什么。那天清晨的阳光很好，像是每个故事开始的场景。

第二个梦里，我们在乘公交车，车子“哐当哐当”，走了很远的路也不曾停下，似乎没有终点。我问你我们要去哪儿，你说我们要去一座桥，你不知道桥的名字，但当你看见它的时候，你就会知道，那就是我们要找的桥。

2014年冬天，我们去看《星际穿越》。回来的路上，我们聊到时间旅行这个话题。

你说，如果可以时间旅行，你想回到宇宙终结的那一刻，看一看世界的终极真理是什么。

我呢？

林寻声，如果可以时间旅行，我想回到收到高考录取通知书的那个蝉声阵阵的炎夏。

我一定会重新拿起那部被扔回床上的手机，郑重地、一个键一个键地按出你的号码。

你说："喂。"

我说："林寻声，我是乔溪。我喜欢你。"

好久了。

Part 3

{ 叁·柏舟梦 }

欢歌
有时尽

我这一生中，最好处，是与他重逢的第一面。
而我这一生，最坏处，是与他重逢的第二眼。

文 / 沈鱼藻

一

新书出版，季然得空赏脸看，看完后他对我说：“很少见你写这么俗气的故事。”

我忍不住挑眉毛，问他：“哪里俗气？”

他回我：“竟然是喜剧。”

我“扑哧”笑出声来，这本书讲的是兵荒马乱的年月里破镜再聚终得人间小团圆，季然先生认识我差不多有十年，我专好写悲剧，他总是抱怨我情绪强烈，现在我好容易写个喜剧，他倒不自在起来。

往往有一种偏见，悲剧远比喜剧雅致，然而当个看客大家或许未必喜欢看喜剧，但过生活谁也不乐意把自己的日子过成个悲剧。

有的人不幸活成了悲剧，也希望在另一个平行世界里可以扭转命运，得到欢喜结局。

而我这本新书，就是几个人在平行世界的故事。

我在十四岁立志未来要做小说家的时候，遇到这故事里的小配角，他给我讲了这故事，如今他早已去世，这故事从此也只是个故事。

杜兰生遇到沈绿琅是在1933年的天蟾舞台下。

那时沈绿琅不叫沈绿琅，相熟的人称呼她为金小姐。

是个秋天，爱听戏的同学拉他一起去天蟾舞台听戏，战时娱乐颇有些萧条，今天也没有什么名角登台，戏院里氛围寂寥。戏子们在台上唱着，杜兰生在台下昏昏沉沉地打盹，直到同学撞了他一下，在他耳边悄声说："有人在偷看你，看好久了。"

杜兰生蹙着眉扭过头，看见了一双猝不及防刹那慌张的眼睛。

1933年的沈绿琅已经不年轻了，尽管她有一张嫩相的面孔，但眼神里的沧桑瞒不了人，更何况她梳着髻，做已婚妇人打扮，衣裳颜色还暗淡内敛，未亡人的身份写了满头满脸。

但她长得真好看，长长的眉眼小小的鹅蛋脸，黛山青峦一般的眉，秋水碧波一样的眼，片刻的慌张后她镇定下来，朝杜兰生微笑着点了点头。杜兰生也慌了神，向她点了点头，转回头去，用手使劲摸了摸胸口，才抚下去刚才屏住的那一口气。

后来杜兰生开始频繁往天蟾舞台跑，十有八九的日子里沈绿琅，哦不，是金小姐也在，他们不太说话，目光撞上了就相互点一点头，杜兰生从别人处打听金小姐，知道了她不是中国人，她从朝鲜来，丈夫在朝鲜去世，她带着一个不满十岁的儿子寡居，有一个小姑子，她很喜欢听戏，几乎每天都会来天蟾舞台。

时光飞快，第二年暮春的某天，杜兰生接到金小姐小姑子的邀请，去金家做客，和金小姐独自在院子里浇花的时候，杜兰生向她求婚，被她果断拒绝。

与此同时，半掩着的大门被推开，一个男人走了进来，他的手里提着东西，进门后又转过身去关门，他背对着金小姐和杜兰生，看着他的背影，杜兰生恍然间明白了些什么。

再后来，杜兰生离开了学校去参军，走之前金小姐为他饯行，红梅白雪下，柔荑绿酒间，金小姐缓缓开口："其实我叫沈绿琅，是个中国人。"

二

琅者美玉，绿者玉色，沈绿琅的名字很中国，然而外人只当她是个金姓的朝鲜人，包括她的丈夫，小姑安敏，以及小姑的恋人祝河清。

关于祝河清，也只能以小姑的恋人这个身份来定义，因为在祝河清的世界里，沈绿琅与他之间的联系，只有一个安敏而已。

在祝河清的记忆里，第一次见到沈绿琅，是在1933年的朝鲜。

那时祝河清是报馆编辑，而安敏是在上海读大学的学生，学业之余在报馆打工，一来二去两个人成了恋人，有一天安敏突然来找祝河清，说自己有事要回一趟老家，希望祝河清可以陪她一起。

在去朝鲜的火车上，祝河清了解清楚了安敏的家事，安敏父母早亡，只有一个大她十几岁的哥哥，朝鲜沦陷后，哥哥做了日本人的走狗，安敏一时愤怒就和家里断绝关系来中国求学，不久前她得知哥哥被爱国义士暗杀身亡，这次回朝鲜，是为了接嫂子和侄子来中国。

"嫂子和孩子是无辜的。"这位自认侠义豪情的姑娘对祝河清唏嘘，"男人在外面做什么，女人完全管不了，我是他亲妹妹都只好远走高飞，更何况她是个没有娘家的续弦。"

回到安敏在朝鲜的家，推开门，祝河清见到了这个传说中"没有娘家的续弦"，他以为她会是个年老色衰、满面愁苦的中年女人，却没有想到，她是那样年轻漂亮，她梳着发髻，露出光洁饱满的额头，穿着朝鲜衣，因为新丧，在外面罩了一层黑纱，整个人安静得就像那日无风的阴天。

安敏被邻居旧友缠住了，祝河清先安敏一步进门，与沈绿琅目光对上的第一眼，他恍惚从她的眼神里看到一点难以读懂的情绪，然而安敏紧接着就到了，她抓住祝河清的手向沈绿琅介绍："祝河清，我的男朋友，河清，这就是我嫂子。"

沈绿琅低下头，轻轻"哦"一声。

吃饭的时候安敏向沈绿琅提起此行的目的："我们到中国去，去上海，比起朝鲜来，现在上海又太平又繁荣。"

她捏一捏小侄子的脸："到时候我带你去百货公司顶楼，那里有游乐场，保证你高兴。"

沈绿琅却淡淡开口："我不想去。"

安敏惊讶："为什么？哥哥已经不在了，他生前做的事并不光明，大家都恨他，你们留在这里会受迁怒的，你们是我唯一的亲人了，我不能看你们受苦。"

沈绿琅摇摇头："小姐，我和你并没有血缘关系，你和你哥哥也早已经恩断义绝。"

好心当作驴肝肺，说出这样无情冷血的话，祝河清听了忍不住皱起眉头，沈绿琅放下筷子起身："我吃饱了，你们慢用。"

她转身回了房，安敏叹气，替她解释："她过去脾气很好，没这样古怪，大概是这几年过得太压抑，也怪我，当初只想着自己独善其身。"

安敏永远是这样体贴，祝河清笑一笑，对孩子说："你想不想去上海？"

孩子努力点点头，祝河清指指沈绿琅的房间："想去的话，就找你妈妈撒娇。"

孩子放下碗筷撒腿跑进妈妈房间，半天，垂头丧气地走出来，对祝河清摇了摇头。

来之前他们从来都没有想到过会被拒绝，接下来的日子里，沈绿琅不说原因只是摇头，安敏愁眉不展但绝不言弃，事情就这样僵持着，一天晚上，半夜祝河清睡不着，起身走到院子里散步，却发现，沈绿琅也在那里。

她坐在树下发呆，月光在她的脸上镀了一层柔而冷的颜色，她看上去寂寞哀伤如蟾宫的嫦娥，祝河清想退回去，想了一想又朝她走了过去，他向她打了个招呼，她抬起头来看他，眼神里有些惊慌，片刻后安定了下来。

祝河清说："今晚月亮很好，能看得见蟾宫和桂树的影子，只是可怜嫦娥只有一个人，冷冷清清在月宫，远离人群，多寂寞。"

中国人喜欢把话说得委婉，沈绿琅听懂了他的言外之意，她回答他："一个人有一个人的好，至少她不用在后羿面前老，也避免了恩爱尽时看后羿为其他红颜魂牵梦萦。"

祝河清摇摇头："担不了爱的风险，也就等不到爱的甜。"

更深露重，天色越发凄冷，祝河清对沈绿琅说："回屋去吧，外面露水重。"

他的语气很温柔，沈绿琅点了点头。

三

沈绿琅到底还是和安敏、祝河清一起去了中国，她像是一夜之间想通了。

安敏没有问她醍醐灌顶的原因，只是欢欢喜喜地不日启程。他们坐火车，经东北南下到上海，长途奔波后，下了火车，一个繁华的"新世界"就在眼前了，租的房子在静安寺附近，他们从火车站坐车去住处，小姑子安敏喋喋不休地为她的嫂子和侄子介绍着沿途的风景。

祝河清坐在副驾驶座上微笑着听小女友兴高采烈介绍着，突然间他从后视镜里瞟到了沈绿琅，她微微低着头，眼角好像有一滴眼泪在闪。

他忍不住开口安慰她："金小姐，一切都会变好的。"

对这样一个比自己还要年轻的女人他喊不出嫂子这样残酷的称呼，只好按照她“娘家”的姓氏喊她金小姐，“金小姐”抬起手飞快地在眼角一拭，望向了窗外。

新家还不完善，安敏说第二天带沈绿琅去永安百货添置些东西，沈绿琅咬着筷子抬起头看了她一眼，欲语还休，但最终还是没有说什么。

她其实想问，永安百货是哪里？为什么不去福利公司或者泰兴百货？

当年她离开的时候，上海明明是没有什么永安公司的啊，那时候她和妈妈去逛街，去得最多就是福利和泰兴，一转眼，快二十年过去了，上海变成了她完全不认识的模样，而上海也已经认不出她来了。

没有人知道她是一个叫沈绿琅的上海人了。

十三岁之前，她叫沈绿琅，和父母一起住在上海，父亲是个小越剧班的班主，她是家里独女，比不得名媛淑女们千金之躯，但也是娇生惯养，父亲不让她学唱戏，盼望她能嫁个好人家，但她从小耳濡目染听多了柳梦梅和杜丽娘，张君瑞与崔莺莺，十二三岁的豆蔻年华，心里满是绮思与遐想，而她绮思的对象，就住在和她家同一条街上。

那少年，不，或许应该叫青年了，姓齐，叫齐海晏，每天他穿着学校制服从沈绿琅家门前经过，沈绿琅就躲在二楼阳台的花盆后偷偷看他，他身姿挺拔，走起路来轻快如风，让她怦然心动。

转眼间二十年过去了，她从中国人变成了朝鲜人，而他从齐海晏变成了祝河清，彼此都隐姓埋名，二十年的风霜加诸脸上，但她还是一眼就认出了他。

但他却不认得她，不是不记得，而是不认得。

上天给她开了一个大玩笑，戏弄了她整整一生。

第二天，安敏带沈绿琅母子去永安百货购置东西，祝河清随行做挑夫，回来时路过天蟾舞台，看到海报，祝河清定住了脚步。

沈绿琅瞥了一眼，看到了海报上的内容，京戏名角梅兰芳即将在天蟾舞台演出新剧目。

过了两天，安敏和祝河清来吃饭时，祝河清掏出了几张票："梅兰芳的戏，好久没听了，听说这次演出剧目意义非凡，我托朋友弄了几张票，公演的时候大家一起去吧。"

安敏很喜悦："去北平的时候看过梅先生的戏，唱得做得真好，嫂子你不知道梅兰芳吧，他是唱戏的行家，如今在梨园行里风头无两……"

沈绿琅勉强一笑。

她怎么会不知道梅兰芳，到现在她还清楚地记得1913年梅兰芳第一次来上海演出时的场景。

有一天黄昏时分，她趴在阳台上等齐海晏下学回家从她家门前经过，他终于来了，但不是一个人，而是和同学一起，他们在说话，青年的话清晰地传到她的耳朵里："王凤卿要来上海唱戏，在丹桂第一台，我家里有几张票，到时候一起去看。"

那时梅兰芳还不似后来出名，戏院主打的还是老将王凤卿，沈绿琅听了齐海晏的话，晚上吃饭的时候就向父亲问起了这件事。

父亲虽然是唱越剧的，但也有唱京戏的朋友，过了几天便搞到了两张票，沈绿琅终于如愿进了丹桂第一台。

多幸运，在她的位置恰好能看到齐海晏，虽然只是个背影，但她看着他的背影就觉得足够幸福了。

齐海晏看上去是真的爱听戏，戏到精彩处，他总是忍不住叫好，甚至激动地站起身来，他激动，沈绿琅也就跟着喜悦，戏一连唱了四天，梅兰芳在上海滩唱红了，沈绿琅看着情郎满心的欢喜，这欢喜的情绪太丰盈，让她整个人飘飘然如在云端不落实地，过多少年她都依旧记得那四晚上的戏。

第一天《彩楼记》，第二天《玉堂春》，第三天《取成都》，第四天《武家坡》，到后来唱刀马旦，打戏真热闹，衣裳真好看，他每天都去看，她每天跟在他后头去看，他看戏她看他，那时候她想，梅兰芳在这台子上一天天把戏唱下去，自己在这台下一天天把他看下去，戏永远没有唱完的一天，她永远没有看完他的一天，那该多好。

但再好的戏，也总有散场的时候。

四

1933年梅兰芳的演出不在丹桂第一台，丹桂第一台已经没落，如今梨园行的圣殿是天蟾舞台了。

梅兰芳唱的是《抗金兵》，意有所指，台下气氛热烈，因为是出与众不同的戏，所以有好些个青年学生来看，沈绿琅听着戏眼睛却没有看台上，她的目光在那些穿着校服的学生身上逡巡，直到看到一个人时，像是车突然遇到了路障，就此停了下来。

像，真像啊。

背影像，看戏看到精彩处喜欢站起来叫好也像，连声音都那么像。

梅兰芳的表演结束后，沈绿琅还老是往天蟾舞台跑，她包了一个位子，风雨无阻地跑去戏院，等那个背影出现。

等到第七天，那个背影终于又出现了，她不看戏，只是看他的背影，终于被对方发现，那年轻人转过头来看她，她心中的失望之情如潮水般层叠而来，他的脸并不像齐海晏，一点也不像，齐海晏是清秀斯文的，而这个年轻人是英俊硬朗的。

可是她还是忍不住往戏院里跑，看看背影总也是好的。

一个月后，那个年轻人终于来找她搭讪："你好，我叫杜兰生。"

那时杜兰生二十一岁，在交通大学读机械工程，他自报家门，沈绿琅眼神有些恍惚，二十一岁，多好的年龄，那一年的齐海晏也是二十一岁。

在戏台下认识，当然话题从戏开始，杜兰生说起前段时间的《抗金兵》，满脸的义愤："国家正处于危难之时，我真恨自己只是一介无用书生，不能上阵杀敌抗击外侮。"

沈绿琅安慰他："书生自有书生的用处。"

她脸上带着淡淡的微笑，这是专属于有点经历的女人的，青春活泼的少女绝不会有的，它如春风般抚慰人心，杜兰生感受着这春风拂面，他的心跳得有些厉害。

下次看戏的时候，杜兰生把自己的位子挪得离沈绿琅近了点。

半个月后，杜兰生邀请沈绿琅出去玩，尊重女士意愿，地点由沈绿琅挑选，沈绿琅问他："你会骑马吗？"

他们去了南京路的跑马场，杜兰生家就在这附近，跑马场也是从小来惯了的地方，他骑在马上，年少俊朗，英姿勃发，弯着眼睛冲沈绿琅微笑："你不骑吗？"

沈绿琅摇摇头："我不会。"

杜兰生想要伸手拉沈绿琅上来，沈绿琅却后退一步摇摇头："我不敢，看你骑就好了。"

她真古怪，杜兰生嘟哝一声，沈绿琅已经径自走向了看台，杜兰生只好挽住缰绳独自策马前行。

跑完一圈下了马三两步跑到看台上，他惊奇地发现沈绿琅在哭，无声无息地哭，眼泪已经濡湿了她的大半张脸，把杜兰生的心浸泡得无比柔软，他忍不住伸手去擦拭她的眼泪，却被她一把攥住手指，将手移动到她的眼睛上，紧紧地捂住。

风在林梢鸟在叫，杜兰生活到二十一岁，终于第一次感受到了什么叫作荒凉的悲哀，尽管他并不知道这种情绪从何而来。

突然感觉到有目光粘在自己背上，杜兰生转过头，看到身后不远处有一对男女正看着自己，笑容里颇带一些暧昧。

他没有当回事，也没有告诉沈绿琅，后来他又约了沈绿琅几次，沈绿琅似乎对学校很感兴趣，总是要他带自己去学校，她喜欢跟在他身后走，也喜欢听他念诗，有一次他们走在学校的林荫道下，一前一后，杜兰生边走边背诵一首诗。

我不知道风，是在哪一个方向吹。

我是在梦中，在梦的轻波里依洄。

我不知道风，是在哪一个方向吹。

我是在梦中，她的温存，我的迷醉。

我不知道风，是在哪一个方向吹。

我是在梦中，甜美是梦里的光辉。

脸颊旁是秋日甜香的风，耳畔响起的是心上人在身后踩着落叶簌簌的脚步声，杜兰生突然促狭心起，他猛地回过头，却看见沈绿琅正嘴角带着笑眼中含着泪。

五

很快到了年底，沈绿琅母子“客居”中国，安敏的亲人里只剩下他们，祝河清父母也早已亡故，过年当然是凑到一起过。

置办年货的时候，安敏拉着沈绿琅去老介福买了匹颜色鲜亮的绸缎做旗袍，她对沈绿琅说：“都来了中国了，没必要把自己当个寡妇。”

衣服做出来上了身，安敏把沈绿琅推出去，问祝河清：“好看吗？”

祝河清眼前一亮，由衷地夸赞：“好看。”

淡翠新绿的旗袍，沈绿琅生得纤瘦，安敏还强拉她去做了头发，又买了一对珍珠耳环送她，珍珠淡粉色的光晕衬着光滑白皙的面颊，交相辉映，没有人会相信她已经是一个母亲。

年夜饭免不了要喝酒，祝河清抱孩子坐在膝盖上，用筷子头蘸一点酒给他，看他辣得挤眼睛皱眉头，哈哈大笑，把人放下去："买了花炮，在屋子里，去玩吧。"

安敏酒量不好，已经醉得趴在桌上，沈绿琅倒还好，祝河清笑着摇摇头，起身把安敏抱回房间安置在床上。

回来的时候沈绿琅也已经醉得差不多，整个人勉强支撑着摇摇晃晃，祝河清走过去，柔声道："金小姐，回房休息吧。"

沈绿琅撑着桌子站起身来，但是她没有回房，她摇晃了两步，扶着树站住，静静地歇了一会儿，祝河清望着她的背影，踌躇很久才上前，扶住她的肩膀："回房吧。"

沈绿琅的胃里一阵痉挛，忍不住吐了，祝河清轻轻扶着她，让她吐了个干净，吐完后的沈绿琅软得像一摊稀泥，祝河清道一声"得罪了"，一手扶住腰把人抱起，送回了房间。

把人送回房后，祝河清又打了一盆水来，拧毛巾给她擦脸，然后他走到外间倒了一盅清水来给她漱口。

回到房间时，沈绿琅正对水照镜，嘴里轻轻唱着一首歌。

不，她唱的并不是歌，而是戏，《武家坡》里王宝钏的戏词，反反复复只有那三句。

水盆里面照容颜，老了老了真老了，十八年老了我王宝钏。

她反反复复地唱，声音凄冷如天上青白的月亮，泪珠子成串地向着水盆里坠落，祝河清放下茶盅，轻轻地退了出去，掩上了门。

杜兰生在过完年后的那个春天被安敏请去金家做客，安敏是直接去学校找的他，杜兰生看她眼熟："那天在跑马场……"

安敏没有否认，她单刀直入，问杜兰生："你对我嫂子到底是什么想法？”

还能是什么想法？他喜欢她，不介意她比自己年龄大，不介意她曾经结婚生子，杜兰生斩钉截铁地说：“我想娶她。”

杜兰生选在一个风和日丽的日子去金家拜访，对于他的突然到来，沈绿琅感觉很意外，他在院子里向她求婚，沈绿琅不假思索地拒绝了他，然后他看到了祝河清的背影，然后他被沈绿琅赶出了门。

沈绿琅没有再去天蟾舞台，整整半年，杜兰生都没有再见到她，半年后杜兰生决定去参军，他写了一封信塞进金家的门缝，第二天在天蟾舞台外他等到了沈绿琅，沈绿琅给他讲了一个很多年前的故事，杜兰生终于明白了沈绿琅的那些眼泪从何而来，他问她：“你不打算告诉他吗？打算自己消受这个秘密一辈子吗？”

沈绿琅没有回答。

六

杜兰生事件后，沈绿琅和安敏断了关系。

她对安敏说：“如果小姐嫌弃我是累赘，这么急着打发我出门，那么我们干脆从此不要再来往。”

安敏百口莫辩，只能向祝河清哭诉：“我真的只是不忍心看嫂子蹉跎大好光阴……”

祝河清安抚地摩挲着她的肩膀，他看了沈绿琅一眼，点了点头，转身带着安敏走了。

沈绿琅望着他们的背影，心口发疼，他一定认为自己不可理喻吧，就让他这么认为吧，从此断得一干二净，也避免了自己未来在他和安敏的婚礼上坐高堂。

沈绿琅说一刀两断，安敏却放不下骨肉亲情，沈绿琅一个寡妇带着孩子怎么过活？祝河清成了中人，每个月替安敏去给沈绿琅送生活费，开始时沈绿琅连门也不开，后来每月送钱的日子门打开了，再后来，院子的石桌上总会放着一杯水。

一转眼就是两三年。

这两三年里，祝河清都没能进到金家的屋子里，终于再进去时，却是因为被追捕。

甩开后面的追兵，祝河清攀上了金家的墙头，跳进院子里，沈绿琅正坐在树下发呆。

几年不见，她身上的萧索之气比过去更甚，祝河清尴尬地咧嘴一笑，指了指自己腿上的伤。

沈绿琅把他拉进屋子藏了起来，打发走了上门询问的探子，快步回到祝河清藏身的房间，他已经疼得满头冷汗。

他的腿被子弹打中，血浸透了裤子，沈绿琅有些惊慌："怎么办？"

祝河清冲她笑一笑，眼神里是鼓励："按照我说的做，不会死人的。"

沈绿琅镇定下来，听从祝河清的指挥帮他处理伤口，祝河清问她："你不问我是怎么回事？"

沈绿琅摇摇头，珍珠耳坠晃了晃，祝河清问："你不怕我是坏人？"

沈绿琅抬起头看了他一眼："你是好是坏，我一清二楚。"

她吞下了"早就"两个字，没有说出口。

她早就知道他，在很早很早之前，那时候，她的人生里还只有花香草绿莺啼，尚且不知什么叫世情如刀雨大风急。

晚上祝河清有点发烧，没有药，怕泄露了行踪也不敢出门买，沈绿琅只好用湿毛巾给他降温。

祝河清半是沉睡半是昏迷地躺在床上，沈绿琅换了一块又一块毛巾。祝河清闭着眼睛，也关闭了那满眼的时光之尘，这些年他黑了，线条硬朗了，但沈绿琅就这么看着他，仿佛又回到了很多年前，他也是这样躺在床上，她用湿毛巾给他降温，那时他病得可比如今厉害多了，1913年的那发子弹差点打中他的心脏，她向各路神明祈祷，希望他可以活下来。

沈绿琅伸手摸一下祝河清的脸颊："这是我第二次救你了啊，齐公子。第一次救你，我赔上了自己的全家和自己的一生，而你一无所知。"

1913年，祝河清参与了对某个叛国者的暗杀，暗杀没有成功，他自己反倒受了伤，被沈绿琅拖回了自己家，最终他活了下来，而在他走后，沈绿琅一家却被报复，沈绿琅父母惨死，她侥幸逃脱，后来辗转被卖到了朝鲜，隐姓埋名成为一个朝鲜人，最终被安敏的哥哥买回家。

"我毁了自己的一生救了你，可是你却不认得我，多讽刺啊，如果你醒来的那天我没有回乡下，我们现在又会是个什么结果？"

她捉住他的手，放在自己的脸颊旁："我从小看戏，最好胡思乱想，说出来不怕你笑话，二十年前，在你昏迷的那些天里，我已经把我们的下半生都想完了，我想着，你醒了，爱上我，咱们结婚生孩子，你要革命我也随你，你要上刀山我也跟你，我想得多好啊，看着你想着未来，我都能笑出声来。"

"公子落难小姐搭救，到最后男当状元女封诰，戏文里不都是那么唱的吗，为什么到了我们，却偏偏什么都不一样了呢，你说，到底错在了哪儿？"

眼泪顺着她的脸颊淌下来，沾湿了他的手，祝河清突然皱着眉头咕哝了一个名字。

他喊的是，安敏。

沈绿琅怔怔地看着他，然后她放下了他的手。

半天，她叹了一口气："如果你的心里有一点点也喜欢我，等你醒了，我就把我们的故事讲给你听。"

顿了顿，她说："可惜你永远也不会听到了。"

沈绿琅望着窗外的月亮，想起了多年前的一个晚上，少女沈绿琅趴在床头，看着床上昏睡青年紧蹙的眉头，她伸出手来舒展他眉心的川字，小声说：“我明天不得不去姥姥家，你可千万不要在我走的时候自己偷偷醒了啊，我要你醒来看到的第一个人就是我。”

天意如刀啊，如果当初她没有走。

如果当初他醒来的第一眼见到的真的是她。

沈绿琅轻轻说：“我这一生中，最好处，是和你重逢的第一面。我这一生，最坏处，是和你重逢的第二眼。”

七

沈绿琅没有对祝河清说那些陈年往事，祝河清伤好后就离开了。

第二个月，没有人来送钱，第三个月，也没有人来送钱。

第四个月，沈绿琅去了一次祝河清在的报社，被告知祝河清已经离职了，他去了哪里，他们也不清楚。

一起消失的还有安敏。

冬天来的时候，沈绿琅收到了一笔来自异地的汇款。

再后来，听说北平沦陷了，再后来，亲眼见到上海也沦陷了，沈绿琅带着孩子搬进了租界，搬进租界后，沈绿琅再也没有收到汇款。

杜兰生事件后，她就没有再去过戏院，后来开了战，想去也去不成了，听说梅兰芳去了香港，听说梅兰芳在香港蓄起了胡子停了唱。

沈绿琅带着儿子和其他人一起熬，熬了几年，熬到了战争胜利。

街上开始传，梅兰芳回了上海，要重新唱戏了。

沈绿琅终于再次走进戏院，这次在兰心大戏院，唱的是《刺虎》，好多年了，梅兰芳也老啦，多年不演，唱念做打比起往日来也生疏了，然而叫好的声浪依旧一浪高过一浪。

满座衣冠，惜无故人，沈绿琅的眼睛从观众们身上一一扫过，直到有人轻拍她的肩膀。

心蓦地提起，像是怕惊碎了梦，沈绿琅慢慢回过头。

是故人，却不是心里的那个故人。

第二年春天，沈绿琅和从战场载誉归来的杜兰生结婚，后来他们一起去了对岸。

此后，终杜兰生一生，也再没有听到过关于祝河清和安敏的消息，而终沈绿琅一生，她也没有再提起过祝河清，在他们结婚前，他们长谈过一夜，在那一夜中把彼此的前半生都讲完了，从那之后他们只向前走，不再回头。

但杜兰生知道，沈绿琅一时一刻也不曾将祝河清忘记。

后来他遇到我，听年幼的我发豪言壮语，于是对我讲了这个故事，笑着跟我说："如果你有一天真的写小说，就把这个故事写一写吧。"

停了一下后，他补充，"不过记得，要写成喜剧，把我和安敏都抹去，就让他和她，在你的故事里有个小团圆结局。"

八

于是我帮他圆了这个梦，在我书中的世界里，祝河清和沈绿琅，男当状元女封诰，欢喜圆满，月圆花好。

听完我的故事，季然沉默了半天才对我说："真希望你下次听到的，是个真正的喜剧。"

是啊，我想，希望下次我可以真的遇到一个俗气的大团圆结局，毕竟，快要结婚了啊，还是需要点喜气。

明月将沉，岁月将瘦

生而不可与死，死而不可复生者，
皆非情之至。

文／火灵狐

1

苏砚生在旧金山长在旧金山，供职于某周刊，尤擅挖掘八卦，英文使得虎虎生威，唯对汉语犯怵，白费了苏砚这个好名字。

主编请她进办公室谈话。

“中文如何？”

苏砚啊哈一声：“你好我是苏。多少钱？请便宜点——以上是我掌握的所有汉语表达。”

“苏，我们希望你去趟香港。”

她感到意外。“香港金融故事多，但我惯写人物。”

“此次我们亦写人物。不过主人公缺席。”

“为何？他或她格外大牌，不好沟通？”

“是无法沟通。”主编转过iPad，“我们要采访这支笔的主人。”

苏砚凑上前，屏幕上一张翻拍的老照片。

“西洋鹅毛笔。最好的鹅毛笔取材于天鹅左翅第五根羽毛。鹅毛笔极易损坏，竟能保存至今。古董？”她抬头，“你刚说到笔的主人？”

“他们生活在民国时代。”

苏砚骇笑，“民国？那岂不是只能采访当事人的墓碑？难怪无法沟通。”

“不，无人得知他的墓碑现在何处。1906年10月，他自香港码头离去前往旧金山，临别赠她这支鹅毛笔。她视如珍宝，将它收藏，至今已逾一个世纪。不想这一等也近百年。百年逝去，斯人未归。”

苏砚震撼，半晌追问：“她是谁？这个痴心女子是谁？”

“已过世多年的赵福慧女士，远负盛名的教育家。日前她所创办的女子书院举办百年校庆，翻新校舍时发现藏匿于暗墙内的这支笔与一沓书信，方知赵校主终生不曾婚嫁，是为了等一个人。”

“就这样苦等一辈子？旧式女子的爱情观真可怕。”苏砚咋舌。

“爱情？不，从书信中或可推测一二，他并不爱她。”主编切换画面，屏幕上出现几张照片。几封发黄的书信，有纤秀小楷，有豪放行草，一看便知是男女鸿雁往来笔迹不同。

“信上说什么？”

“说人各有志，他要的是自由与民主，绝不屈服于这段家族联姻的荒谬安排。请她不要犯傻，趁早去追逐自己的幸福，不要等他。”主编看着译文，“他还说人的一生璀璨与否不在活的长短，如这杆鹅毛笔，写不了太长的故事就会损毁殆尽。时间虽短，但仍可创造精彩故事。”

“胡扯。男人受过一点教育就瞧不起女子，摆出自由二字便无端觉得自己高人一等。可怜赵女士。”

主编纠正：“赵女士早年投身实业，纵横商海不忘办学。她一生受人尊重，并不可怜。”

“那为何为了一个名不见经传并轻蔑她的男子独身百年？”

“这便是你此行香港的任务。”

苏砚摆手：“我已先入为主觉得男方负情，只怕有失公允写不好。”

主编不置可否：“校方愿请媒体挖掘当日隐情，点名要你采访，你猜是为什么？”

“因我精通汉语？”她自嘲。

主编忽然凝视她，轻轻道：“你可曾见过赵福慧女士年轻时的相片？”

他手指滑过屏幕。苏砚只看了一眼，霎时呆住。

“这是她？”她惊呼出声。差一点就要问，这难道不是我？

一方小小黑白照片，边缘已发黄破损，但不知为何相片中的年轻女子看起来栩栩如生。更叫人惊诧的是除了神韵，她的眉眼竟与苏砚有八分相似。

苏砚错愕许久，片刻后回神：“我祖父早年从上海到旧金山，此后落地生根，据我所知家中并无赵姓亲属。”

“赵女士形单影只，并无后人。校方无意在我们的网站见到你的照片，觉得竟然有人如此相似，缘分奇妙，因此与我们联系，并发来赵女士旧照。我们看过，也认为这个故事应当交予你。”

苏砚沉默，半晌抬头，目光坚定：“我明白。我要替她找到他。”

2

白色云团迅速而静默地翻涌，一只雄鹰低飞掠过青灰色的天空。不远处的码头传来船工整齐浑厚的吆喝声。刚剪去发辫的苦力，手持文明杖的绅士，白衫黑裙的女学生，趾高气扬的洋大班——苏砚被这番景象惊呆。她猛力揉搓眼睛。是做梦吧？她分明才从旧金山飞往香港，长途旅行疲惫不堪——怎会突然置身如此光景？

但一场梦又怎会如此真切？檀香特有的浓烈香味混杂着咖喱鱼蛋的腾腾热气扑面而来。黄包车丁零作响，车夫脚步急促：“赵四小姐，你唔好急，一定追得上！”

赵四小姐？苏砚低头，发现自己不知何时已换上一身藕色旗袍，手中紧攥一张信笺。她低头，飞速扫了几眼，那一手潦草行书似曾相识。她的心几乎跳出胸膛，急声问道：“这是哪里？”

“快了，快到码头了。”

不不不，苏砚想知道自己如何到了这里？这是赵福慧的身体，这是赵福慧的世界，她心胆俱裂赶往码头想要阻止那个意图落跑的男人。愚蠢，荒唐，却又可怜。

“不去不去！快停下。”21世纪的独立女性苏砚气急败坏。

车夫急忙刹住，回头，不解：“不追傅少爷啦？”

苏砚刚想说追他做什么，猛地醒转，急忙改口：“要追要追！”

她千里迢迢赶来就是为了揪住那个男人的衣襟逼问他为何一去百年渺无音讯。

她朝那轮火红的落日奔去。然它无情，连这点须臾都吝啬给她。它一点一点地下坠，金乌沉海。伴着汽笛一声长鸣，瑰色的余晖与粼粼海面光影层叠。而她终于来到码头，望着邮轮缓缓驶离，头脑一片空白。赵福慧的悲伤似风暴，将她残存的最后一点意识化为灰烬。她再也抑制不住，赵福慧挣破这副躯壳，撕心裂肺。

“傅予恒——”

3

苏砚猛地惊醒，掩口。

“我刚刚睡着？”

“是。”站在她面前的是一名陌生男子。他背手，笔直站立，嘴角噙笑：“你刚才的确睡着并振臂高呼了。”

与苏砚的美式口音大相径庭的伦敦腔，一板一眼，跟他人一样，看着就很无趣。

“中文？”

“字正腔圆。”

“不可思议。梦里我居然听得懂中文？”苏砚嘀咕。“你是谁？”

男子答非所问，反问她：“你在梦中高呼一个人名字。你认识他？你记得他？”

苏砚一拍后脑。是了，一下飞机她就拿着介绍信直奔书院。不想校长忙得神龙见首不见尾。她等到不耐烦，四处闲逛，最后在沙发上睡着——苏砚红了红脸，噌地跳起，也没发现男人话语中的异样，一个劲问道：“我记得我喊的是傅予恒，是你吗？你是校长？女校的校长是个男人？”仔细一想，“是了！你们书院有古怪传统：历任校长都必须姓傅。”又顿了顿，追问，“当年赵福慧女士的未婚夫一去不返。听说也是姓傅。这与贵校传统有何关联？”

他不语，但敏锐察觉到苏砚表情变化。“你想说此举幼稚？”

何止幼稚，简直冥顽不灵。苏砚叹气：“值得吗？”

他看了她一眼，“旁人觉得值不值得并不重要。重要的是，她认为值得。”

苏砚醍醐灌顶，不禁重新打量他，“贵校从不接受采访，此次破例，并点名由我采访，”她顿了顿，“你们见过我的照片，以为是赵福慧轮回？”

“当然不。我不信前世今生。”

“我汉语欠佳，但知道中国有声讨陈世美的传统。”苏砚皱眉，“你为赵福慧女士的命运不忿？想要挖掘真相打抱不平并教育女学生带眼识人？”

“你误会了。相反，我不认为她是反面案例。我十分尊重她本人，但会告诉年轻人切勿如此。”

苏砚点头：“你也认为她不值。”

“理之所必无，情之所必有。”

“说人话。”

他无奈一笑：“于理，我们都知道她不该这样。于情，我们又不得不承认‘这样’荒诞的种种，荡气回肠，是世间最动人心魄的存在。”

苏砚嗤之以鼻：“心灵鸡汤。”

“多读些书没坏处。”他递上一册薄薄的英译本。

苏砚瞥一眼标题，表示费解。“开满牡丹花的亭子？长得好像牡丹花的亭子？”

男人啼笑皆非：“是《牡丹亭》。说真的，你要不要考虑下拜我为师补习中文？”

4

倒时差倒得天昏地暗。待苏砚醒转过来时，她发现那本书不见了。

“书？”一位穿扮好像校工的大叔表示疑惑。

“是的，我见到了你们的傅予恒校长，他送给我一本书。跟花有关……牡丹亭子？”

老校工正色：“你在何处见到校长？他叫傅予恒？他这么说？”

“就在这座楼中。”苏砚见他面色古怪，“怎么？”

老校工欲言又止，半晌道：“此楼虽已改造成校宾馆，但过去曾是赵校主故居。”又顿了顿。“不久前翻新，发现有道暗墙。”

苏砚紧接着问：“然后发现鹅毛笔与书信？”

“正是。遂将顶层改为博物馆，存放校主旧物。”他为难地看了看她。“而且你方才提到校长……鄙人正是书院校长。”他轻轻说，生怕惊吓到苏砚。“昨日我在外开会，并不曾与你会面过。”

苏砚惊愕得无以复加，“那是我做梦？并且一个梦里套着另外一个梦？”

“我不知如何解释。但是苏记者，你刚才提到的那个名字——”

“傅予恒？”

“对，这并不是我的名字。而且，你从何而知这个名字？”

苏砚张口结舌。她也不懂，但在梦里就这样自然而然喊出了这个名字，仿佛这三个字蛰伏于脑海深处已久。

校长叹气：“他便是写信并送笔给赵校主的那个人。”

苏砚如遭雷劈，“什么？那我昨日梦见那个自称傅予恒的男人是谁？你们可有傅的照片？”

老校长大摇其头，难得幽默：“苏记者，你大概是现如今这世上唯一见过他的人。”

5

苏砚满心疑虑，拨打相熟的心理医生电话。

医生学她口头禅，啊哈一声：“日有所思夜有所梦，正常正常。”

苏砚怪叫：“哪里正常？我做了连环梦，梦见一个一百多年前就消失掉的男人！”

“你确定他的面孔不是最近走红的韩国男星？”

“当然不！我记得他容色清雅，气韵超然。”

“是不是单眼皮，穿高领毛衣还疑似有教授头衔？”

“咦你怎么知道？”

“那不就是那位男星嘛！哎挂了挂了，我要做生意，不听你追星成痴胡言乱语。”

说着当真收线，气得苏砚原地跳脚。好不容易沉下心来，想起老校长给的资料。

“赵福慧书房珍藏一幅字。”她拍照传给身在美国的主编，“并非她本人字迹。”

“倒更像是那男子的笔迹。”

“的确。但你猜这幅字的中文是什么意思？”

“这九个字里我还是认得一个的。那个‘一’字。”主编炫耀了一下才华。

“正解。”苏砚拍了马屁，“情不知所起，一往而深。”

“说人话。”

“大概就是我莫名其妙对你一见钟情的意思。”

“怪了，我们从书信中获知他拒绝她，怎么又送她一幅表示一见钟情的字？”

“这个秘密大概只有他们二人知晓。”苏砚耸肩。“赵福慧似乎格外小心，几乎销毁所有与这男人有关的证据——若不是她舍不得那支鹅毛笔并将它藏于暗墙内，恐怕这段情事会掩埋尘土无人得知。”

“苏，去买点安眠药吃！”

“干吗！”

“做梦呀，去梦里问问那个男人！”主编八卦之魂熊熊燃烧。

苏砚不想理他的揶揄，“不过我想好了一个标题。”

“说来听听。”

“牡丹亭。”

“说人话好吗？”

苏砚：“我查过维基百科。简单说就是一男一女梦见他们在牡丹亭畔恋爱。梦醒了，女主角病死了，她家人将她葬于梅树下。三年后男主角巧遇女主角画像，这才知道梦中人是真有其人，于是掘墓开棺，女主角起死回生与他在一起——这不是科幻小说。作者是几千年前中国一位戏曲作家。”

“中式童话。”

苏砚却认真道：“今日世人最缺的岂不就是童话？人心枯涸，谈爱色变。人人都怕在感情里吃亏，一照面先评估相貌身高财产，恨不能搬出测谎仪检测一番。每付出一次就索取等量回报，否则就愤愤不平——但在百年千年以前，人类字典里的爱情还与美好挂钩。”

主编提醒道：“我同意你的标题与观点，但是苏，玩笑归玩笑，做梦归做梦。你的任务是找到真相记载故事——不论美好或丑陋。”

6

苏砚连日奔波查询关于赵福慧与傅予恒的蛛丝马迹，压力山大，只好再找心理医生诉苦：“我失眠。”

“前几日你说自己经历盗梦空间，现在又失眠，你的戏可真多。”心理医生丝毫不掩对她的嫌弃之情。

苏砚几乎吐血。“龙光四海，大家同学一场又是同胞，有点爱心好吗？”

龙光四海慢条斯理：“你知道我有多个学位，心理学只是百无聊赖念来玩的。你忽然这么相信我，我很紧张啊。再说什么稿子这么难？做到失眠？”

苏砚苦笑：“一个消失了一百多年的神秘男人，一个掩藏了秘密的痴情女人。唯一的线索是一支他赠予她的鹅毛笔，以及——”

“什么？”

苏砚想说以及21世纪一个跟她长得几乎一模一样的人，我自己。但话未出口鼻头莫名一酸，一股说不出的感伤突如其来涌上心头。

“没什么。”她吸了吸鼻子，“你相信人有前世今生吗？”

他不置可否。“形灭神灭。过好今日，不留后悔，自然不会期待有来生。

所有希望再来一次的人，无非是想要弥补遗憾罢了。”

苏砚忽有所悟，“谢谢你。”

“不客气，点化你们凡人是我作为天才的职责所在。”

7

与龙光四海聊过，苏砚打开电脑，写下标题而后停滞。

应当从何处落笔？福慧，福气又聪慧。光看名字还以为父母寄予厚望，不想与其他女子无异。如果不是指腹为婚的未婚夫傅予恒一去不返，赵福慧大概会与彼时大多数女性一样，相夫教子，度过平庸一生。但在傅予恒登报退婚时，她的命运就被改写。自由义士傅予恒突然音讯全无，赵福慧不计前嫌接管傅家产业，生意做得风生水起，还替独子傅予恒侍奉双亲，自己则终身未嫁。老学究们认为这段佳话很值得传颂，专门做了篇称颂赵福慧的文章，巴巴儿地送到府上请她雅正。据说连赵福慧的面都没见到，被她叫下人用一句话打发了。

这句话只有四个字：干卿底事。

翻译过来就是关你屁事。

老学究气得胡子都翘起来，又写了篇更长的文登报讥讽赵福慧女子经商，刁钻狡悍，以至于世风败落人心不古。赵福慧也不客气，买下次日所有报刊头版，登了一篇书院的广告。只有几行字。第一，书院学费全免。第二，征聘有学之士担任校长。

荡气回肠的是广告最末的小字。“情不知所起，一往而深，至今难释。唯愿由傅姓人士担当校长一职。”

她不惧被所有人知道自己的那点惦念。明明是她任性，但又任性得让人无法拒绝。几任校长更迭，竟真的都是姓傅。有人找茬，在小报上发文：“难道赵校主想从傅校长身上寻找情人的影子？”

赵福慧亲笔致信该小报，从善如流：“好主意！今日起本校非男校长不用。望诸位女同胞海涵。”

苏砚看着那张小报的影印本，几乎笑死。赵福慧的娟秀小楷，寥寥数语，言语辛辣。如此巾帼气概，却唯独为了一个男人终生难以释怀，傅予恒何德何能？

她正想着，手机忽然跳出一条短信：“依然失眠？”

苏砚没细看，随手回复：“是的。”

“我可以帮你。”

她这才定睛，继而蹙眉。陌生号码——知道她失眠的唯有主编与龙光四海。

“哪位？”

手机显示收到一条彩信。这年头谁还发彩信？但才打开来，苏砚就怔住。

《牡丹亭》。

那本在梦境中出现的《牡丹亭》——她还以为那真的只是一场梦。

苏砚后背一阵冰凉但额头满是密汗。手指有些颤抖，几乎拿不住手机。

“傅予恒？”

她打出三个字，颤抖地点了发送。

8

“四小姐，画好了就赶紧回去吧。”一名虬髯男子有些焦急地说。

苏砚猛地一个激灵，霎时呆住。镜中倒映出她——不，赵福慧的身影。她穿一件月白戏衣，花靥牡丹髻，然而突兀的是她手中却提着一支画笔。忽然有风，自半开的窗棂灌入，清风无故乱翻书，吹乱一屋纸页。

她呆呆望着这一切。低头，任凭风吹过水袖，一页一页翻看赵福慧的心血：戏服、头饰、演员的每一个身段、动作……她用国画写意的手法一一记录，每一幅图的旁边还都备有密密麻麻的蝇头小楷。

“这是哪里？这是在做什么？”苏砚被这未完成的鸿篇巨制震撼，喃喃道。

那中年男子忙着满地捡稿纸：“四小姐说昆剧是国粹，一直暗里贴补我们戏班，还要写昆剧细考——但这要是传出去，您一个未出阁的姑娘跟戏子打交道，还要写书，这可是会毁了您的清誉啊。”

原来赵福慧偷偷跑到戏班穿起戏服，是为戏曲立书。苏砚不谙汉语不懂艺术，却也被这民国女子的大胆宏愿惊得说不出话来。旋即她意识到，她又入梦了，戏园班主说的中文她竟每字每句都听得懂——太奇妙！苏砚惊愕无比，还来不及开口，窗外一阵嘈杂。

“班主！不好了，警察来抓革命党！”

“戏园子哪来的革命党！”班主斥道。旋即转身，低声道：“四小姐，切莫出来，我去打发了他们。”

苏砚已无法分清梦境现实，她一头雾水，茫然地点了点头。突然门外一声轻响，一个身影飞逝而过。

没等苏砚反应过来，这具身体竟抢先一步厉声道：“谁？”

苏砚吓了一跳，随即身不由己几步追上去——这个身体根本不受她的控制！是赵福慧！苏砚心惊，原来她入了赵福慧的梦，但只是一个旁观者，只能看着她按照记忆中的剧本，重演旧日的一颦一笑。

“赵福慧”提起裙角，紧随那个身影。他跑，她追，一路穿花拂柳，隐约瞧清了他的青衫与半蒙的脸，情急之下脱口而出：“有胆子革命却没胆子露脸！”

他果然停住脚步，她却没能刹住脚步，一个踉跄眼见就要扑倒——电光石火间被一只强有力的臂弯一把捞住，她的心跳猛地停滞，一整个身体向后倾倒，还未惊呼出声，又一只手牢牢锁住细腰。她怔住，望着那张近在咫尺的面孔。他以青巾覆面，只露出一双狭长凤眼。眼中先是惊诧，旋即淡然。

“你是谁？”她忍不住问。

他不语，久久凝视着她，忽然开口：“杜丽娘？”

她没有否认，瞥见他左肩的血迹，蹙眉。“你受伤了？你不能这样出去。跟我来！”她迅速站起，一把拉住他——“怎么？”

他岿然不动。“为什么？”

“什么为什么？”

“你想做什么？”

“帮你。”

“为什么要帮我？”

“那么你呢？你这样不要命又是为什么？”

他的眼神忽现一丝惊异，很快恢复平静，沉声道：“谢谢你的好意，但我不想拖累无辜。”

她一字一顿：“你已经拖累了。”

月白戏服上赫然一朵血花，正是方才相拥时沾染上的。外面人声鼎沸，班主急声：“不能进去！你们有什么资格搜我戏园！”脚步渐近，来不及了。“你信我。”她说完这三个字，也不知哪来的力气，拖着他冲进一间屋子，娴熟地翻出一身生角戏服令他换上。自己则转身，提起朱笔，就着那朵血花几笔勾勒渲染——待他换好回头时，她的戏服已生出一朵娇艳血色牡丹。

门被一脚踹开。班主急切地解释：“您看，我们这里没有革命党！哦，这是杜丽娘——和柳梦梅。”

阳光猛地照进原本有些晦暗的屋内，她转头，看他摘下青巾——

戏里那个名叫柳梦梅的书生与杜丽娘梦中相会，掘墓开棺冒天下之大不韪。胡琴咿咿呀呀，远远传来小旦在天井的轻吟，唱道这般花花草草由人恋，生生死死随人愿。

她镇静而又匆忙地低声道："我叫福慧，你呢？"

他怔了怔，惊诧，迟疑，而后缓缓道："予恒。傅予恒。"

她呆住。

那方青巾随风飘逝。窗外姹紫嫣红，落英缤纷。这是赵福慧与傅予恒的第一次相遇。在那之前，他以为她只是一个唯唯诺诺旧式女子，因此登报羞讽，与她解除婚约。

我怎么可能爱上一个素未谋面的女子？他这样说。

赵福慧不以为然，她的世界大得很，对一个陌生男子的如此狂傲，她只是冷笑一声把报纸丢在一旁当成弃纸——他们没有料到命运会用这种方式让他们相识。

他们面面相觑，哑口无言。

那警察狐疑道："真是杜丽娘与柳梦梅？唱一段来听听！要是假的那就是革命党！你们一个都跑不了！"

他的脸上闪现一丝犹豫，继而决绝，右手移向腰间——电光石火间她忽然甩出了水袖，遮掩并按住他意欲拔枪的手，轻轻地摇了摇头，忽然开口，一声吟唱如泣如诉："柳郎，我和你死里逃生情似海——"

他凝视她，眼神从惊异到感激再到敬意最后是追悔莫及。

情不知所起，一往而深。

他反手握住她的玉手，望住她肩头那朵用他的血与朱墨共染的牡丹。

这一眼不过瞬间，这一眼却是万年。

9

苏砚猛地惊醒。睁眼，凝视眼前的男人，半晌，缓缓道："你不是傅予恒。你是谁？"

男子微笑道："当然不是。我叫聂非言。在书院任职。我教物理。爱好是研究声音。”

苏砚对他的自我介绍不感兴趣。她关心的是：“上一次我见到你，是在做梦。那么这次呢？”

“你可以捏自己一下，看疼不疼。”

苏砚果真掐了掐大腿。点头：“疼。”

“那就不是做梦。”

苏砚环顾四周。“戏园子。”

她想起来了。她按匿名短信中的地址来到这里，远远望见一个男人，她走上前——“然后就不省人事睡了过去——迷药？不，没有这个必要，那么就是，”她稍加思索，肯定道，“你懂深度催眠。”

聂非言笑了笑。“不愧是记者，见多识广。”

苏砚直截了当：“你想要什么？”

“你的梦。”

“它值钱？”

“相当。”

她讥讽道：“那么我要如何将它售予你？”

“不，我不买。我受人所托，来看看你的梦。”

苏砚愣了一下，继而大笑。“怎么做？用录梦机？”笑毕正色，“还没问你，上次催眠我是为了什么？”

“验证。验证你确实是我们要找的那个人。”

“我们？”

“还有他。傅予恒。”

苏砚一个激灵。“他在何处？”

“还记得抵达香港时做的第一个梦吗？”

“记得。码头，黄包车，赵福慧赶去见他，但是没有见到。”苏砚陷入回忆，“她似乎看见了什么，瞬间情绪崩溃大哭出声——”

聂非言递过一本英译历史课本，翻到其中某页。

“一九〇六年十月……为共谋大业孙逸仙抵港召开起义密会……香港各方义士为守护先生与清廷暗杀者浴血奋战……有青年学生请缨，甘做先生替身引开杀手，慨然赴死……”

文字旁是那个年代的照片。黑白画面，人物面孔模糊。但苏砚一眼认出——

一张小小的合影，两排学生。他坐在最中间，笑得灿烂。

苏砚不会记错。梦中就在这个戏园，蒙在傅予恒脸上的青巾落下。苏砚看得清清楚楚。他错愕、羞愧而又难掩激赏、爱慕——他有些痴痴地望着扮作杜丽娘的赵福慧，相见恨晚。

他写了一幅字赠她。他说情不知所起，一往而深。

她也不是不珍惜，悬挂书房近乎一个世纪。

苏砚望着那张照片：“原来那天他不是坐船要走。”

原来他狠心写信跟她道别，那不是道别。

而是诀别。原来在一九〇六年十月的那一天，他在她的眼前，永远地离开了。

傅予恒自知此去做替身，有去无回。他不忍她痴等，于是用最激烈的方式逼她死心。可她偏偏不肯。赵福慧有胆有识，岂会被一纸信笺吓退？她奋不顾身赶赴码头，却不料目睹他的就义。

“她眼睁睁看他死在自己面前，所以才会那样失控。”苏砚喃喃道，旋即倏然惊醒，“但我为什么会梦见这些？我并不认识他二人，我与他们毫无瓜葛。”

聂非言答非所问：“从前我以为所有的问题都可以用科学解答。但后来有一个人，他跟我说了许多故事，意图改变我的想法。为了证明他所言非虚，我同意追随他，寻找他所说的那些——文具。”

苏砚脑中火花一闪。“那支鹅毛笔？它有何特别？”

聂非言说："一支普通的鹅毛笔，非要说特别，大概就是它历经世纪沧桑。万物本无情，若是有情，也是因为用它的那个人，用情至深以成执念——以至于，"他看了她一眼，"执念太深，用了一辈子都放不掉，残留记忆直至来生。"

苏砚猛然摇头："这不可能！我不相信。我出生在美国，此前不曾踏入香港半步。我不懂民国历史，不认识什么赵福慧傅予恒。我是苏砚，我不是什么人的来生与转世。我只是做了梦，那只是梦……"

10

苏砚不知聂非言对她做了什么，她昏昏沉沉，眼前一片混沌。耳中忽然传来一阵啜泣，她定睛，见门外依稀几个人影，轻声交谈："没有其他办法？"

"她要求安静并有尊严地离去。"

"赵校主有何最后心愿？"

"并无。她说此生无憾。"

"令人尊敬的女性。"

"是，从商有道，不卑不亢，只是感情上——"

"嘘，你又不是她，怎知她的感情不如意？"

苏砚愣愣地"看着"倚靠在背椅中的自己——这是赵福慧一生中最后的时光。镜中倒映她满头白发——她等了一个人，等了一辈子，空余情丝变白发。

苏砚抑不住想要痛哭的冲动但这只是梦。属于赵福慧的梦。不知为何变成了记忆，留在苏砚脑海的深处。在她踏上香港的那一刻这份神秘的记忆被启动。它执拗地带苏砚进入梦中，重演往昔种种——赵福慧起身，有些吃力，蹒跚走向书桌。

鹅毛笔静静躺在笔盒内。

“不知黄泉途中是不是真的有孟婆汤。如果有，可不可以不喝？”赵福慧轻轻说。

暗夜无声。

突然她听到一个声音——她认得那个声音。

那个声音在身后轻轻道：“不，你要忘记。”

赵福慧没有回头，但她的身躯颤抖犹如狂风中的牡丹。眼泪簌簌滴落，苏砚分不清楚到底是赵福慧哭了，还是她自己哭了。

“这是我最后一次来看你。”他静静道，“把那支笔收起来吧。你走后，我不会再来。从此一别两宽。前尘往事如烟，不值一提。如有来生，愿你无忧欢喜。”

苏砚想要转身，看一眼，哪怕就一眼。她想要看清楚他的容颜——这个为理想舍弃了生命的男人，是不是真的一次又一次夜访人间陪伴她？他与赵福慧，是不是也如一曲凄婉牡丹亭，虽生死两别但情缘未了？所以她独身一世，只因她其实从来不曾孤单？

但这身体并不听苏砚使唤。赵福慧倔强地不肯回头。她将笔盒重重合上，几步踉跄，将它锁入暗墙。

墙面缓缓合上，发出一声沉闷重响。

永别了，予恒。

11

我读完了那个名叫《牡丹亭》的故事。作者是一个名叫苏砚的美国记者。她写一对青年男女因误会而擦身而过，又在生死关头一见钟情，然造化弄人，男子舍生取义，又因不舍，附于一支鹅毛笔，夜夜探访她的梦境，陪伴她直至时光尽头。我掩卷，拿起那支鹅毛笔端详。“这笔是苏砚给你的？”

“是。现在它只是一支普通的鹅毛笔——聂非言居然懂如何净化文具。”

“也许根本无须净化，看到她此生无虞，傅予恒便安心离去。”

龙光四海怔了怔，半晌道：“鹅毛笔之后，聂非言就离开了香港。而且，”他顿了顿，“我们很久没有那个人的消息了。”

“果然兄弟情深。你就那么想他？”

龙光四海伸了伸懒腰。“谁要想他那只小白眼狼。不过小袁，小心点。”他敲敲笔盒，沉声，“他不会无故对一支笔感兴趣。”

龙光四海走后，我才仔细看那行镌刻在笔盒内侧的小字。

“生而不可与死，死而不可复生者，皆非情之至。”

原来吸引龙光长飞的并非这支神秘的鹅毛笔与那段民国爱情。这句话才是他的执念。

他以为人间至情是生者愿为爱赴死，死亦可生。

可是明月将沉，岁月将瘦。

他还是不明白，有些离开，才是至情。

桐花万里

你许愿你爱我，我们两相依偎，我们欢笑，我们忍泪，
告别难分难舍。当春之歌重唱，那五月清晨常回忆。

文 / 章青定

1

邓熙文进入昆明城时，正是西南1940年的夏天，满城大红和紫红的三角梅映在低而蓝的天空下。他牵着他的驴穿过金碧街，两旁咖啡馆和面包房里有人掩嘴笑起来。两个美国大兵结伴而过，对他咧开嘴，他们胸前带翅膀的徽章在阳光下闪了一下他的眼。邓熙文抬手挡了，这个动作在街边服装店里的周培青看来有点可怜的意味，就像个穷光蛋受了欺负。于是她转头给了店里的小伙计两张票子，说："你去替我给他吧。"

小伙计一溜烟去了，对于周培青，他一贯伺候得很尽心。他知道眼前这位周家小姐很得爹爹的宠，手头阔，人也不精明。夸她两句就没了自己的主意，说什么她都信，荐什么她都买，是个再好做生意不过的主顾了。之前他荐给她一件绛红的旗袍，料子好，顶贵，周家小姐穿上像只微胖的火腿，但他昧着良心说了一连串"好看"，她也就爽快地付了钱，这次来还穿在身上。

牵驴的邓熙文没要小伙计递来的钱，事实上，他觉得这施舍简直来得

有些莫名其妙。他是来投考西南联大的学生，入滇不易，他在半道买了一头驴一步步骑来。虽然风尘仆仆，却想不到竟有人将自己当成乞丐。偏偏那施舍者还不觉得荒谬，她见邓熙文不收，竟从店里跑出来，劝道：“你就拿着吧，去买两碗吃的。”她仰着头，一脸诚恳。

邓熙文看见一双黑白分明的大眼睛，是双美人的眼，但皮肤有点黑，人有点钝，将他当乞丐更是有些蠢。他绕开了这姑娘，继续往前走。但他忘了，这里不是他熟悉的、道路横平竖直的北平城，他在这城里兜了小半圈，没有找到学校，倒是又看见了那姑娘。她站在街角捧了一个萝卜饼在吃，身上的衣服有些扎眼。

“哎，你。”是老实不客气的开场，显得有点无礼，不是平日的邓熙文会做的事。但她居然将他当成乞丐，年轻人的自尊心可是要人命的，邓熙文的声音就有些控制不住，硬邦邦的。

但周培青浑然不觉，她就是有些迟钝。从前读书时，女学生间的夹枪带棒她从来都听不懂，所以她自然也听不出邓熙文的不快。她看着邓熙文，笑起来，像看见老熟人，还热情地招呼他：“是你呀，萝卜饼你要吃吗？”

邓熙文摆摆手，问她联大怎么走。他本只希望她能指个方向，谁知周培青热心得很，她说：“我带你去。”

走到半路，邓熙文就后悔了。真不该问她的，街上那么多人，为什么看见一条红裙子显眼就上前去问，就算是多绕城两周也比跟着她走要强。这么多话，这么聒噪的一个姑娘，一路不停地跟他讲，离这儿多远是翠湖，蒙自的过桥米线顶好吃，谁耐烦听这么多啊，等他考上了自然会有大把时间来了解。

邓熙文不明白周培青的孤独。父亲宠爱她不假，因为她像她早逝的母亲。他不限制她的零用钱，也不管她买多少来不及穿的衣服，但也仅限于此。从前她还有女同学们一起逛街吃东西，但念完高小，她就没再去上学。

念书没什么意思，她也提不起兴趣，父亲对于女孩的学业也不苛求。她满肚子的话没什么人可说，现在好不容易碰见一个，哪怕是个陌生人，她也恨不得道出一半心里话才好。

到了学校大门口，道过谢，邓熙文几乎是逃也似的跑开。他的驴撒蹄跟着他跑，可到底也快不过身后周培青的声音，她喊："不用谢，以后要帮忙也可以找我，我可是老昆明。"

2

邓熙文当然没去找那位老昆明，从考完试到放榜的那段日子里，只要看见红色的旗袍，他整个人就会吓一跳。

但到底还是没躲得掉。

放榜那天，邓熙文在机械系的录取名单上看到了自己的名字，他乐得有些忘形，有人在一旁问他："你考取了吗？"

"考取了。"

"哪个是你？"

"邓熙文。"

"真厉害。那上课的时候你的驴怎么办呢？"

邓熙文转头就看到了周培青，恨不得能立刻遁下地去。但他没有这个本领，只得硬着头皮问："你也是考生？"

周培青摇头，说她早就不读书了。

"我就想看看能不能碰见你，要是你落了榜无处可去，就帮帮你；要是你考上了，我就带你去吃一顿好的庆贺庆贺。"

邓熙文瞠目，周培青却一径问下去："这里的气候还习惯吗？汽锅鸡你尝了吗？米线呢？还有不少好吃的，我带你去尝尝。"

邓熙文借口要为上课做准备，诸事繁杂，落荒而逃。跑到半路，不禁苦笑，他从前在学校是出了名得绅士有礼，从没这样对待过任何女生。但“诸事繁杂”倒是真的，联大的条件不好，校舍破旧分散，往往一堂课下了，得走老远赶去另一间教室。有时还得自己搬桌椅，搬完自己的，再返回去替女生们搬。男生宿舍的茅草屋顶常常漏雨，上完课还要扛着被子出去晒。条件差，课业也并不轻松，图书馆的参考书少，往往要大清早排队去抢。不过一周，他就忘了那个热情得有些过分的姑娘。

是的，他本已忘了周培青，要不是在跑警报的路上又碰见她，他肯定能彻底忘了自己为什么会下意识地避开穿红衣的女同学。那天她没穿红的，是深蓝的两截式短衣长裙，北平城的姑娘不这么穿，联大女生也不这么穿，这大概是她老昆明的穿法。她不知道为什么落了单，独自跑着，看见邓熙文，她的眼睛亮了起来，也许是正喘着粗气，也就没开口和他打招呼。

邓熙文本来和同学们一起狂奔着，他的体育成绩一贯不赖，真要跑起来，肯定能甩开后面那个穿深蓝布衫的人老远。但他还是没忍住，回头看了她两眼。她大概快跑不动了，满头大汗，两绺碎发沾在额角，步子沉得“噔噔”响，真不知她背上背的是些什么。邓熙文停下来，待她跑过他身边，一把拎过那个包裹，真沉，跑警报还带那么多东西，邓熙文有点生气。周培青自然还是瞧不出来，她跟在邓熙文后边跑，笑眯眯的。

待到了防空洞，她打开那个包裹，邓熙文不禁吸了一大口气。算盘、煤油灯、小皮球、毛笔砚台、《增广贤文》，还有两包花生仁。

“这是给弟弟带的，你刚来不知道，有时躲警报要躲一整天呢，小孩子在里面待不住的。”此时的周培青看起来一点不笨，是个细致体贴的大姐模样。

“那你弟弟呢？还有你家里人呢？怎么就你一个人跑？”

周培青笑起来，“弟弟要上学，爹爹在外忙生意，家里就我一个是闲人。”这次她没和邓熙文说太多，起身就去找弟弟。临走前她还是十分热情：“需要帮忙就来找我，我可是老昆明。”

3

多跑了两回警报，邓熙文发现周培青说得很对，一整天待在防空洞里真的是长日无聊。虽然学生们总有很多办法可以打发，胡吹牛、讲杂文逸事，但功课却是不可避免地耽误了。学校的教室和图书馆因而更加紧张。邓熙文常和其他学生一样，在天还未全亮的麻灰色里等着图书馆开门。

周培青来的时候就是这样的早晨，她忽地从邓熙文身边钻出来，伸手递过一张纸片来说："喏，给你，我替你弄到了一张，你就不用排队啦。"邓熙文不知道她是怎样从一长串人里将他给认出来的，他倒因为天暗，她的脸模模糊糊看不清而被吓了一跳。

邓熙文看向她手里的纸，不仅是他，周围的同学都转过头来看，有人说："嘿，图书馆也发特别通行证了？"

待看清后，大家哄笑起来，那是一张电影票，《蝴蝶梦》，晚七点场7排12号。邓熙文在笑声里涨红了脸，周培青却还在说："这是新电影，票可真是不好买。"邓熙文轻轻推开她，扭头就走。周培青跟上来，在身后不停地问："邓熙文，你怎么了？"走了一段，她像是醒悟过来，又说："我是为了谢谢你上回替我背东西，这次可不是施舍，我见你排队排得很辛苦……"

邓熙文转过身，凶巴巴地问："你当我排队是在干什么？"

"听别人说你们在抢电影票。"话还没说完，周培青就闭了嘴，这次她总算看出了邓熙文面色不善。

邓熙文转身瞪着她，他不明白自己怎么就会招惹上这个姑娘，一次次令他出丑，他那比天还大的自尊心令他此刻几乎气得要爆炸。周培青也回看他，不知躲避，可以说是茫然，也可以说是天真的一双眼睛。邓熙文泄了气，他到底还是骂不了女生。

他就这么往前走着，周培青不声不响地跟在后面。周培青有点难过，她感觉邓熙文像是讨厌她了。她从小到大不是没被人讨厌过，从前有女孩们约她出去玩，让她付账吃冰激凌看电影，但到了说私密话时就将她甩开；班上有男生笑过她胖，说她蠢，跑步的姿势难看，她也并不怎么难受。但邓熙文，他在满城的警报声里，在城外传来的轰炸声中等着她，替她背东西，除了爹爹以外，没什么人对她这么好过，是两条命相连地好。

周培青也是有自尊的，她没再跟着他，慢慢停住脚步，转身回了家。只是她的自尊和邓熙文的不同，邓熙文的自尊像是宝善街上的梧桐，伤了就会断，断出来的齿和木尖会戳到别人；而她的自尊是翠湖边的细竹，风吹过去会倒伏，但慢慢又会自己立起来。

4

周培青负了几天气没去找邓熙文，可那负气是她一个人的事，邓熙文仍然上课、打球、参加学校的活动。她在街上看见邓熙文时，他正站在联大抗日募捐的台子上。台中央有人在慷慨地演讲，周培青一个字也没听见，她只看见邓熙文捧了一个盒子，那盒子那么大，让她不由得担心他得站多久才会够。

周培青翻遍了全身上下的口袋，但带的钞票太少，她决定回去再拿一点，最好叫爹爹也出一些。

爹爹坐在客厅里，先仔细地将手里的账对完，又签了管家递上来的几张单子，才抬头问：“要我出这笔钱做什么？”

“抗战啊，保家卫国。”

“政府已经请我们几家商户去商量过了，我们每户都已出了抗日经费。”爹爹复又低下头。

“为抗战捐钱还嫌多吗？”周培青梗着脖子。

爹爹奇怪地看了一眼女儿，觉得她这副激昂的样子有些不寻常。

“抗战要抗，日子也要过，再捐下去，我们全家上下就喝西北风去咯。”

周培青急了，脑子里恨恨地不知蹦出哪年背过的诗，她对着爹爹说：“十四万人齐解甲，更无一个是男儿。”

爹爹哭笑不得，问她打哪儿学来的歪诗。周培青不答话，扭头出了屋子。倒是弟弟跟了出来，要给零用钱让她去捐。周培青摸了摸弟弟的头，才要夸他，爹爹就出来喝止：“宣廷，去书房找先生！”爹爹又瞪着她，说：“以后不许在你弟弟面前提抗战报国，再提我就断你的零用，不许你再出门！”

周培青问爹爹为什么，满大街都在说，城门上也写着“还我河山”，凭什么就说不得。

爹爹真动了气，声音压得又低又硬：“你弟弟以后是要接家里生意、撑住整个家的，不能带向别的路。你以为抗战那是挂在嘴边好玩的吗？那是战争，是血，是死人，是一条条活生生的命。”

爹爹从没这样凶过她，他只会乐呵呵地说“又想添新衣裳了吧”“不想念书了？真不念了？那也行”“王家那小子不喜欢？嫌人丑？那就不嫁他吧”。周培青看着生气的爹爹，知道这钱是要不到了，她转身回了自己房间，从首饰盒子里拿出几副耳环和几个镯子，金灿灿的一小把。

募捐的箱子口小，一下子扔不进去，周培青只得一样样地往里塞。捧箱子的邓熙文吓了一跳，退后一步问：“你这是干什么？”

其实也不是没有太太小姐们来捐首饰，但没人像周培青这样的，邓熙文怕她将他们这自发的募捐会错了意。但周培青以为他是不肯收自己的，一着急，生了智，问：“为什么别人的都要，唯独我的就不要？我知道你讨厌我，难道讨厌我比为抗战募捐还重要？”

邓熙文一时反应不过来，张口结舌地看着她，任她将东西一件件地塞进去。培青见他收了，心里喜滋滋的，怕他反悔，转身就跑。跑了没多远，就听到邓熙文在后面叫她，她更加不敢回头。但她到底跑不过邓熙文，然后邓熙文追了上来，向她道谢。

周培青气喘吁吁地说：“还以为你要把东西还我呢，有什么好谢的，害我跑得喘如牛。”

邓熙文倒是很严肃，说锻炼身体也很重要，不论男女都应该强健体魄，弱国弱民肯定会受人欺负。

他从没这么认真地跟她说过话，这语气就像是在和他的那些同学讲话，培青高兴之余生出几分羞涩，讪讪地低下头。邓熙文也突然变得吞吐起来，他顿了顿，又说：“我其实也并不讨厌你，只是你之前颇热情了些，我不太习惯。”

邓熙文的此番解释是怕周培青伤心，以他对女生的了解，被人讨厌总归是伤人心的。可对于周培青而言，则代表着她的负气结束了，她的热情又重新汇聚起来。

5

周培青回去后当真锻炼起了身体，先是跟着弟弟去学网球，后又每天在园子里跑圈。弟弟笑话她，哪有人在这么小的园子里锻炼的，要跑就应该像联大的有些学生那样，每天往圆通山跑。

周培青就真的去跑圆通山，一路上多是联大的男生，有人穿夹克，有人穿布衫，有人鞋子前后破了口，还有人裤子上破了洞，用膏药布贴着。周培青才要笑，仔细一看，那贴膏药的正是邓熙文。

邓熙文见她盯着那块膏药直笑，有点不好意思，解释说：“裤子破了，不会补，实在是没有办法。”周培青还是笑，这笑容里就多了几分高兴，这说明邓熙文也没什么相好的女同学，不然哪会这么狼狈。她说：“那我替你补。”

第二天邓熙文将破裤子交给她时，还湿漉漉的，显然是昨天特意赶着洗过，还来不及干透。周培青其实也不大会缝，她的衣服没有一件是穿到破的，她又不好意思找家里的用人，便拿了裤子到街上去找裁缝铺。

就是从这次交还破裤子开始，周培青和邓熙文常常会在去往圆通山的路上相遇。对于周培青来说，这是刻意等待的结果，而邓熙文没有因此而改变自己的作息，自然也是一种默契。

起初周培青是跑不到圆通山的，她常常在半路就停下来，待在原地等着邓熙文返回。后来她也能跟着跑到山脚，邓熙文继续爬山，她就在山脚下等他。春天的圆通山上下满是海棠和山茶，也许是人们都忙着踏春、劳作，山脚的圆通寺内人并不多。周培青站在殿里，想求点什么，却思来想去想不出。她觉得现在这样就已经很好了，人不能太贪心。再一想，又决定贪心一回，求一求释迦牟尼，让邓熙文能喜欢她。

邓熙文下山，见她从寺里出来，不由得问了一句她去求了什么，周培青不好意思说实话，骗他说在求以后不用跑警报、不必洗头洗到一半听得“呜呜”响，就得抓着一头湿漉漉的头发往外跑。邓熙文信以为真，鼓舞她说抗战一定会胜利的，一定会有这一天的。

这是周培青从小到大最不寂寞的时光了，每天算着要去跑步的时间，和邓熙文待的每一分每一秒，说的每一个字发出的每一声笑于她都是快乐。

只是服装店的小伙计难免有些失落，周家小姐现在学联大的女学生，成天穿白衬衣和带两根长带子的“工裤”，要不就是蓝旗袍配红毛衣，都不怎么来买新衣服了。

为了能多接上几句邓熙文的话，周培青还专门去书店买了课本，弟弟的家庭教师来时，她有时也会跟在后边听，问他“你好吗”“今天天气真好”用英文怎么讲，死记硬背下来去对邓熙文说。邓熙文听了，拼命憋住笑，说“给你弟弟换个英文老师吧，这样下去，发音只有我们本国人能懂”。弟弟的英文老师是个老头儿，戴一条假辫子，说自己是辜鸿铭的追随者，英文讲得，辫子也留得。邓熙文笑：“事实上是他的真辫子到底没能留住，英文也讲得不好。”

那时物价已经涨了起来，但联大的学生们每月仍只领八块钱的生活补贴，许多学生纷纷在没课时外出寻兼职。周培青看着邓熙文全身上下多得来不及补的烂袖口破膝盖，忽然心中一动，问："你去当我弟弟的英文老师怎么样？"

邓熙文想了想，却说给她另推荐个更好的，是英语学系的卢婉致，英文讲得比他好，教学生也很有一套。周培青的心一沉，听名字是个女学生。邓熙文又说，她中学和他念一间学校，高他两届，因为战事已和家里断了联系。她的男友也是联大学生，年初投考了空军，去了美国航校培训，她一个人十分孤苦，经济又窘迫，实在不忍心不帮她一把。

周培青听他拉拉杂杂地解释了这本不必解释的许多，心里已然快活起来，热心得当场就要回家去跟父亲说。邓熙文却叫住她，从裤兜里掏出两张皱巴巴的、不知在手心的汗和犹豫之间翻滚过多少回的票，说："听他们说，最近这部片子不错。"

票是好莱坞的《翠堤春晓》，周培青早在上映的第一天就在南屏电影院看过了，但邓熙文肯邀请她，就算看上十次八次也行。她一路跑回家，心里像揣着一锅滚烫的水。她翻遍了整个衣柜，对着镜子比较了两个小时，还特意去做了头发，出现在电影院门口时，整个人有种夸张的郑重。

警报声响起时，银幕上正唱到"当我们正年轻，五月风光令人迷醉，你许愿你爱我"，警报声先是和音乐声相交，渐渐就压过了歌声，人们慌乱地起身跑起来。在一片混乱中，周培青听到歌曲仍在唱"我们欢笑，我们忍泪，告别难分难离"。

这天的炸弹扔到了另一条街，周围的人们在警报过后又回去继续看，银幕上的故事也还在演着，但周培青和邓熙文没再进去。他们沿着有断壁的路慢慢离开，周培青是因精心的打扮被弄得狼狈不堪而懊恼，完全没了看电影的心情，而邓熙文的心里有种山河破碎的悲愤。

6

卢婉致没当成周培青弟弟的英文老师。因为周父在听了周培青的建议后沉默了半晌，说："还是算了吧，我不求宣廷的英文有多好，不过是为了以后和洋人做买卖时能说上几句。现在的年轻人大多都太热情，除了英文不知还会教宣廷一些什么，还是那位老先生稳妥。"

周培青去见邓熙文时很是愧疚，邓熙文说这并没有什么，他再替卢婉致找别的兼职好了。培青问他："那你呢？"

邓熙文说，他打算投考飞行员，眼前得先忙着学习和锻炼，若是真考上了，也就不必兼职了。

周培青心里跳了一下，这时，她突然想起父亲那句："那是战争……是一条条活生生的命。"她觉得自己是个顶自私的人，她在和邓熙文分别后做的第一件事是跑去圆通寺，许了个愿——"让邓熙文考不上吧。"

但菩萨没听见她的话，邓熙文被中国航空公司录取了。他欣喜地来与她分享这个好消息，周培青在心里想，大概太自私的愿望都实现不了。

那天有个女生来祝贺邓熙文，就是卢婉致，她十分活泼可亲，夸周培青好看，还讲起邓熙文在学校里的事。她说："招考那天，邓熙文做了件好玩的事，考官问他为什么要来投考，许多人都答大道理，到了邓熙文，他却说，'为了让姑娘们畅畅快快地洗头发，让有情人和和美美地看电影'。"卢婉致说着说着笑起来。周培青没笑，她想起很久以前她信口胡诌的那个关于洗头的愿望，邓熙文还记得。

邓熙文在走之前来向周培青道别。两人并没有说什么话，只是沿着昆明的街道慢慢地走。那天的太阳很好，警报也没有响，金碧路上的南来盛咖啡馆散发着咖啡和牛角面包的香气，宝善街上的梧桐树叶在微风里轻响。周培青想，这个下午多好啊，哪里像有战争呢？

邓熙文离去后时有信来，他说如今人员紧张，他们的培训时间比从前要短，可能会更早上前线。隔了数月，训练结束，他已正式上了飞机，任副驾驶。驾驶员是个美国人，曾是"飞虎队"队员。他们飞驼峰线，负责往前线运物资。为避开日机袭击，他们所飞的路线气候复杂，也没有导航台，飞行难度很大，他觉得自己还有许多东西要向驾驶员学习。

这些周培青都不是很懂，她只知道这样的情况肯定十分危险。这时的周培青每天仍跑到圆通山锻炼。她已经能一口气跑上山顶，但每当到了山脚下，她还是会停下先进去寺里。她什么愿也不敢许，怕不小心又许了什么贪心的愿。但她想，她每天都来，总有一天菩萨会知道她心里在期盼着什么吧。

邓熙文的最后一封信写了什么？周培青记得很清楚，他跟她讲他们有一架飞机，一边的机翼被日机炸断，于是装上了另一种型号的机翼。两边的机翼不同居然还能飞，队友们每次看到它都会取笑这是一架"杂种飞机"，然而内心却十分佩服。邓熙文写：我们人也要像它那样顽强才好。

然而却并没有。

邓熙文的飞机坠落于白雪覆盖之处。那地方寒冷难行，陆地上的人很难从外界进入。

消息是卢婉致来告诉她的，她红肿着一双眼，说学校已经收到了通知，也已派人将他留下的信送往他家里。只是水陆交通都断绝了，不知送不送得到。

"留下的信"是卢婉致委婉的说法，其实就是遗书，这些小伙子一早就抱了牺牲的决心，他们的遗书端正地放在柜子里，随时预备着有人来将它们取走。邓熙文的信有两封，一封已在送给他父母的路上，另一封在卢婉致伸过来的手中，那是给周培青的。

他给她写了十来封信，却从未提过还有这样一封。信很短：培青，如我牺牲，请好好生活，替我看看胜利之后的日子。

7

所以周培青拒绝和父亲一起离开。那是1946年的春天，周父决定处理掉大半产业，全家迁往国外。他说他已经猜不透以后会如何，宣廷书念得不错，不如带他出国去，做个学者，或者干脆当个寓公都好，只要平安。

周培青不肯走，她说她不愿意出国离乡。周父发了脾气，砸了花瓶，动了板子，仍是无用。他将周培青锁在房内，只等离开那日找用人架住她走就是。谁知跑了几年圆通山的周培青远非当日那个因为略胖，一动就会喊累的小姐了，她翻了窗，从后园的假山上踩着墙头逃了出去。当她从墙上跳下，双脚落地的那一刻，她知道自己可以不走了。爹爹最要紧的事还是将弟弟带出去，当然，他也会放不下自己，款仍会汇回来，这园子本来也还留着，她就当是守宅子了。

周培青猜得没错，爹爹的款子一直汇到无法再汇回来的那一年。那一年周家的园子住进了其他人，周培青留下了其中的一间；她也在那一年进了小学，做后勤，给小孩子烧菜打饭，她对喜欢剩饭的小孩子说："以前的学生常常吃不饱，你们还浪费。"她还学会了自己补衣服，她替那些缺人照顾住在学校的小孩补裤子时，会忍不住想，要是当时自己也会，能亲手给邓熙文补上那些破洞该有多好。

周培青的后半生历经波折，然而她总是笑眯眯的。学校里有职工说周培青脑子不灵光，反应慢半拍，她也不反驳，只冲人笑笑，慢条斯理地洗完头发，坐在太阳底下。她想阳光真好，花也香，邓熙文要看的应该就是这样的日子吧。

周培青去世是在春天，窗外的桐花开得正好，曾经吃过她做的饭、穿过她补的衣服的小孩子围在她的床前。他们现在都是大人了，是当年邓熙文牵着驴进昆明城的年龄。他们按周培青的请求替她播一首曲子："你许愿你爱我，我们两相依偎，我们欢笑，我们忍泪，告别难分难离。当春之歌重唱，那五月清晨常回忆。”那是她和邓熙文没看完的那部《翠堤春晓》里的歌。

她看见邓熙文，他站在初春的圆通山脚下等着她。

长路西去，桐花万里。

画堂春

走过很多路，翻越很多山，穿过枪林弹雨，
月澄终于找到了他丢失的女子。

文／十 三 幺

缘起

1999年12月31日，新旧世纪交替的深夜，江南临安飘起了雪。

这是这个冬天的第一场雪，漆黑如墨的夜空中，灰白色的雪花簌簌落下，落在临安的城与镇，落在临安的山和水，落在临安城郊竹林深处的广福寺。

安静的古寺正殿，忽然燃起熊熊大火。庙里的僧人从睡梦中惊醒，奋力灭火。奇怪的是，无论用水还是用灭火器，火势竟然消不下去，众人眼睁睁地看着殿中坐了几百年的佛像化为灰烬，心中一片黯然。

就在佛像燃于大火之时，竟天降惊雷，寺中九十高龄的住持被活活劈死！众僧跪在老住持的尸体前，泪流不止。老住持行善一生，居然落得如此下场，这究竟为何？

黑暗散去，旭日东升，新的一天，新的世纪开始了。

僧人们开始料理老住持的丧事，整修正殿。十七岁的小和尚子澈清理火灾场地时，在佛像的灰烬中发现一个黑色的盒子。盒子不知是什么材质，经历如此大的火灾竟只是蒙了一层烟，其他丝毫无损。小和尚将盒子擦拭干净，只见盒身上刻着“卍”字纹，还有六字大明咒“唵嘛呢叭咪吽”。盒子是密封的，小和尚打不开。

晚上，小和尚睡得很不安稳，一闭上眼睛就感觉自己来到了寺庙四周的竹林中。他默念了几遍《心经》，才终于迷迷糊糊入睡。

一

1936年的清明，江南烟雨连绵不绝。

牛毛般的细雨落在竹叶上，慢慢汇成一股小小的细流。细流在叶尖凝成晶莹剔透的水珠。蓦地，竹叶被人狠狠甩开，水珠随劲风四散。

“呸呸呸！”锦衣少年抹了一把脸上的水珠，指着面前的和尚横眉怒目道，“要不是有我们谢家养着，你们这群穷和尚早就饿死了。怎么着，现在让你们在佛像座下供奉我爷爷的灵位都不肯？”

白眉白须的住持耐心解释：“谢施主，非贫僧不愿，实乃不能啊。佛祖座下乃世间最为圣洁所在，浊世之人若长驻此处，会伤佛祖灵气，万万不可啊。谢老施主对广福寺有恩，贫僧牢记在心，必定每日诵经祝他早登极乐世界……”

“放狗屁！”锦衣少年破口大骂，“我告诉你们，今儿个我爷爷这个灵位是放定了，你们奈我何！”说着，他招呼家仆将小心供着的牌位送到佛像座下。

僧人们上前阻拦，锦衣少年便让家仆们狠狠地打，一时之间，原本安静的古寺一片混乱。

“都给我住手！”清亮的呵斥声在竹林中响起，一道白色的身影出现在寺庙前。

锦衣少年定睛一看，急忙让家仆住手，惊喜地跑到那人面前："姐，你怎么来了啊！"

白衣女子深吸几口气，平复了一下因奔跑而不稳的气息，斜觑了他一眼："怎么来了？还不是担心你。"

锦衣少年笑露虎牙，像找到了大靠山似的："姐，那天我听张大师说，把爷爷的灵位供在百年古佛座下，能让我们谢家福泽不断，升官、发财，节节高升呢！可这些和尚不识抬举，竟然不让放，你看我好好修理他们！"

锦衣少年捋起袖子，正准备大干一场，却被白衣女子拉住了袖子。他有些奇怪地回头，顿时只觉脖子上一阵剧痛，下一瞬间便没了意识。

家仆们见他们家大小姐一个掌背撂倒二少爷，一个个惊得目瞪口呆。白衣女子冷冷地扫了他们一眼："还不赶紧把这个没脑子的蠢货抬回家去。"

家仆们被她的目光扫得后背冒出一阵冷汗，迅速打包好谢二少爷，正准备离开，却被谢大小姐唤住："谢七，你不用管谢云磊了，赶紧带个医生和一些外伤药回来。"

被点了名的家仆立刻飞奔下山，其他人则扛着谢云磊，护着灵位，也纷纷下山而去。不一会儿，竹林便恢复了清静。

谢大小姐走到老住持面前，歉声道："小弟不懂事，打扰诸位大师清修了，云英在此给诸位赔个不是。回去我定好好管教小弟，再不会来叨扰各位了。"说着，她深深地朝众人鞠了一躬。

老住持"善哉"了一番后，并没有怪罪的意思。谢云英十分感激，赶紧帮忙检查众僧人的伤势，除了一位右手骨折外，其他都是皮外伤。

云英帮那位僧人稳住手臂，扶他在一旁坐下。其他僧人经云英检查伤势时，多少有些不自在，只有这位年轻僧人落落大方，就仿佛云英是多年挚友一般。

云英说："若你相信我，我帮你正骨如何？"

年轻僧人微微一笑："好啊，谢谢你。"

云英也是微微一怔，随即按住他的肩："你胆子还挺大的。跟你说个秘密……"她示意他探身，尽管他有些诧异，但还是朝她靠去。突然之间，一阵剧烈的疼痛袭来，他连叫都来不及叫，那股疼痛已迅速散去。眼前的女子俏生生地笑着，眉眼之间皆是得意："秘密就是，我接骨的技术绝对一流！"

"我叫谢云英，'飞瀑溅积素，上散为云英'中的云英，你怎么称呼？"云英问。

"小僧月澄。"他揉揉恢复如初的右臂，朝她感激地一笑。

二

临安谢氏，是当地的名门望族。

谢氏先祖的发迹始于明末清初，先是生意上的成功，后又接连出了三位进士，家中读书风气大盛。慢慢地，谢家的底蕴越来越深，至清末，谢氏一族已在江南一带出了名。鸦片战争后，家中族老受魏源"师夷长技以制夷"思想的影响，将子弟送出国历练学习。后来，清朝亡了，这一惯例却保留了下来。

云英是十二岁的时候去的日本，在那里待了八年，回国才一年不到。

像她这样的出生、这样的学历，加之娇艳的容貌和不俗的气质，必定是要配一位同样优秀的夫婿的。

云英出国前，曾结了一门门当户对的娃娃亲，可那男娃在父母长辈的溺爱下，骄纵得不成样子，吃喝嫖赌样样俱全，是附近几个县出了名的花花公子。谢家人又怎敢将他们的掌上明珠送入虎口呢？

谢夫人为此愁得白了一半头，云英问清缘由后，二话不说，拉着她的混世魔王弟弟直奔未婚夫常去的青楼。那男子正在花天酒地呢，谢云磊本就是火暴性子，气得直冲上前就要揍人，却慢了一步。

云英拿枪指着那男子怀中的女子，对着他盈盈一笑："王公子，你我若是结婚，我是绝对容不下这些女子的。为免以后彼此难堪，今日我们做个了断，你要这座楼的姑娘，那我们的婚约就此终止，若你是要跟我结婚的，那我今日便杀光这些女子。你觉得哪个好些？"

这时，有人趁乱要逃，云英眼风一扫，手指一扣，那人身旁的花盆便碎成了渣。她皮笑肉不笑，悠闲地道："今日这里的人一个也别想出去，是死是活全在王公子的决断之间。"

姓王的公子吓得当场小便失禁，哭得涕泪涟涟，除了喊"女侠饶命"外哪还说得出别的话来。云英收了枪耸耸肩："看来你是选择这里的女子了，也罢，你我之间从此桥归桥路归路，再无纠缠，大伙儿就当个见证吧。"说着，她掏出一张纸来，让那王公子签了字后，便拉着目瞪口呆的谢云磊扬长而去。

就此，谢家大小姐谢云英一战成名。

谢王两家的婚事作罢，谢云磊将谢云英当成偶像一般崇拜，可谢夫人却依旧每天满脸愁云，抹着眼泪对女儿说："云英，我们送你出去是为了让你开开眼界，别像深闺中的女子一样只知道背《女诫》。可如今你比男子还男子，以后可怎么嫁得出去啊？"

云英长眉一扬："比我还没用的男子我还看不上呢，嫁不出去就不嫁罢了。世道这么乱，我等中华儿女，本就应以国为重，儿女私情算什么！"

谢夫人听得吓了一跳："云英，你可别逞英雄，我们只要太太平平过日子就好了。"

云英沉默片刻，点点头："妈，我有分寸的。"随后便借口跟闺中密友怜南有约，逃出了家门。

怜南约了云英去广福寺求签。

求的是姻缘签，签文是纳兰容若的词——

一生一代一双人，争教两处销魂。相思相望不相亲，天为谁春？

浆向蓝桥易乞，药成碧海难奔。若容相访饮牛津，相对忘贫。

怜南的脸色很不好看。许汉清离开已有三年了，头一年还有书信来，这两年却是杳无音信。她是个死心眼的人，一旦认准了，便再也不会更改。除非许汉清归来，否则她这一生怕是不会再嫁人了。

云英有些难过，怜南倒恢复了正常，朝她笑笑："我们去找师父解签吧。"说着就拉云英来到解签处。

解签的师父云英认识，正是那日被云磊打得骨折的月澄。怜南将签文递给他，他对着签文沉默片刻，淡淡道："不好也不坏，全看施主的心诚不诚，诚则事成。"怜南顿时笑了起来。

云英站在一旁，对着他似笑非笑。这个和尚挺有趣的，这样明摆着的下下签，他也能瞎掰成中平签，简直是对着佛说瞎话，胆子也真够大的。

怜南问云英要不要也求一支，云英笑道："签好如何，签不好又如何？师父说得对，世间之事，心诚则灵。"

三

广福寺虽破破烂烂的，但斋饭却着实好吃。尤其是月澄做的素面，看似清汤寡水，只简简单单放了些竹笋和咸菜，可滋味却鲜美无比。加之手拉的面条韧劲十足，云英吃过一次便爱上了。隔三岔五，她便来寺中蹭吃，渐渐便跟月澄熟了起来。

云英家学渊源深厚，加之在外多年，也算得上见多识广。可让她吃惊的是，长居山中，连临安都未曾出过的月澄，无论是学识还是见识，都不比她差。两人每次的交谈都十分愉快。

冬去春来，一年韶光悄然而逝。春雨落下，春笋破土而出，随雨水伴春风茁壮成长。就像云英心中的小芽一样。

若无世俗的眼光，似花一般娇艳的云英，如竹一般挺拔的月澄，不能不说十分登对。只可惜，落花有意，流水无情。

不过，世间的感情就是这样，在朦胧之间通常是最美好的，说得太清反而如珠蒙灰。云英并未觉得不妥，相濡以沫是爱人的一种方式，君子之交又何尝不是？

只不过谢老爷和谢夫人可不是这么想的。

谢老爷跟云英说了门亲事，云英淡淡地回："我有喜欢的人。"谢老爷一愣，问是谁。云英沉默片刻，说："广福寺的月澄。"

正吃着饭的谢老爷当场便掀了桌子，骂云英不知廉耻，命家仆将她关在家里，不准出去。谢夫人来看她，一把鼻涕一把泪地劝她断了这个念头，找个门当户对的，早些成家立业。云英也不答话，安安静静地吃着谢夫人送来的莲子羹和绿豆糕。谢夫人说得口干，她却将东西吃得干干净净后，反过来劝谢夫人："姆妈，不管发生什么，我都是您和爸爸的女儿。您将我生下来，希望我平安健康、幸福快乐，从小到大我也努力地做这些，让自己开心，让你们放心。也许你们觉得我应该嫁一位你们觉得满意的丈夫，这个我无法保证，但我能保证的是，我的下半辈子，一定是会让我满意的，我的丈夫，绝对不会比我差。世俗的眼光，我管不了，我只相信我自己的眼睛，也请你们相信我，好吗？"

谢夫人也不知道怎么说了，只能端着碗走了。

云英跟没事人一样，每天该吃吃该睡睡，看看书，练练字，日子过得十分惬意。怜南问她："你是屈从家里，忘掉他了吗？"

云英奇怪地看了她一眼："当然不。如果这世上有一个男人我愿意嫁，那必定是他。跟他在一起时，我很开心；暂时见不到他了，我也要开心啊。世道这么乱，谁都不知道明天会发生什么，我能做的，就是不辜负还能握在手里的时光，不要让自己有遗憾。"

怜南愣了半晌，上前抱了抱云英：“云英，你真是我见过最好的姑娘了，愿你心想事成。”

云英爽朗一笑：“心诚则灵，我们都会心想事成的。”

如此又过了些天，夏至到了。

云英轻轻松松地翻墙而出，去往广福寺。今天是她的生日，她想吃一碗月澄的面，当是庆生。

只是到了才知，月澄不在。寺里的僧人说他下山去了，不知何时归来。云英便坐在竹林中等。

天有些雾蒙蒙的，连绵起伏的山仿佛腾在空中一般，缥缥缈缈。天慢慢暗了下去，晚风渐疾，吹得竹叶沙沙作响。

山道上，出现一个模糊的身影，清瘦若竹，风骨如松。云英猛地站了起来，眉眼弯弯，朝那人挥挥手：“月澄！”

月澄背着一小袋东西，看到云英时一愣，随即微微一笑。

月澄用刚买来的面迅速做了一碗面，端到云英面前。云英一看，拿着筷子的手停在了空中。

这碗面跟以前月澄做的不一样。清淡的面汤中，只有一根面，整整齐齐地绕成一团卧在汤中。这是长寿面。

原来，他是记得她的生日的。多年未曾落泪的云英，瞬间红了眼眶。

她在屋里吃着面，他安安静静地站在屋外。

天边云雾缭绕，是山雨欲来前的样子。

四

临安三伏天开始的时候，席卷全国的战争开始了。没有人知道接下来的日子会怎样，也没有人知道今天是否就是他们的最后一天，恐惧、彷徨、仇恨，在无穷无尽地蔓延。

两个月后的某日，云英接了一个电话，说了几句，几乎是扔下电话就冲出了门。

许汉清，怜南一直牵挂在心的青梅竹马，回来了。电话里，他什么都没说，只说了一个地址。云英也没问，也不需要问了。如果是怜南可以解决的问题，那么汉清就不会找她了；既然找她，那就说明事情很严重，汉清觉得能找的人也只有她了。

而实情，正如云英所料。汉清受了重伤，血流不止。

云英藏好汉清后，就去了医院。为防起疑，她动手在胳膊上割了一刀。简单地包扎后，她又托关系要了纱布和药。她在日本学过护理，懂得急救方法，熟练地替汉清包扎好伤口和喂下药后，汉清的伤势总算是稳定了下来。

休息了一天，汉清恢复了些精神，云英说："这里太危险了，我想带你上山，你能撑得住吗？"

汉清点点头："能。"

云英也不再说话，几乎是以半背的方式，将汉清送上了山。但无论她怎么厉害，毕竟只是个女流之辈，翻过第一个山头时，她的腿就已经快迈不动了。

她只能将汉清放下，自己也顺势坐在地上喘气。许是汉清真的福大命大，就在这时，月澄正好下山去买米，见此状况，二话不说就背起了汉清，然后看着云英。

云英指着广福寺的方向，喘息道："去……去庙里。"

月澄指指地上，示意云英用木枝撑着上山。云英点点头，两人历尽一番辛苦，终于将汉清送上了山。

安置好汉清后，云英坐在门槛上，对月澄说："谢谢你啊。"

月澄却指着她的手臂，眉头微皱："你受伤了？"

云英低头一看，刚一使劲，还没长好的伤口就裂开了，血渗出了纱布。她不甚在意地笑笑："没事，只是一点小伤。"

月澄转身进了屋，过了一会儿，拿了一个小碗出来，碗中是捣碎的一坨青灰之物。云英问："草药？"月澄点点头。云英洗净手，捋起袖子解开纱布，细细地将草药敷在伤口上。起初有些刺痛感，但当那刺痛感消失后，取而代之的是沁入肌骨的清凉舒适。

"好神奇的草药！"云英赞道。月澄舒展眉目，淡淡一笑。

谁又能想到，这云淡风轻的相视一笑，竟是他们生前最后的平静时光。

山中一日，山下已变了天。

几日前还熟悉的村落乡镇，一夜之间被轰炸成为平地，断壁残垣之间，还有日军在扫荡。云英惊呆了，几乎不敢相信自己的眼睛。

她像疯了一般跑回谢宅，昔日古色古香的祖宅，已成一堆废石废木。而这堆废石废木之下，是隐隐已发暗的血迹。

她血浓于水的亲人啊，一夕之间毫无预兆地就这么天人永隔了！

云英只觉得一片天旋地转，等再睁开眼时，天还是那片天，可人却真的不在了。她想哭，却哭不出来。耳边传来撕心裂肺的尖叫声，好像是怜南的声音。

她从地上爬起来，循声跑去。跑到一半，那声音戛然而止，她脚下一顿，心中涌起无限的恐慌，踉踉跄跄地继续往前跑。终于，看到人影了！

在一块还算完整的平地上，几个戴军帽的男人正围着一个赤裸的女子，有一个人正趴在那没了声息的女子身上。

云英只觉得浑身的血往头上涌，眼睛里仿佛能渗出血来。她深吸几口气，悄悄走到那些人的附近。那几个日军眼风扫到她的时候，她往地上一滚，以迅雷不及掩耳之势捡起他们扔在地上的枪，一发子弹一个，瞬间解决了那些猪狗不如的东西。

在看到怜南赤裸的尸体时，云英的泪终于落了下来。她咬着牙，包裹好怜南，将她挪到隐蔽之处，然后背着枪，见到日军便射。

日军仿佛蝗虫一般，闻声而来。云英已将生命置之度外，脑中唯有一个念头：杀死这些王八蛋！

也不知道杀了多少，她看到自己身上有很多血，分不清是那些王八蛋的还是自己的，也感觉不到痛，只觉得累和晕。

然后，她便睡着了，睡得她几乎不想睁开眼来。

仿佛脱胎换骨一般，云英的人生重新开始了。共产党救了她，而作为早在日本时就入了党的老党员，她决绝地随着游击队打敌后战，一打便是三年。

五

战火与生死之间，个人的情爱已无暇顾及。

只有偶尔的闲暇，云英才会放任自己回忆起过往的时光。那片凤尾森森的竹林，那座年久失修的古寺，那个清风明月的男子，恍如上辈子的一个梦。

她不知，在她思念他的时候，他是否还记得曾有一个女子，将生命中美好的岁月和感情都给了他。她有时也会想，若没有这场战争，他是否会为她而离开佛门，与她举案齐眉，携手一生。

号角吹响，她掐断自己的思绪，拿着枪冲了出去。

千里之外的竹林中，月澄像往常一样做了一碗长寿面，放在桌上。食物越来越紧张，粥越来越稀，伙房已经开始吃野菜草根。这碗面是月澄从自己多日的伙食中克扣下来，才煮成的。

一旁的僧人笑他：“夏至吃面，都这光景了，你还这么讲究。”

月澄笑了笑：“习惯了。”

夜风吹动竹林，竹香萦绕鼻尖。月澄跪在佛祖面前，一遍遍诵着《怀业祈祷文》，期盼不知身在何处的女子平安喜乐。

窗口忽起大风，微弱的烛光骤然熄灭，月澄只觉得心头莫名一惊，手中的佛链断了，佛珠滚了一地。漆黑如夜的瞳孔猛然放大，莫名的心慌和恐惧如巨浪一般排山倒海而来。

第二日，他向老住持请辞，下山而去。

走过很多路，翻越很多山，穿过枪林弹雨，月澄终于找到了他丢失的女子。

她静静地睡在一个盒子里，再也不会像初遇时那般揍她弟弟、帮他接骨，也不会跟他海阔天空地闲聊、朝他笑，更不会在竹林中等他归来了。

许汉清说，云英是去年六月底牺牲的，为了救他。

四年前，汉清参加组织秘密行动，潜入日军内部窃取机密，却出了意外。当时很多同志都牺牲了，他逃了出来。后来，云英救了他。

去年的那场战役，他所在的部队和云英所在的部队共同抗日，两人在战场重逢。云英的枪法很好，可为了救陷入重重包围圈的他，她却失了手，再也没有醒来。

战役胜利了，代价却是失去了无数的英雄。青山遍地是忠骨。

汉清苦笑："我知道，云英想回故土。本来我是想等战争胜利后，亲自送她回去的，如今你来了也好，就麻烦你送她回家吧。"顿了顿，他又说，"她有些遗物，你也一并带走吧。"

汉清将一个小包裹递给他，月澄问："我方便看吗？"见汉清点头后，他打开了包裹。

里面是两本小册子，记着云英这几年的经历，册子中夹了一张纸。月澄认出，这是他们第二次见面时，她的闺中密友怜南求的签。

签文是纳兰容若的词《画堂春》——

一生一代一双人，争教两处销魂。相思相望不相亲，天为谁春？

浆向蓝桥易乞，药成碧海难奔。若容相访饮牛津，相对忘贫。

原来，一切早已注定。

尾声

小和尚子澈从睡梦中醒来。

他来到老住持生前的居处，取出珍藏在书架上的木盒，小心地打开。里面是两本早已泛黄的小册子，册子中夹着一张毛糙斑驳的签文。册子下，放了一根细针一样的金属物。

子澈取了细针，将册子和木盒归于原处。然后，他用这根细针打开了那个被火烧过的黑色盒子。盒子里放着一个月白色的瓷盒，盒中盛着云英的骨灰。

佛祖座下，是世间最为圣洁所在，且佛祖受人供奉，众人的福泽也积攒于此。若将人骨灰供于此处，无论此人生前有多少杀戮，都不会坠入地狱道，会有一个很好的来生。

只是，如此做会伤佛祖元气。除非，有高僧用佛教秘法护佑骨灰，减少反噬，并长年诵经，尽量将伤害转移至自己身上。

子澈的眼眶慢慢红了。老住持用了一生的时间，净化了云英施主，自己却不得善终。

子澈将骨灰盒埋在竹林中。竹林不远处，是寺中历代住持和得道高僧的墓地。每当起风时，风从竹林的一边吹到另一边，若云英施主和月澄住持的魂魄还留了一些在人间，想必定能重逢。

然后，他跪在云英的坟前，烧掉了册子，点燃了那张多年前的签文——

一生一代一双人，争教两处销魂。相思相望不相亲，天为谁春？

浆向蓝桥易乞，药成碧海难奔。若容相访饮牛津，相对忘贫。

一个个字被火焰吞噬，燃后的纸片像灰蝶一般，绕着坟盘旋许久，随风而去。

图书在版编目(CIP)数据

春日挽歌 / 爱格编. -- 长沙 : 湖南文艺出版社,
2024.3
ISBN 978-7-5726-1681-5

Ⅰ. ①春… Ⅱ. ①爱… Ⅲ. ①短篇小说－小说集－中
国－当代 Ⅳ. ①I247.7

中国国家版本馆CIP数据核字(2024)第047537号

春日挽歌
CHUNRI WANGE

编　　者：爱　格
出 版 人：陈新文
责任编辑：李　阔
出版统筹：邓　理
装帧设计：张娅君
出版发行：湖南文艺出版社
　　　　（长沙市雨花区东二环一段508号　邮编：410014）
网　　址：www.hnwy.net
印　　刷：湖南天闻新华印务有限公司
经　　销：新华书店
开　　本：880 mm×1230 mm　1/32
字　　数：180千字
印　　张：8.5
版　　次：2024年3月第1版
印　　次：2024年3月第1次印刷
书　　号：978-7-5726-1681-5
定　　价：42.00元

Love Is Over

春日挽歌

本书个别作品因相关备注信息失效，未能联系上作者。我们深表歉意，请作者见书后，与我们联系，我们将及时向您支付相应稿费以及赠送样书。

联系方式：0731−82231353